BASTEI LÜBBE JERRY COTTON IM TASCHENBUCH-PROGRAMM:

- 31 445   »Nein, keine Überlebenden!«
- 31 446   Todesfalle Lincoln-Tunnel
- 31 447   Ein Oscar für den Killer
- 31 448   Killer-Jazz
- 31 449   Im Fieber des Terrors
- 31 450   Tod den Cops!
- 31 451   Kalt wie der Tod
- 31 452   Der Mann mit dem goldenen Arm
- 31 453   Der Senkrechtstarter

JERRY COTTON

Der Königs-Killer

Kriminalroman

BASTEI-LÜBBE-TASCHENBUCH
Band 31 454

Erste Auflage: April 1999

Sie finden uns im Internet unter
http://www.luebbe.de

© Copyright 1999 by Bastei-Verlag
Gustav H. Lübbe GmbH & Co., Bergisch Gladbach
All rights reserved
Lektorat: Peter Thannisch
Titelbild: Roy Palmer
Umschlaggestaltung: QuadroGrafik, Bensberg
Satz: Textverarbeitung Garbe, Köln
Druck und Verarbeitung: Ebner, Ulm
Printed in Germany

ISBN 3-404-31454-9

Der Preis dieses Bandes versteht sich einschließlich der gesetzlichen Mehrwertsteuer.

»Verdammtes New York.«

Der Muskelmann in dem engen weißen Polohemd und der Jogginghose schien vom Balkan zu kommen. Jedenfalls wirkten seine Gesichtszüge südosteuropäisch, und die Verwünschung seiner neuen Heimat hatte er in seiner Muttersprache zwischen den Zähnen hervorgepreßt, eine seltsame, melodische Sprache, wie sie irgendwo zwischen Ungarn und dem Schwarzen Meer gesprochen wurde.

Nein, der sportgestählte Hüne liebte Amerika nicht. Während er gelangweilt seine Runde durch das exklusive Apartmenthaus am Central Park North machte, kam er sich vor wie ein Hamster im Laufrad. Wehmütig zogen ihn seine Gedanken zurück in das kleine Bergland, aus dem er seinem flüchtenden König gefolgt war. Noch keine zwei Jahre war es her, daß er dort als zackiger Gardeleutnant mit silbernen Tressen und Bärenfellmütze auf einem edlen Araberhengst gesessen hatte. Vor dem Herrscherpalast in der Hauptstadt.

Und nun? Im amerikanischen Sportdreß tigerte er durch die Treppenhäuser und Flure dieses Gebäudes am Central Park in dieser verdammten Metropole, die ihn an ein Nest voll mit wahnsinnigen Wespen erinnerte! Immerhin konnte der ehemalige Offizier seiner Majestät immer noch treu dienen.

Ein König, der in einer Etagenwohnung leben muß! schoß es dem Wächter durch den Kopf. Grimmig zwirbelte er seinen gewaltigen Schnurrbart. Zornig dachte er an die verräterischen Generäle, die ihren rechtmäßigen Herrscher davongejagt hatten wie einen nächtlichen Einbrecher.

Weiter kam der Offizier nicht mit seinen Überlegungen. Unbekannte Hände warfen eine Würgeschlinge über seinen Kopf. Instinktiv riß er die Hände an die Kehle, aber es war zu spät. Unerbittlich wurde der Draht zugedreht. Die Augen des Mannes quollen vor, sein Gesicht lief rotblau an.

Verdammtes New York ...!

Diese Worte in seiner Muttersprache frästen sich noch einmal in sein Gehirn.

Es waren seine letzten.

»Sehr aufmerksam. Vielen Dank, Sir.«

John D. High nickte der älteren Dame freundlich zu. Soeben hatte er ihren Koffer von der Gepäckablage des *Amtrak*-Waggons auf den Boden gewuchtet. Der Zug fuhr schon durch die Vororte von Washington, der Hauptstadt der Vereinigten Staaten. Wie er selbst wollte die Lady dort aussteigen. Und sie war mehr als redselig.

»Solche Gentlemen wie Sie findet man heutzutage nur noch selten«, sagte sie und lächelte ihn an. Dabei zeigte sie Beißerchen, die das Meisterwerk eines hochbezahlten Zahntechnikers sein mußten.

»Wie Sie meinen«, gab der Leiter des FBI Field Office New York City zurück.

»Haben Sie geschäftlich in Washington zu tun?«

»Gewissermaßen.« Mr. High wollte ihr nicht erzählen, daß er für die Bundespolizei FBI in führender Position tätig war. Und schon gar nicht, daß man ihn wegen einer besonders heiklen Angelegenheit persönlich ins Hauptquartier beordert hatte. Etwas, das extrem selten vorkam. Erstens waren diese Informationen nicht für die Öffentlichkeit bestimmt. Und zweitens hätte das den Redefluß der alten Lady nicht gerade eingedämmt.

»Ich wette, daß Sie für die Regierung arbeiten.«

Ein kleines Lächeln erschien auf Mr. Highs feingeschnittenem Gesicht. »Richtig geraten. Für das Justizministerium.« Das war noch nicht mal geschwindelt. Der FBI ist als Ermittlungsbehörde unmittelbar dem Justizministerium unterstellt.

Bevor die alte Lady in dem konservativen Kostüm noch weitere Fragen abschießen konnte, war der Zug glücklicherweise in die Central Station von Washington, D.C. eingerollt. Mr. High winkte seiner aufdringlichen Reisegefährtin noch einen Kofferträger herbei und verschwand dann im Gedränge der aussteigenden Passagiere. Er selbst trug nur eine leichte Reisetasche mit sich.

»Sir!«

John D. High erkannte seinen ehemaligen Untergebenen Theo Cant sofort wieder. Vor Jahren hatte der G-man im FBI Field Office New York seinen Dienst verrichtet. Später war er dann nach Maine versetzt worden. Und nun arbeitete er offenbar in Washington, im Hauptquartier.

»Guten Tag, Theo!« Mr. High reichte dem Kollegen seine schmale Künstlerhand. Cant wollte die Tasche tragen, doch Mr. High lehnte dankend ab. Die beiden Männer eilten durch die belebte Bahnhofshalle.

Auf einem kleinen Parkplatz für Regierungsfahrzeuge wartete eine riesige schwarze Stretch-Limousine auf die Männer vom FBI. Nachdem er in den weichen Polstern hinter den abgedunkelten Scheiben Platz genommen hatte, fragte Mr. High: »Darf ich fragen, worum es bei dem Gespräch heute geht?«

Theo Cant grinste und schlenkerte mit der Hand, als ob er sich verbrannt hätte. »Das dürfen Sie, Sir. Aber ich kann Ihnen nicht Rede und Antwort stehen. Mein Job besteht nur darin, Sie sicher ins

Hauptquartier zu bringen. Aber soviel habe ich mitbekommen: Es muß sich um eine ganze große Sache handeln.«

Mr. High nickte. Da es keinen weiteren Informationen gab, hatte es keinen Sinn zu spekulieren. Mr. High hielt sich lieber an Tatsachen. Während die Limousine wie ein riesiger schwarzer Schatten durch das Regierungsviertel glitt, genoß der Besucher aus New York die Aussicht. Sie fuhren am Capitol vorbei, sahen das Weiße Haus in dem parkähnlichen Anwesen stehen. Das Herzzentrum der Weltmacht Amerika, umlagert von neugierigen Touristenhorden vor dem Zaun.

Es dauerte nicht lange, bis sie beim FBI-Hauptquartier an der Pennsylvania Avenue angekommen waren. Es wird nach dem legendären FBI-Direktor J. Edgar Hoover genannt.

Der Wächter lag tot am Boden. Sein Mörder hielt sich nicht lange auf. Er steckte seine Würgeschlinge wieder ein und bewegte sich wie ein Raubtier auf Beutezug in Richtung auf die königliche Wohnung. Ein knappes Handzeichen, und sein Partner folgte ihm. Wie der Killer selbst war er ganz in Schwarz gekleidet. Beide hatten sie ihr tödliches Handwerk perfekt gelernt und beherrschten es traumhaft sicher.

Der tote Leibgardist war nicht der einzige treue Untertan des Königs, der durch das Apartmenthaus patrouillierte. Das hatten die Verbrecher schon festgestellt, als sie das interne TV-Überwachungssystem ausgeschaltet und den Wachmann in der Alarmzentrale getötet hatten. Eine halbe Stunde blieb ihnen, um den Job auszuführen, dann würde die Ablösung vom Sicherheitsdienst kommen.

Dreißig Minuten, um König Grigori III. zu beseitigen, den ehemaligen Herrscher von Palukkanien!

Der Killer vollführte ein paar schnelle Bewegungen mit seinen ebenfalls schwarz behandschuhten Händen. Das Attentäter-Team beherrschte die internationale Zeichensprache. Eine Fähigkeit, die ihnen schon oft genutzt hatte, wenn sie den lautlosen Tod über ihre nichtsahnenden Opfer gebracht hatten.

Eine laute Stimme ertönte. Die beiden Mörder hockten sich hinter die Schwingtür zum Feuer-Treppenhaus. Den Gang entlang kamen zwei Männer in Trainingsanzügen, die in den nächsten paar Minuten sterben würden.

Davon ahnten sie allerdings noch nichts. Sie unterhielten sich dröhnend, bedienten sich dabei derselben Sprache, in der der tote Gardeleutnant seine letzten Gedanken ausgehaucht hatte.

»... und dann hat mich dieser Esel angeguckt, als käme ich vom Mars!« grölte der dickere von beiden auf Palukkanisch. »Ich sagte: Brüderchen, so kannst du diese amerikanischen Idioten übers Ohr hauen, aber nicht einen palukkanischen Sergeanten, der schon mehr Feinde ins Jenseits befördert hat als du Jahre auf dem Buckel hast. Und dann ...«

Sein Kamerad würde den Rest der Geschichte nie erfahren. Ein schmales Wurfmesser raste in das Herz des Erzählers. Mit einem leisen Schmerzensschrei fiel der korpulente Wächter auf den Rücken. Der andere Jogginganzugträger reagiert – aber zu spät. Zwar konnte er noch seinen Colt Marksman ziehen, doch bevor er ihn auch nur in den Anschlag bringen konnte, fuhr ein zweites Messer in seine Kehle.

Wie der andere Wächter war auch er auf der Stelle tot.

Das Killer-Team stürmte weiter. Ihnen blieben noch siebzehn Minuten, um ihren eigentlichen Auftrag zu erledige: König Grigori III. zu seinen blaublütigen Ahnen zu schicken.

Das zu Beginn der siebziger Jahre als Neubau entstandene ›J. Edgar Hoover Building‹ ist ein nüchternes, funktionelles Gebäude. Während viele andere Regierungsgebäude in Washington ziemlich geschichtsträchtig wirken, vermittelt das FBI-Hauptquartier einen eher modernen und sachlichen Eindruck. Dort an der Pennsylvania Avenue schlägt das Herz dieser Behörde, die mit US-weit über zehntausendfünfhundert Special Agents und vierzehntausend weiteren Angestellten gegen den immer bedrohlicher werdenden Moloch des organisierten Verbrechens antritt.

John D. High schritt über dunkelgrauen Teppichboden ins ›Allerheiligste‹. Theo Cant hatte sich bereits an der ersten Sicherheitsschleuse von ihm verabschiedet. Ein junger Special Agent mit millimeterkurzen Haaren grüßte mit einem knappen Kopfnicken und öffnete eine schwere Eichentür. Mr. High atmete tief durch und betrat das Büro des FBI-Direktors.

Am anderen Ende des großen hellen Raums mit Blick auf die Pennsylvania Avenue saß William S. Sessions, der oberste Chef des FBI. Der amtierende Direktor wird vom Präsidenten der Vereinigten Staaten für seinen Posten bestimmt, wobei der US-Senat noch zustimmen muß.

William S. Sessions blinzelte freundlich, als er John D. High erkannte.

»Willkommen in Washington!« rief er und streckte Mr. High die rechte Hand entgegen. Mr. High trat näher und schüttelte sie. »Wie stehen die Dinge in New York?«

Mr. High nahm in dem Besuchersessel Platz. »Die Mafiakrake greift immer noch nach der Macht in der Stadt. Aber wir schlagen ihm einen Fangarm nach dem anderen ab. Nichts Neues also.«

»New York ist immer noch die Stadt der Superlative«, sagte der FBI-Direktor, scheinbar zu sich selbst sprechend. »Sitz der Vereinten Nationen, Medien-Metropole, Kunst-Hauptstadt der Welt. Die Freiheitsstatue ist für die meisten Neueinwanderer *das* Symbol amerikanischer Demokratie.«

Mr. High nickte und wartete ab, auf was der oberste FBI-Beamte hinauswollte.

»Abgesehen von London ist New York auch die Stadt auf der Welt, in der die meisten Könige leben«, fuhr William S. Sessions fort und sah dem New Yorker Special Officer in Charge direkt in die Augen. »Könige ohne Land. Rechtmäßige Thronfolger, in deren Heimat eine andere Regierung am Ruder ist.«

»Die USA bieten ihnen politisches Asyl«, warf Mr. High ein.

»Richtig, John. Obwohl sich unser Land vor über zweihundert Jahren von der Herrschaft des britischen Monarchen befreit hat und eine Demokratie geworden ist. Amerika ist immer noch ein sicherer Zufluchtsort für Könige, die in ihrer Heimat nicht mehr bleiben können. Jedenfalls war es das bis jetzt.«

Mr. High war aufgefallen, wie sein Vorgesetzter den letzten Satz betont hatte.

»Droht denn den Monarchen auf amerikanischem Boden jetzt Gefahr, William?«

»Wir befürchten es«, sagte Sessions und seufzte. »Es gibt Gerüchte, John. Gerüchte über die bevorstehende Ermordung von Grigori III., Herrscher von Palukkanien.«

»Das kleine Balkanland, das seit zwei Jahren von einer Militärdiktatur regiert wird?«

»Genau das, John. Wir haben eine Botschaft der palukkanischen Opposition erhalten. Angeblich soll die Militärregierung einen Killer beauftragt haben, um Grigori III. zu beseitigen. Damit er niemals zurückkehren und ihnen die Macht wieder entreißen kann.«

»Weiß man Näheres über diesen Killer?« erkundigte sich Mr. High.

»Osmok.«

Der FBI-Direktor hatte den Namen in den Raum geworfen. Er betrachtete den kleinen Globus auf seinem Schreibtisch, begann ihn zu drehen. »Irgendwo auf dieser Welt befindet sich ein Mensch namens Osmok. Wir wissen bisher nichts über ihn. Absolut nichts. Weder das National Crime Information Center noch eine unserer anderen Datenbanken hat die geringste Information über Osmok. Wir können noch nicht mal sagen, ob Osmok eine Person ist oder vielleicht eine Gruppe. Oder Osmok steht als Abkürzung für irgend etwas. Und falls das so ist, in welcher Sprache? Wir können jedenfalls nicht riskieren, daß sich diese Gerüchte bewahrheiten.«

»Grigori III. muß überwacht werden«, warf Mr. High ein.

Der FBI-Direktor nickte. »Mehr als das, John. Sie müssen das Geheimnis dieses Osmok lüften. Vielleicht plant er ja noch weitere Attentate auf andere Könige, die bei uns Zuflucht gesucht haben. Die amerikanische Regierung ist verantwortlich für die Sicherheit dieser Monarchen. Ich muß nicht betonen, daß das eine Staatsangelegenheit ersten Ranges ist. Das möchte Ihnen ein anderer Mann persönlich sagen.«

Sessions drückte auf einen Summer.

Eine Seitentür wurde geöffnet. Zwei United States Marines in Paradeuniform traten herein und nahmen links und rechts des Türstocks Haltung an. Zwischen ihnen hindurch betrat ein hochgewachsener Mann den Raum.

John D. High sprang von seinem Sessel auf.

Der Hinzugekommene schritt auf ihn zu und drückte ihm die Hand. »Sie sind der Chef des FBI District New York? Ich habe schon viel Gutes über Sie gehört.«

»Es ist mir eine Ehre«, erwiderte Mr. High. Und nach einer winzigen Pause fügte er hinzu: »Mr. President.«

Der Präsident der Vereinigten Staaten lächelte ihn freundlich an. »Machen Sie diesem Hundesohn Osmok Dampf, Mr. High. Zeigen Sie ihm, daß man nicht einfach Gäste der amerikanischen Regierung abknallen kann wie Schießbudenfiguren.«

»Ich werde meine besten Leute auf Osmok ansetzen«, versprach Mr. High. »Jerry Cotton und Phil Decker.«

Die Tür zur geräumigen Wohnung Grigoris III. war massiv und wurde von einigen weiteren ehemaligen Leibgardisten bewacht. Das Killer-Team wußte das natürlich. Es wählte einen anderen Weg. Durch den Lüftungsschacht!

Wie Schlangenmenschen wanden sich die beiden Schwarzgekleideten durch den langen pechschwarzen Tunnel. Sie bewegten sich beinahe so schnell, als würden sie mit normalem Tempo durch den Central Park spazieren.

Ihnen blieben noch elf Minuten, um den ehemaligen Herrscher von Palukkanien zu töten.

Der erste von ihnen griff mit seinen Handschuhen in das Gitter am Ende des Schachtes und stieß es lautlos nach außen weg. Sie waren in der königlichen Wohnung. Laut Grundriß des Gebäudes in der Küche. Der Attentäter stand plötzlich dem Leibkoch seiner Majestät gegenüber. Doch bevor der weißgekleidete Küchenchef noch eine Warnung ausstoßen konnte, ließ ihn ein Wurfmesser in seiner Brust für immer verstummen.

Lautlos sprangen die beiden Schwarzgekleideten über die Leiche hinweg. Sie hatten sich mit dem Lageplan der Wohnung vertraut gemacht, bevor sie den Anschlag ausgearbeitet hatten. Nichts wurde dem Zufall überlassen.

Grigori III. saß an seinem Schreibtisch in der Bibliothek, als ihn seine maskierten Mörder überraschten.

»Was wollt ihr?« herrschte er sie auf Englisch an. »Ich lasse euch hinauswerfen! Meine Wachen ...«

Drei Kugeln aus einer schallgedämpften SIG Sauer verhinderten dieses Vorhaben. Das Balkanland verlor den letzten Sproß seines Königshauses. Grigori III. hinterließ keine Nachkommen.

»Verflucht!« brüllte ein Leibgardist auf Palukkanisch. Er hatte den schweren Körper seiner Majestät zu Boden rumpeln hören. Er stürzte sofort ins Zimmer. Das war sein Fehler.

Die beiden Schwarzgekleideten schossen sich den Weg frei. Sie waren so perfekt im Töten trainiert, daß sie beidhändig schießen konnten. Obwohl sie Rechtshänder waren, trafen die mit links abgefeuerten Waffen mit der gleichen tödlichen Präzision ihr Ziel.

Wie zwei Roboter marschierten sie auf die Wachmannschaft zu, die durch die plötzliche Gefahr aus dem Inneren der Wohnung völlig überrascht war. Außer einigen ungezielten Schüssen fand keine Ge-

genwehr statt. Innerhalb von drei Minuten hatten die Attentäter alles niedergemäht, was sich bewegte.

Sie schlossen die Wohnungstür in aller Ruhe auf und ließen sie hinter sich ins Schloß fallen. Ihnen blieben noch fünf Minuten, bis die Ablösung des toten Wachmanns in der Apartment-Alarmzentrale erscheinen würde.

»Uns trifft keine Schuld«, sagte Mr. High. »Grigori III. wurde ermordet, während wir den Auftrag erhielten, ihn zu schützen.«

Das wußte ich, aber zerknirscht war ich trotzdem. Meinem Freund und Kollegen Phil Decker ging es nicht besser. Vom Verstand her hatte unser Chef natürlich recht. Aber das Gefühl, versagt zu haben, lastete trotzdem auf meinen Schultern wie zwei Schmiedehämmer.

John D. High hatte uns sofort in sein Büro im FBI-Gebäude an der Federal Plaza in Manhattan gebeten, nachdem er aus Washington zurückgekehrt war. Als Special Agents der Bundespolizei sollten wir uns auf die Fährte dieses Osmok setzen. Dabei hatten wir allerdings mit einem Problem zu kämpfen.

Es gab keine Fährte.

»Mehr als diesen Namen habe ich nicht für Sie«, sagte Mr. High. »Noch nicht mal in Washington liegen mehr Informationen vor.«

»Ach du grüne Neune!« meldete sich Phil zu Wort. »Ist es denn gesichert, daß der Kerl überhaupt lebt und kein Gespenst ist?«

»Ein Geist hat Grigori III. sicher nicht umgebracht«, bemerkte Mr. High trocken. Phil verstummte.

»Hat die City Police den Tatort abgesperrt?« erkundigte ich mich.

»Selbstverständlich. Die NYPD-Kollegen wurden vom Wachdienst des Apartmenthauses alarmiert. Ein Security Guard ist ebenfalls unter den Opfern. Insgesamt hat dieser Anschlag sechs Tote und vier Schwerverletzte gefordert.«

Ich schluckte. Wenn ein Täter oder eine Bande mit solcher Brutalität vorgeht, ist schnelles Handeln gefordert.

»Was wissen wir über mögliche zukünftige Opfer, Sir?« wollte ich wissen.

Mr. High schob mir eine ausgedruckte Liste herüber. »Diese Könige mußten aus ihren Ländern fliehen. Sie alle haben ihren Exil-Wohnsitz in New York City. Jeder von ihnen ist gefährdet. Jeder.«

»Warum sollte Osmok sie töten wollen?« dachte Phil laut nach. »Wo ist die Verbindung zwischen diesen Männern? Außer, daß sie alle blaues Blut in ihren Adern fließen haben?«

Mr. High sah meinem Freund in die Augen. »Es ist ihre Aufgabe, das herauszufinden, Phil.«

»Wir werden Osmok unschädlich machen!« kündigte ich selbstbewußt an.

Als ich in den nächsten Tagen an diesen Moment zurückdachte, hätte ich mir am liebsten die Zunge abgebissen!

»Der Herr empfängt euch jetzt«, sagte der riesige Mongole in dem wallenden Gewand. Sein Name war Merat. Niemand wußte, woher er kam. Er verbreitete eine Aura von Furcht und Heimtücke um sich herum. Er war so ganz anders als die höflichen und freundlichen Menschen aus der Mitte Asiens, mit denen man als New Yorker sonst Kontakt hat.

Es gab niemanden, den man mit Merat hätte vergleichen können. Außer seinem Großen Meister selbst. Osmok.

Die beiden schwarzgekleideten Attentäter betraten den weitläufigen Salon und fielen sofort auf die Knie. Ihre Oberkörper ließen sie nach vorn gleiten, bis ihre Stirnen den kalten Marmorfußboden berührten. Dann rutschten sie bis zum Rand des Teppichs, auf dem Osmok auf einem Drehstuhl am Terminal saß.

Der Geheimnisvolle regierte sein weltumspannendes Reich von diesem seltsamen Raum aus. Einerseits herrschte die Farbenpracht und Gemütlichkeit einer türkischen Sultansresidenz vergangener Jahrhunderte. Brokat, Damast, edle Teppiche. Andererseits wirkte dieser Raum auch wie eine Computerzentrale, so futuristisch wie die Kommandobrücke eines Raumschiffs.

Osmok nahm die Finger nicht von der Computertastatur, während er mit den beiden Meuchelmördern sprach.

»Wir hörten, daß ihr erfolgreich wart.« Er sprach von sich selbst grundsätzlich nur im Plural. Wie es Könige vergangener Zeiten zu tun pflegten.

»Ja, Herr.« Der Killer gab Antwort, ohne aufzusehen. Das wagte er nicht. Er sprach zu dem Fußboden. Vielleicht klangen seine Worte deshalb so hohl. Oder weil er nur ein willenloses Werkzeug war, ein Gegenstand, den Osmok genauso gebrauchen konnte wie seine Computer.

»Wir werden euch belohnen.« Die Stimme des Bosses war von trügerischer Sanftheit. So falsch wie die Ruhe, die eine Düne mit Treibsand vermittelt. Doch schon der Klang dieser Stimme jagte den beiden Mördern einen wohligen Schauer über den Rücken. Sie waren ihrem Herrn und Meister hörig. Er konnte mit ihnen machen, was er wollte.

»Danke, Herr.« Der Sprecher spürte, wie Osmoks stechender Blick auf ihm ruhte. Manchmal glaubte er, daß der Meister jeden seiner Gedanken lesen konnte. Und er war froh, daß in seinen Gedanken nichts anderes vorherrschte als bedingungsloser Gehorsam gegenüber Osmok.

»Ihr dürft euch entfernen.«

Das ließen sich die beiden Killer nicht zweimal sagen. So groß die Ehre auch war, vom Herrn persönlich empfangen zu werden – sie waren immer wieder froh, seiner übermenschlichen Ausstrahlung nach wenigen Minuten zu entkommen.

Osmok lehnte sich in seinem Designer-Bürosessel zurück, der auf einem fünfhundert Jahre alten jemenitischen Teppich stand. Niemand in seiner weitverzweigten Organisation wußte, woher er kam. Genauso wie bei Merat. Es schien, als wären diese beiden Männer schon immer dagewesen.

Der Geheimnisvolle klatschte in die Hände. Merat trat auf ihn zu. Er war der einzige, der sich dem Meister nicht auf dem Bauch rutschend nähern durfte.

»Unser neues Projekt läuft gut an, mein Freund«, sagte Osmok.

Der riesige Mongole verneigte sich. »Ja, Herr. Aber der FBI wird sich nun um den Mord an Grigori III. kümmern. Der König war ein Gast der amerikanischen Regierung.«

»Das wissen Wir.« Osmok lächelte. Dabei entwickelte er eine bemerkenswerte Ähnlichkeit mit einem Haifisch. »Um den FBI kümmern Wir uns natürlich auch.«

Grigori III. hatte als König von Palukkanien ein unrühmliches Ende genommen. Irgend jemand hatte ihn in seiner Wohnung am Central Park North abgeknallt wie einen tollen Hund. Wir sahen uns am Tatort um und sprachen mit Jefferson, der das Spurensicherungs-Team, das herbeigerufen worden war, leitete.

»Ich kann nicht glauben, daß die Mörder durch die Fronttür hereingekommen sind«, sagte ich, während um uns herum Jeffersons Leute ihrem Job nachgingen.

»Sind sie auch nicht.« Agent Jefferson deutete auf die Umrißzeichnungen am Boden. Dort, wo die toten Leibwächter gelegen hatten. »Die Bodyguards des Königs sind von hinten überrascht worden, Jerry. Die Killer sind aus Richtung Bibliothek gekommen, wo sie den Monarchen ermordet haben. Es müssen mindestens zwei gewesen sein.«

Phil und ich schauten uns die gesamte Wohnung an. In der Küche hatte es ebenfalls ein Opfer gegeben, wie eine Umrißzeichnung bewies. Aber ich sah noch etwas anderes.

»Dort sind sie hereingekommen!« rief ich Phil zu und deutete auf ein Absperrgitter, das unter einem offenen Luftschacht lag.

Wir näherten uns dem Schacht – als uns eine schneidende Stimme zurückpfiff.

»Keinen Schritt weiter!«

Wir fuhren herum. Es war Edgar Chomsky, der geniale Spurensicherer mit dem aufbrausenden Temperament, der für Jeffersons Trupp arbeitete und so etwas wie sein Assistent war.

»Wagt es nicht, eure Wurstfinger auf diesen Lüftungsschacht zu legen!« schnaubte er und stieß Phil zur Seite. Wir ließen uns seine unverschämte Art gefallen. Im Grund ist Edgar nämlich ein guter Kerl, man muß sich nur an ihn gewöhnen. Außerdem gibt es kaum jemanden, der aus einem Tatort so viele Spuren herauslesen kann wie er. Vielleicht noch Agent Jefferson, sein Vorgesetzter.

»Wirklich, Edgar – wir würden uns nie erlauben ...«, begann ich. Aber das war sein schmächtiger Oberkörper schon in dem dunklen Tunnel verschwunden. Phil und ich grinsten uns an. Wenig später erschütterte ein ohrenbetäubender Triumphschrei das Haus in seinen Grundfesten.

Chomsky kam aus dem Schacht geschossen, als hätte seine Nase Bekanntschaft mit einer Lötlampe gemacht. Er hielt mir seine Pinzette vors Gesicht.

»Was habe ich hier, Cotton?«

»Ich bin zwar kein Spurensicherungsexperte, aber für mich sieht das wie ein Haar aus.«

»Ein Haar!« Er schlug mir mit der flachen Hand vor die Brust. »Sehr scharfsinnig, Cotton. Mit diesem Haar werden wir den Mörder von Grigori III. vor Gericht bringen. Er kann sich schon mal von seinen Freunden verabschieden!«

Mit stolzgeschwellter Brust marschierte Chomsky zu seinen Kollegen zurück, um einem Vorgesetzten Jefferson seinen überwältigenden Fund zu zeigen.

»Mit diesem Haar wird er die Haar- und Hautfarbe des Killers bestimmen können«, murmelte Phil, »seine Größe, sein Gewicht, seinen Gesundheitszustand und vielleicht sogar noch seine Schuhgröße. Nur Namen und Adresse werden leider fehlen.«

»Richtig, Alter«, sagte ich und schlug ihm auf die Schulter. »Etwas Arbeit muß ja auch noch für uns übrigbleiben.«

Wir gingen zum Fahrstuhl.

»Wir brauche mehr Informationen über das Opfer, Phil. Vielleicht führen uns ja die zu diesem geheimnisvollen Osmok. Ich habe mich vorhin in unseren Datenbanken etwas schlauer gemacht über Palukkanien. Der ehemalige Premierminister Leopold Sergevic lebt auch in New York. Im Hotel United Nations Park Hyatt.«

»Den will ich befragen!« rief mein Freund. »Ich wollte immer schon mal einen echten Premierminister kennenlernen!«

»Na gut«, brummte ich. »Dann werde ich mich in der palukkanischen Emigranten-Szene umhören.«

Wir verabschiedeten uns mit einem kräftigen Händeschütteln. Ich nahm unseren Dienstwagen, Phil winkte sich ein Yellow Cab herbei.

Die Faust krachte in mein Gesicht. Der Schlag hatte mich unvorbereitet getroffen, obwohl mich die feindselige Stimmung in dem palukkanischen Kellerlokal hätte warnen sollen.

Die Lower East Side Manhattans ist seit über hundert Jahren Ghetto für Neueinwanderer. Erst waren es Iren und osteuropäische Juden, später Italiener und Lateinamerikaner, die sich hier in den engen Wohnungen zusammendrängten, doch nach und nach schaffte jede Volksgruppe mehr oder weniger erfolgreich den Aufstieg aus der Lower East Side.

Da Palukkanien ein sehr kleines Land ist, haben auch nur wenige tausend seiner Landeskinder den Weg nach New York gefunden, und in dieser Vielvölkerstadt, in der es zum Beispiel allein über einhunderttausend Koreaner gibt, fielen sie nicht besonders auf. Ich hatte einfach einen Freund bei der Einwanderungsbehörde angerufen, um mich zu erkundigen, wo ich Palukkaner treffen könnte.

Und nun trafen sie mich. Mit Fäusten und Tritten. Während ich mir mit einigen wohlplazierten Karatehieben Luft verschaffte, dachte ich über den Grund dieser Schlägerei nach. Es gab keinen. Ich war in das Kellerlokal in der East 9th Street marschiert, hatte mir einen der hier üblichen Mokkas aus winzigen

Tassen bestellt und mit der Kellnerin ein Gespräch begonnen.

Nach fünf Minuten war ein Schrank von einem Kerl an mich herangetreten und hatte mich in seiner Muttersprache angeschnauzt. Leider gehöre ich nicht zu den vielleicht zwei Dutzend Amerikanern, die fließen palukkanisch sprechen, also hatte ich mich freundlich auf Englisch vorgestellt. Und schon war die schönste Keilerei im Gange.

Der bullige Typ bekam Unterstützung von mindestens einem Dutzend seiner Landsleute, die in dem Kellerloch herumlungerten. Aber ich hatte keine Lust, mich einfach zusammenschlagen zu lassen. Mein Körper reagierte reflexartig, bevor sich mein Verstand überhaupt von der Überraschung erholt hatte. Mit einer Drehung kickte ich dem ersten Angreifer meinen Fuß gegen den Solarplexus. Gleichzeitig packte ich den wackligen Holzstuhl, auf dem ich eben noch gesessen hatte.

Als ein unrasierter Kerl auf mich losstürzte, krachte das Möbelstück über seinen Schädel. Er ging zu Boden wie vom Blitz gefällt. Doch auch der Stuhl hatte die Attacke nicht unbeschadet überstanden. Johlend sprangen seine Freunde über ihren zusammenbrechenden Kumpan hinweg. Sie schwangen offene Flaschenhälse und Klappmesser. Da waren sie bei mir an der richtigen Adresse.

Ich ging zwei Schritte zurück. Aber nur, um die palukkanische Nationalflagge von der Wand zu reißen! Ein ungläubiges Keuchen aus vielen Kehlen ertönte, doch mir war ihr geheiligtes Fahnentuch ziemlich egal. Mir war nur aufgefallen, daß der Stoff an einem langen und massiven Stab befestigt war, der sich hervorragend für chinesische Schwertkampftechnik eignete.

Mit einem lauten Schlachtruf warf ich mich den fünf Mann entgegen, die mir am nächsten standen. Das Holzstück schwirrte in meinen Händen wie eine Sichel, wehrte die Angreifer ab, und sie kamen nicht mehr durch. Aus dem Augenwinkel sah ich, wie etwas nach mir geworfen wurde. Ich nahm den Kopf nur um einen Inch zur Seite, aber es reichte, damit die Schnapsflasche an mir vorbeiflog, die daraufhin klirrend in einer Ecke zu Bruch ging.

Ich packte die Fahnenstange fester und stieß damit nach den Palukkanern. Einer der Männer versuchte mich von der rechten Flanke aus zu überraschen, doch ich hatte ihn schon gesehen und schlug mit dem langen Holzstab zu, und der Angreifer flog quer über zwei Tische.

Drei weitere Gegner konnte ich niederknüppeln, doch nun hatten sie es geschafft, mich in die Ecke zu drängen. Mir kam es so vor, als würden es immer mehr werden. Meine rechte Faust umklammerte immer noch die Fahnenstange, mit der ich sie außer Reichweite hielt. Die linke Hand fuhr in mein Jackett und zauberte den FBI-Ausweis zutage. Manchmal wirkt sein Anblick ja Wunder.

»FBI! Sofort Schluß jetzt!«

Diesmal klappte es nicht, denn mit haßerfüllten Gesichtern drangen die Palukkaner weiter auf mich ein. Daß ich mich an ihrer Nationalflagge vergriffen hatte, schien ihre Stimmung auch nicht gerade aufgehellt zu haben. Ihre Hände umklammerten wie Krallen die abgebrochenen Flaschenhälse, mit denen sie mich in Stücke schneiden wollten. Selbst wenn ich meine SIG eingesetzt hätte, ich hätte höchstens sechs von ihnen niederschießen können. Dann blieben immer noch mehr als zehn Mann übrig, um mich in die ewigen Jagdgründe zu befördern.

Ich merkte, wie meine Arme müde wurden. Lange würde ich mir die Meute nicht mehr vom Hals halten können. Der Koloß, der den Streit angefangen hatte, griff wieder an. Ich rammte ihm den Holzstab in den massigen Leib, er taumelte zurück, aber nur einen Schritt. Ich holte weit aus, um ihn auszuknocken. Und da passierte es.

Die Fahnenstange glitt von seiner Schulter ab und zerbrach in der Mitte! Ein Grölen aus vielen Kehlen bewies, wie sehr die Männer auf diesen Moment gewartet hatten. Ich zog meine Dienstpistole. Mein Leben würde ich teuer verkaufen. Aber sie wichen nicht zurück.

»Kmek!«

Ich blickte zum Eingang, weil eine wohlbekannte Stimme dieses Wort in einer fremden Sprache gebrüllt hatte. Die Palukkaner wirbelten gleichfalls herum.

Im Türrahmen erkannte ich Henry Kaminski, Sergeant der City Police und Überlebender zahlloser Schlachten mit Gangs aller Art. Seine lässig in den Gürtel gehakten Daumen bewiesen, daß sich der Oldtimer auch von den wütenden Palukkanern nicht aus der Ruhe bringen ließ. Hinter ihm waren die Umrisse seines Partners Nicky Alessandro zu sehen, der weit weniger selbstsicher wirkte.

Kaminski betrat das verwüstete Lokal und schlurfte zielsicher auf den großen Kerl zu, der mich als erster belästigt hatte.

»Szirab je kol wag tiu?« schnauzte der Mann vom NYPD.

»Kul mak tja ...«, stotterte der Palukkaner.

»Wam opu United States sowutni, tja FBI virumsok!«

Der Palukkaner schlug die Augen nieder. Ich hatte kein Wort verstanden. Aber was auch immer der Cop gesagt hatte, es verfehlte seinen Wirkung nicht. Die Menge zerstreute sich, als wäre nichts gewesen.

»Jerry Cotton!« rief er erfreut aus, als ich aus der Ecke hervorkam und meine SIG wieder wegsteckte. »Du bist aber auch überall da, wo die Action tobt!«

»Dasselbe könnte ich von dir sagen, Henry. Wie hast du es geschafft, diese Rasenden zu bändigen?«

Der Cop grinste freudlos. »In diesem Café ist fast jeden Tag Ringelpietz mit Anfassen und anschließendem Treffen auf der Intensivstation. Diese Palukkaner hier haben nichts zu tun. Deshalb vertreiben sie sich die Zeit mit Schlägereien.« Er zuckte mit den Schultern.

»Und wieso kannst du so fließend Palukkanisch, Henry?«

Der Cop lächelte geschmeichelt. »Nicht mehr als zwanzig Worte, G-man. Als sie dich gerade schlachten wollten, habe ich ›kmek‹ gerufen. Das heißt in ihrer Sprache ›Stopp‹. Und was ich dann noch gesagt habe, kann ich einem moralisch sauberen Menschen wie dir nicht zumuten.«

Wir lachten beide.

»Immerhin parieren diese Schlägertypen vor dir«, meinte ich anerkennend.

Der NYPD-Mann zuckte mit den Schultern. »Muß wohl daran liegen, daß ich eine Uniform trage und die Burschen inzwischen in ihrer Sprache anschnauzen kann. Die Jungs stammen schließlich aus einer verdammten Militärdiktatur. Die sind es gewohnt, von Männern in Uniform rumkommandiert zu werden.«

»Na schön.« Ich nickte grimmig und zückte mein Handy. »Aber jetzt sind sie in den USA. Und ich bin nicht hergekommen, um Selbstverteidigung zu trainieren, sondern weil ich Informationen brauche. Und die bekomme ich, verlaß dich drauf.«

Der vorhin so großspurige Riese, der die Schlägerei angezettelt hatte, sah mich an wie ein ertappter Schuljunge, während ich eine Nummer in mein Mobiltelefon tippte.

Phil Decker stellte sich an den Straßenrand und hielt Ausschau nach einem Taxi. Er mußte keine Minute warten. Der G-man befand sich mitten in Manhattan, es war heller Tag, und ganze Flotten von Yellow Cabs rollten über die Avenues und Boulevards, um die hektischen Bewohner der quirligen Felseninsel von einem Busineß-Termin zum nächsten zu bringen, Touristen zum World Trade Center zu karren und so weiter ...

Ein Cabbie lenkte seinen Schlitten an den Bordstein. Doch bevor Phil einsteigen konnte, stieß ihn eine Frau zur Seite und legte ihre Hand auf den Türgriff.

»Entschuldigen Sie, aber das ist *mein* Taxi!«

Phil wollte etwas erwidern, aber der Anblick dieser Rothaarigen verschlug ihm glatt den Atem. Nach der Figur zu urteilen hätte sie glatt ein Supermodel wie Claudia Schiffer oder Naomi Campbell sein können. Das enganliegende Minikleid ließ keine Unklarheiten bezüglich ihrer Kurven aufkommen.

»*Ich* habe das Cab herangewinkt!« beharrte die Schöne mit einem Lächeln, das Eisberge zum Schmelzen bringen konnte. »Ich habe da vorn gestanden. Der Fahrer konnte nur nicht so schnell bremsen und ist bis hierher gerollt.«

Aber auch Phil war nicht auf den Mund gefallen. »Wenn ich nach einem Taxi winke, und ein Taxi hält direkt vor meinen Zehenspitzen, dann ist es wohl für mich bestimmt, oder?«

»Könnten sich die Herrschaften endlich einigen?« giftete der Cabbie dazwischen und schob noch das Motto aller New Yorker hinterher: »Zeit ist Geld!«

Der G-man und die Schöne sahen sich an und mußten plötzlich beide lachen. »Idiotisch, sich zu streiten«, meinte mit Rothaarige mit einem koketten Augenaufschlag. »Wir nehmen einfach beide das Taxi, okay?«

»Okay«, sagte Phil und ließ der jungen Frau charmant den Vortritt beim Einsteigen. Dabei konnte er sich davon überzeugen, wie lang und wohlgeformt ihre Beine wirklich waren.

»Wo soll es hingehen?« blaffte der Cabbie. Es schien, als wollte er das alte Vorurteil über die Ruppigkeit der New Yorker Taxichauffeure gerne bestätigen.

»Ich muß zu den Global Entertainment TV-Studios in der 62nd Street«, flötete die blendend hübsche Frau.

»Und mich fahren Sie zum United Nations Park Hyatt Hotel«, bestimmte Phil.

»Also erst 62nd Street«, nuschelte der Fahrer und legte einen Kavalierstart hin. Phil und die Frau wurden in die Polster gedrückt.

»Ich kenne Sie!« sagte Phil plötzlich. Die Fremde gefiel ihm ausgesprochen gut. Er wollte die Gelegenheit nicht verstreichen lassen, mit ihr zu plaudern. Außerdem kannte er sie wirklich.

»Ach ja?« In ihrer Stimme schwangen sowohl Spott als auch Interesse mit. Phil hätte nicht sagen können, was überwog.

»Na klar!« rief Phil und strahlte. »Ich besitze nämlich einen Fernseher, müssen Sie wissen. Und manchmal komme ich sogar dazu, ihn einzuschalten. Dann gibt es hin und wieder diese Werbefilmchen zu sehen, von denen die Sender leben. Und nicht allzu selten erscheint dann Ihr Gesicht, um die Vorzüge von Tante-Martha-Instant-Pfannkuchen anzupreisen!«

Die Rothaarige verdrehte die Augen. »Erinnern Sie mich nicht daran! Das Kleid einer alten Jungfer und das Make-up einer Betschwester aus dem Mittleren Westen. Aber immerhin konnte ich von dem Honorar zwei Monate lang die Miete bezahlen.«

»Sie sind also in der Filmbranche?«

»Haarscharf erkannt, Mister. Ich stehe kurz vor dem Durchbruch. Und das seit fünf Jahren.« Sie lächelte selbstironisch und streckte Phil ihre mit langen roten Fingernägeln versehene rechte Hand entgegen. »Loretta La Salle. Erfreut, Sie kennenzulernen.«

»Phil Decker. Das Vergnügen ist ganz auf meiner Seite«, erwiderte der Special Agent und sah ihr tief in die Augen. Sie wich seinem Blick nicht aus, sondern rutschte unauffällig noch ein Stückchen näher an ihn heran.

»Phil Decker«, wiederholte sie nachdenklich. »Und Sie wollen zum United States Park Hyatt Hotel. Wie ein Tourist sehen Sie aber nicht aus.« Das war als Kompliment zu verstehen. Die Einwohner des *Big Apple* sind zeitweise herzlich abgenervt von den Horden aus aller Welt, die tagtäglich in ihre Stadt einfallen. Aber sie arrangieren sich damit, wie sie sich mit dem Lärm, der Hektik, der Kriminalität und dem Smog arrangiert haben. »Und wie ein Diplomat wirken Sie auch nicht gerade«, fuhr die Schöne fort.

»Sagen wir: Ich habe dort beruflich zu tun.« Phil lächelte.

»Ah, Mr. Decker legt seine Karten nicht auf den Tisch.«

»Dafür müßten Sie doch Verständnis haben, Loretta La Salle. Wie lange braucht man, um sich einen solchen Namen auszudenken?«

»Ertappt!« Die Schöne grinste spitzbübisch. »Drei Wochen habe ich geknobelt, bis mir dieser Künstlername eingefallen ist. Aber was soll's, Phil Decker? Wenn man Ann-Christine Breytenbach heißt, ist man für die TV-Branche rettungslos verloren.«

Phil zuckte mit den Schultern. »Solange Mr. Breytenbach nichts dagegen hat ...«

Loretta La Salle lachte frech, mit funkelnden Augen. »Sehr geschickt, Mr. Decker. Nein, mein Vater ist stolz auf mich. Und falls Sie einen gewissen Mr. Breytenbach an meiner Seite meinen, mit dem ich Tisch und Bett teile – den gibt es nicht. Und um Ihrer nächsten Frage zuvorzukommen: Nein, ich habe heute abend noch nichts vor. Und weiter – Sie dürfen mich gern anrufen. Hier ist meine Karte.«

Und sie fischte eine Visitenkarte mit Namen, Anschrift und Telefonnummer aus ihrer Handtasche.

Phil schob die Unterlippe vor. »So macht Flirten keinen Spaß.«

Loretta knuffte ihm scherzhaft in die Rippen. »Wir sind in New York, Mr. Traumtänzer. Hier ist Zeit Geld. Das da draußen ist die St. James Church, okay? Wir sind in drei Minuten an der 62nd Street. Wenn ich nicht ein bißchen aufs Tempo gedrückt hätte, würden wir uns vielleicht nie wiedersehen!«

»Das wäre schade«, meinte Phil. Er fühlte, wie ihm das Herz bis zum Hals schlug.

Wenig später stieg der Cabbie reichlich unromantisch in die Bremse. Loretta warf einen Zehn-Dollar-Schein nach vorn, hauchte Phil einen Kuß auf die Wange, und dann stakste sie mit wiegenden Hüften und auf ihren Pfennigabsätzen ins Innere des Gebäudes von Global Entertainment.

Phil stieß langsam die Luft aus.

Loretta La Salle fand zu ihrer Überraschung in der Eingangshalle des Studiogebäudes sofort eine freie Telefonzelle. Sie warf ein Fünfundzwanzig-Cent-Stück in den Schlitz und wählte. Die Nummer kannte sie auswendig.

Nach fünfmaligen Freizeichen wurde der Hörer abgenommen. »Hallo?«

»Ich muß mit dem Herrn persönlich sprechen.«

Stille in der Leitung. Dann ein Klicken.

»Herr? Hier ist Loretta. Ich habe einen der FBI-Agenten an der Angel. Er heißt Phil Decker. Ich bin sicher, daß er sich heute abend mit mir treffen wird.«

»Gut«, sagte Osmok mit seiner ruhigen Stimme. »Wir sind uns sicher, daß du uns nicht enttäuschen wirst.«

Dr. Erasmus Foley war ein magerer und blasser Mensch, der hinter seinen dicken Brillengläsern verschüchtert in die Welt guckte. Es war ihm anzusehen, daß er sich in der Lower East Side nicht allzu wohl fühlte. Wahrscheinlich war er das erste Mal in diesem verrufenen Stadtteil.

Es tat mir leid für ihn, aber auch ich mußte meinen Job erledigen. Und dafür brauchte ich jemanden, der mehr als zwanzig Worte Palukkanisch sprach. Deshalb hatte ich im FBI Field Office angerufen und meinem indianischen Kollegen Zeerookah mit knappen Worten die Lage geschildert. Er sollte mir einen Eierkopf herbeischaffen, der die Sprache des winzigen Balkanstaates fließend beherrschte. Immerhin gibt es in New York City über dreißig Universitäten.

Schon nach einer Stunde schleifte er Dr. Erasmus Foley in das zertrümmerte palukkanische Lokal.

»Special Agent Jerry Cotton, FBI New York«, stellte ich mich vor und drückte vorsichtig die schmale Hand des Bücherwurms. »Vielen Dank, daß Sie sofort kommen konnten.«

»Ich bin Dr. Erasmus Foley«, erwiderte der Wissenschaftler und zwinkerte mich unsicher an. »Ihr Kollege hat mich geradezu entführt. Er sagte, daß es um eine Angelegenheit von größtem nationalen Interesse ginge ...«

»Stimmt«, erwiderte ich knapp. »Wie ich höre, sprechen Sie ganz gut Palukkanisch?«

»Sir!« Er richtete sich zu seiner ganzen geringen Größe auf. »Ich bin die führende Kapazität der amerikanischen Palukkanistik. Meine wegweisende Studie über die zweite Lautverschiebung im 12. Jahrhundert ...«

Ich brachte ihn mit einer Handbewegung zum Schweigen. »Sie werden uns Ihre Künste sofort vorführen können, Doktor.« Ich deutete auf den großen und brutal aussehenden Palukkaner, der unter den wachsamen Augen von Henry Kaminski und Nicky Alessandro an einem der wenigen noch heilen Tische saß. »Mit diesem Gentleman habe ich ein paar Worte zu wechseln. Und ich möchte, daß Sie jedes davon übersetzen.«

Der Sprachwissenschaftler sah den Schläger scheu an, aber dann siegte seine Neugier. Wie oft hatte er wohl in seinem Leben schon mit einem echten palukkanischen Kriminellen aus Fleisch und Blut gesprochen?

»Wie heißen Sie?« war meine erste Frage. Foley übersetze es treu und brav auf Palukkanisch. Ich konnte seinem Gesicht ansehen, daß er konzentriert bei der Sache war.

»Djursme Kalobsch.«

»Warum haben Sie mich angegriffen, Mr. Kalobsch?«

»Mr. Djursme«, mischte sich Dr. Foley ein. »Die Palukkaner nennen immer erst ihren Nachnamen.«

»Danke. Warum Mr. Djursme? Ich habe Ihnen nichts getan.«

»Ich habe gedacht, Sie wollen verdammten Ärger machen und Ihre dreckigen Finger an palukkanische Frauen legen.« Der Bücherwurm übersetzte offenbar wortwörtlich.

»Warum sind Sie so unfreundlich?«

Er spuckte aus. »Verdammtes Pech. Verdammtes Amerika. Nichts als Ärger. Nun ist auch noch der König tot. Wird begraben in fremder Erde. Verdammtes Leben.«

»Wer hat Ihren König ermordet, Mr. Djursme? Ich bin Polizist, von der Bundespolizei FBI. Verstehen Sie das?«

»Verstehe«. Der Schrank von einem Mann nickte. »Wenn wir den Killer finden, machen wir kurzen Prozeß.« Seine Hände drehten dem unsichtbaren Gegner die Kehle um. Dr. Foley wurde noch bleicher. Falls das überhaupt möglich war.

»Der FBI wird ihn finden, Mr. Djursme. Und dann kommt er vor ein Gericht. Haben Sie einen Verdacht, wer Grigori III. getötet haben könnte?«

»Die verdammten Generäle aus der Heimat. Die wollten verhindern, daß Seine Majestät jemals wieder palukkanischen Boden betritt. Soll der Teufel sie alle holen! Mögen sie in der Hölle schmoren! Mögen ihre Kinder und Kindeskinder ...«

Ich unterbrach seine Haßtirade. »Sagt Ihnen der Name Osmok etwas?«

Plötzlich sprang der große Mann auf, bevor die beiden Cops es verhindern konnten. Seine Augen quollen vor, er riß den Mund weit auf. Die Hände zuckten zum Herzen. Wie ein Felsen krachte er auf die Tischplatte.

Ich versuchte Mund-zu-Mund-Beatmung. Nicky Alessandro begann mit einer Herzmassage. Henry Kaminski stürzte hinaus zum Patrolcar und rief über Funk einen Arzt.

Der Doc traf schon nach zehn Minuten ein und konnte nur noch den Tod feststellen.

Er zuckte mit den Achseln. »Nageln Sie mich nicht darauf fest«, sagte er. »Aber ich würde sagen, daß dieser Mann vor Schreck gestorben ist.«

Das United Nations Park Hyatt Hotel liegt in unmittelbarer Nähe der UN. Entsprechend bunt war das Bild in der Eingangshalle. Menschen aller Hautfarben und aus allen Erdteilen strömten hinein und hinaus. Inder mit Turbanen, Inderinnen im Sari, Araber im traditionellen Burnus, Frauen mit Ganzkörperschleier, Japaner, Südamerikaner, Schwarzafrikaner, Europäer ... Fetzen Hunderter unterschiedlicher Sprachen drangen an Phils Ohr.

Es ist schon etwas dran an dem Spruch, daß New York die Hauptstadt der Welt sei, dachte Phil Decker. Doch dann konzentrierte er sich wieder auf seine Aufgabe und schritt auf die Rezeption zu.

Unauffällig präsentierte er einem Angestellten seinen FBI-Ausweis.

»Ich möchte zu Leopold Sergevic.«

Der Mann in der Hyatt-Uniform hob eine Augenbraue und raunte: »Ist der Gentleman ein Gast unseres Hauses?«

»Ich weiß es nicht«, gestand Phil. »Ich habe nur die Information, daß ich ihn hier finden kann.«

»Das werden wir gleich haben.« Der Angestellte tippte den Namen in den Computer. Phil buchstabierte ihn mehrmals.

»Bedaure.« Der Hyatt-Mann zuckte mit den Schultern. »Unter unseren Gästen finde ich ihn nicht. Es ist auch nicht zu erkennen, daß er in den letzten vier Wochen hier gewohnt hat. Wir heben die alten Daten immer noch eine Weile im Arbeitsspeicher auf. Sicherheitshalber.«

Phil biß sich auf die Lippe. »Vielleicht haben Sie den Namen ja aus Versehen falsch eingegeben? Versuchen Sie doch bitte einmal Sergewitsch oder Sergewitz oder ...«

»Gibt es ein Problem?« Ein älterer Angestellter mit schlohweißem Haar trat hinzu.

Der Jüngere nickte diensteifrig. »Dieser Gentleman ist vom FBI. Er sucht einen Gast namens Leopold Sergevic. Aber ich kann ihn nicht finden.«

»Kein Wunder.« Der Weißhaarige schmunzelte. »Sergevic ist kein Gast. Sie wissen schon, Dean. Sergevic, das ist *der*.«

»Ach – *der*!« Der Hyatt-Mann schlug sich mit der flachen Hand vor die Stirn und lächelte entschuldigend. »Ich hatte schon längst wieder vergessen, wie der richtig heißt.«

Phil sah verwirrt vom einen zum anderen.

»Kommen Sie!« raunte ihm der jüngere Hyatt-Mann zu. Er trat hinter dem Empfangstresen aus poliertem Mahagoniholz hervor und bat Phil mit einer einladenden Handbewegung, ihm zu folgen. Durch ein Feuertreppenhaus stiegen die beiden Männer in die Eingeweide des Riesenhotels hinunter, die für die Gäste stets unsichtbar bleiben. Hier sorgen fleißige Hände mit Bügeleisen, Scheuerpulver und Schuhcreme dafür, daß das Image vom perfekten Service dieser Hotelkette niemals verblaßt.

Sie schritten durch ein Labyrinth von Gängen. Phil schätzte, daß er sich mindestens zwei Stockwerke unter der Erde befand. Nackte Glühbirnen tauchten diese schmucklose Welt in ein unwirkliches Licht. Endlich gelangten sie in einen kleinen fensterlosen Raum, wo Hunderte von Schuhpaaren darauf warteten, poliert zu werden. Es roch intensiv nach Leder.

»Na so was, er ist gerade nicht da«, murmelte der Hyatt-Angestellte. Er wollte noch etwas sagen, wurde aber von seinem Signalpiepser unterbrochen.

»Ich werde dringend an der Rezeption gebraucht!« rief er Phil zu. »Nehmen Sie doch bitte Platz! Ich bin sofort wieder da und werde mich um Sie kümmern!«

Und bevor der G-man protestieren konnte, war er allein in dem unübersichtlichen Kellergeschoß.

Seufzend fügte sich Phil in sein Schicksal und ließ sich auf eine harte Holzbank nieder. Seine Gedanken wanderten zurück zu der attraktiven und charmanten Loretta La Salle, die er in einem Yellow Cab auf dem Weg hierher kennengelernt hatte.

Was für eine tolle Frau! dachte Phil. Er wollte sie abends unbedingt anrufen und mit ihr ausgehen. Vielleicht hatte er ja Chancen bei ihr. Der Flirt im Taxi jedenfalls ...

»Schuhputzen, Sir?«

Ein kleiner Mann mit einem zurückweichenden Haarkranz am Hinterkopf war fast lautlos eingetreten. Er hatte einen Holzkorb mit Bürsten, Lappen und Schuhcremes dabei. Zur Uniformhose eines Pagen trug er ein ehemals weißes T-Shirt mit vielen Spuren seiner fleißigen Polierarbeit. Phil schätzte ihn auf Mitte Fünfzig.

»Nein, danke«, erwiderte der Special Agent höflich. »Man hat mich hier sitzenlassen, wissen Sie. Ich arbeite für den FBI und suche Mr. Leopold Sergevic, den ehemaligen Premierminister von Palukkanien.«

»Den haben Sie gefunden«, murrte der Kleine, und in seinem Gesicht standen auf einmal Mißtrauen und Scham. »Ich bin Leopold Sergevic.«

Marilyn Roundtree war nackt.

Der Ort, an dem sie ihren schlanken attraktiven Körper ohne jede Verhüllung präsentierte, machte dies erforderlich. Sie befand sich nämlich in einer finnischen Sauna.

Eine grazile Japanerin glitt von der Holzbank und machte einen Aufguß. Marilyn glaubte, daß ihr der Kopf wegfliegen würde. Doch nach einigen Minuten nahm die Hitzewelle wieder ab. Sie strich sich mit beiden Händen den Schweiß von den Armen und von den kleinen, aber wohlgeformten Brüsten.

Ein ungewöhnlicher Ort für ein Informantentreffen, diese Prominentensauna in Midtown Manhattan. Aber Marilyn Roundtree machte das nichts aus. Sie hätte notfalls auch einen Bischof auf einem Karussellpferd reitend interviewt, wenn eine gute Story dabei rausgekommen wäre.

Marilyn Roundtree war Klatschreporterin. Die beste von New York City.

Die quirlige Blondine raste von Cocktailempfängen zu Ausstellungseröffnungen, kannte die Umkleidekabinen des Baseball-Teams der New York Yankees ebenso von innen wie die Stargarderoben der Musical-Bühnen im Theatre District. Politgrößen, Rockstars und Schauspieler rissen sich um ihre Bekanntschaft. Denn wer regelmäßig in der Kolumne ›New York Gossip‹ erschien, durfte sich wirklich zu den oberen Zehntausend rechnen.

»Miss Roundtree?«

Eine dunkelhaarige Schönheit legte ihr Handtuch neben das der Klatschreporterin. Ihr Körper war im Gegensatz zu dem der blonden hellhäutigen Marilyn bronzefarben und ziemlich drall. Ihre Brüste glichen Honigmelonen, und ihr Po war so ausladend und gerundet wie bei einer eifrigen Samba-Tänzerin.

»Höchstpersönlich, Schätzchen«, flötete die zierliche Journalistin. »Sie haben mich angerufen?«

Scheu blickte sich das Mädchen mit den dunklen Augen um. »Ja, das war ich. Seit Jahren gehe ich jeden Donnerstag nachmittag in diese Frauensauna. Deshalb ist es nicht so riskant, Sie hier zu treffen.«

Marilyn zog eine Augenbraue hoch. »Riskant? Weshalb sollte es riskant sein?«

»Weil ich etwas über den Tod von Grigori III. weiß!«

Das Herz der Klatschreporterin vollführte einen Sprung. »Schätzchen, ich hatte den ermordeten Herrscher einmal in meiner Kolumne. Als er den palukkanischen Nationalfeiertag mit Bürgermeister Rudolph Giuliani als Ehrengast begangen hat. Ich weiß, daß jemand ihn umgelegt hat. Aber das ist eine Story für die Politikfritzen in unserer Redaktion. Ich kann gern Ihre Telefonnummer weitergeben ...«

»Nein!« Panik ließ die Augen der unbekannten Frau mindestens doppelt so groß erscheinen. »Wenn mein Name irgendwo bekannt wird, kann ich mein Testament machen!«

Marilyn Roundtree seufzte. Aber sie wußte, daß Informanten ein scheues Wild sind. »Erzählen Sie mir erst mal, was Sie wissen, Schätzchen. Dann sehen wir weiter.«

Ein weiterer Aufguß ließ die Geheimnisvolle fast hinter einer Nebelwand verschwinden.

»Also ... ich weiß nicht, wer den Auftrag gegeben hat, Grigori III. zu töten. Aber ich weiß, wer die Marionetten geführt hat, die es getan haben.«

»Wer, Schätzchen?«

»Osmok.«

Die Stimme der drallen Schönheit zitterte, als sie den Namen aussprach. Doch Marilyn Roundtree sagte er nichts. Sie zuckte mit den Schultern.

»Nie gehört. Wer ist das?«

»Niemand weiß, wer Osmok wirklich ist«, flüsterte die Frau beschwörend. Der Schweiß rann ihr in Strömen über das Gesicht.

Schwitzte sie so wegen der Temperaturen, oder war es Angst? Die Klatschreporterin hätte diese Frage in diesem Moment nicht mit Sicherheit beantworten können.

»Okay, Schätzchen. Gehen wir mal davon aus, daß Ihre Story stimmt. Ein gewisser Osmok ist für den Tod von Grigori III. verantwortlich. Fein. Aber wieso erzählen Sie das nicht den Cops?«

Die Unbekannte schüttelte verzweifelt den Kopf. »Osmok ist mächtig. Seine Organisation operiert weltweit. Niemand außer ihm selbst weiß, wer alles dazugehört. Das Geheimnis, das Mißtrauen sind seine Verbündeten. Osmok kann nur besiegt werden, wenn seine Machenschaften an die Öffentlichkeit kommen.«

Marilyn war sich immer noch nicht sicher, ob ihre Informantin verrückt war oder eine wirklich heiße Story für sie hatte. Noch heißer als die Temperatur in dieser Sauna. »Gibt es handfeste Beweise für das, was Sie mir hier erzählen, Schätzchen?«

»Die gibt es!« Die Dunkelhaarige nickte eifrig. »Entschuldigen Sie mich einen Moment. Ich muß schnell ins Tauchbecken, bevor ich verglühe.«

Die Klatschreporterin machte eine zustimmende Handbewegung und sah einen Moment später die breiten Hüften der geheimnisvollen Frau hinter der Holztür verschwinden. Während sie mit der Japanerin allein war, versuchte sie ihre Gedanken zu ordnen.

Grigori III. Osmok. Marilyn Roundtree kannte Gott und die Welt, doch von einem Osmok hatte sie noch nichts gehört. Und warum sollte er den palukkanischen König im Exil getötet haben? Wo war das Motiv?

Eigentlich ein Fall für Smitty, dachte sie grinsend. Ihr gestreßter Kollege, der Kriminalreporter. Er schwitzte ständig, sommers wie winters. Und das, ohne vermutlich jemals im Leben in einer Sauna gewesen zu sein.

Wo blieb eigentlich die dunkelhaarige Informantin? Hatte sie es sich in dem Eiswasser da draußen bequem gemacht? Marilyn wäre selbst gern in die polaren Fluten gesprungen. Doch die grazile Japanerin kam ihr zuvor. Sie hatte schon auf der dritten Stufe gesessen und war wahrscheinlich reif für eine Abkühlung.

Ein gellender Schrei durchschnitt die Sauna.

Marilyn sprang auf und rannte hinaus. Draußen sah sie, daß die Japanerin geschockt die Hände vor das Gesicht geschlagen hatte. Und in dem Tauchbecken schwamm der leblose Körper der Dunkelhaarigen!

Drohend hob der hagere Palukkaner seine Fäuste gegen Dr. Erasmus Foley. Der Bücherwurm hob schützend seine dürren Hände vors Gesicht. Doch bevor der Kerl zuschlagen konnte, hatte ein Stoß von mir ihn wieder zurück auf den Stuhl geschleudert.

»Sitzenbleiben!« schnauzte ich. Diesmal schien ich keinen Dolmetscher zu brauchen. Jedenfalls tat der Palukkaner, was ich gesagt hatte. Wenn auch murrend.

Der plötzliche Herztod ihres stämmigen Kumpels schien die Gammler in dem Lokal ziemlich durchgeschüttelt zu haben. Auch ich war verblüfft, daß jemand starb, nur weil man einen Namen nannte.

Den Namen Osmok.

Aber ich brauchte dringend Informationen. Und da ich den Experten für Palukkanisch nun schon einmal hier hatte, wollte ich auch noch die übrigen Anwesenden ausquetschen. Zu meiner Unterstützung hatte ich unseren indianischen Kollegen Zeerookah und seinen Partner Steve Dillaggio angefordert.

Die Cops Kaminski und Alessandro wurden wieder auf den Straßen Manhattans gebraucht.

Doch unsere palukkanischen Neubürger erwiesen sich als ziemlich störrisch.

»Erklären Sie diesen Herzchen erst mal, daß sie mit einem Verfahren wegen Körperverletzung zu rechnen haben«, bat ich den Doktor. »Und wegen Widerstands gegen die Staatsgewalt. Sie können ihre Lage nur verbessern, wenn sie mit uns zusammenarbeiten.«

Der verwirrte Wissenschaftler nickte und sagte sein Sprüchlein auf Palukkanisch auf. Als er heute morgen seinen Arbeitstag mit einer Vorlesung in der Columbia University begann, hatte er sich wohl nicht träumen lassen, daß Verhöre von zwielichtigen Bewohnern des von ihm so eifrig studierten Balkanstaates folgen würden. Das Leben ist aber nun mal voller Überraschungen.

»Fragen Sie ihn, was es mit diesem Osmok auf sich hat«, forderte ich

»Kwas strajne Osmok'ne adu davaizte?« sagte der Wissenschaftler mit lauter werdender Stimme. Allmählich schien er seine Schüchternheit zu überwinden. Außerdem hatten sich Zeery und Steve Dillaggio wie Schildwachen links und rechts von dem Verhörten postiert, um einen weiteren Temperamentsausbruch zu verhindern. Die übrigen Beteiligten an der Schlägerei vorhin hatten wir einfach ins Hinterzimmer gesperrt.

Der Palukkaner öffnete den Mund und schloß ihn sofort wieder. Wie ein Karpfen, der nach Luft schnappte. Dann murmelte er etwas in seiner Muttersprache.

»Er behauptet, nichts über Osmok zu wissen«, informierte uns Dr. Foley. »Angeblich war dieser Riese, der vorhin gestorben ist, in irgendwas eingeweiht. Aber ob wir ihm glauben können ...«

In diesem Moment zerschlug ein Feuerstoß aus einer Maschinenpistole die Fenster des Lokals. Die Flaschen hinter der Theke zersprangen, und die Hölle brach über uns herein!

Phil errötete. Einerseits war es ihm peinlich, den Mann nicht erkannt zu haben, der einst als Premierminister den US-Präsidenten empfangen und vor den United Nations gesprochen hatte. Andererseits schämte er sich für Leopold Sergevic, der vom palukkanischen Präsidentenpalast in den Schuhputzkeller des Hyatt-Hotels abgestiegen war.

Leopold Sergevic schien die Gedanken des G-man erraten zu haben. »Ist schon gut, Mister«, sagte er bitter. »Ich bin froh, am Leben zu sein. Die Militärdiktatur in meiner ehemaligen Heimat hat mit vielen von uns kurzen Prozeß gemacht. Der Innenminister wurde vor den Augen seiner Familie gehängt. Der Justizminister auf der Flucht erschossen, wie sie behauptet haben. Ich war dumm genug, mein ganzes Vermögen in Palukkanien anzulegen. Dort liegt es auch immer noch. Nur ich habe nichts davon.«

»Aber, Exzellenz ...« Phil wußte nicht recht, wie er den Schuhputzer anreden sollte. »Nach dem, was Sie früher für Ihr Land getan haben ...«

»Ich habe ja nichts gelernt und kann nichts«, stieß Sergevic verzweifelt hervor. »Amerika war so großzügig, mir die Green Card auszuhändigen, die Arbeitserlaubnis für Ausländer. Ich war Politiker. In dem Job kann ich hier nicht arbeiten. Ich bin ja noch nicht mal US-Bürger, also kann ich nicht gewählt werden. Ansonsten habe ich Jura studiert. Ich bin Experte für palukkanisches Strafrecht. Aber außerhalb Palukkaniens kann ich mein Diplom noch nicht mal zum Schuheputzen verwenden.«

Phil biß die Zähne zusammen. Der Mann tat ihm leid, aber er mußte an den Zweck seines Besuches denken. »Exzellenz, mein Name ist Phil Decker. Ich bin Special Agent des FBI New York. Wir versuchen, den oder die Mörder von Grigori III. zu finden.«

Wie eine Hammerfaust schien der Schmerz den kleinen Schuhputzer zu treffen. »Unser geliebter Monarch. Ermordet auf fremder Erde, fern der Heimat. Fragen Sie, was Sie wollen, Mr. Decker. Ich werde versuchen, Ihnen zu helfen.«

»Vielen Dank. Wer könnte ein Interesse gehabt haben, Grigori III. zu töten?«

»Ist das nicht klar?« erwiderte der Ex-Premier haßerfüllt. »Diese Bestien in Uniformen. Diese Militärs, die aus unserem schönen Palukkanien ein Gefängnis für seine zwei Millionen Einwohner gemacht haben.«

»Gewiß, Sir. Aber – ich muß das fragen – gibt es noch andere mögliche Auftraggeber für den Mord?«

Der Blick aus den Augen von Sergevic verriet, daß er innerlich weit weg war. In einem kleinen Gebirgsland des Balkan. »Das Volk hat Grigori III. geliebt, Agent Decker. Sein Geburtstag war Nationalfeiertag. Niemand mußte die Menschen vor seinen Palast prügeln. Sie sind freiwillig gekommen, Zehntausende jedes Jahr. Und die Blumen ...«

Phil mußte den Mann in die triste Realität zurückholen. »Was sagt Ihnen der Name Osmok?«

Leopold Sergevic umklammerte seine Schuhputzbürste, als wäre sie ein Totschläger. »Osmok? Was wissen Sie von Osmok?«

»Nichts«, gestand Phil Decker offen ein. »Ich hatte gehofft, daß Sie mir mehr Informationen über ihn geben könnten.«

Man konnte förmlich sehen, wie es hinter der Stirn des kleinen Mannes arbeitete. Er wurde abwechselnd blaß und rot. Es dauerte mindestens fünf Minuten, bis er die Sprache wiederfand. »Osmok ist ein mächtiger Mann. Warum er so mächtig ist, kann ich Ihnen nicht sagen, Agent Decker. Vielleicht, weil man nicht so genau weiß, wer alles für ihn arbeitet. Und wer von ihm abhängig ist.«

»Ist Osmok ein Palukkaner?«

Der Schuhputzer zuckte mit den Schultern. »Das weiß niemand. Sein Name klingt nicht richtig palukkanisch. Ich habe erstmals von ihm gehört, kurz bevor ... bevor ... diese Barbaren die Macht in meiner Heimat an sich gerissen haben. Es hieß, daß Osmok ihr Verbündeter sei.«

»Wer sagte das?«

»Unser Geheimdienst hatte ein Gerücht aufgeschnappt. Ich war damals so dumm, nicht darauf zu hören.« Der Ex-Premierminister schnaubte verächtlich. »Dieser Fehler machte mich zum Schuhputzer.«

»Osmok ist also der Kopf einer mächtigen Organisation?« forschte Phil.

»Wahrscheinlich.« Leopold Sergevic wich Phils Blick aus.

»Exzellenz, auch das scheinbar kleinste Detail ist wichtig für unsere Arbeit. Wir wissen bisher nichts über Osmok. Je mehr Informationen wir sammeln, desto eher können wir ihm das Handwerk legen.«

»Ich bin ihm selber nie begegnet«, sagte der kleine Mann nach einer langen Pause. »Aber er versteht es, die Menschen in Furcht zu halten. In Furcht und Abhängigkeit.«

Das Gespräch ging noch eine Weile hin und her, aber weitere Fakten konnte der G-man dem gestürzten Regierungschef nicht entlocken.

Phil seufzte und gab Sergevic seine Karte. »Rufen Sie mich an, wenn Ihnen noch etwas einfällt? Ich wünsche Ihnen von ganzem Herzen Glück in Amerika, Exzellenz.«

Wie aufs Stichwort kehrte der Hotelangestellte zurück, um Phil wieder ans Tageslicht zu führen.

Der ehemalige Premierminister starrte noch lange auf die Tür des Schuhputzraumes.

Er hatte Phil nicht die ganze Wahrheit gesagt ...

Marilyn Roundtree atmete tief in den Bauch. Das beste Mittel, um sich zu beruhigen. Nachdem sie den ersten Schock überwunden hatte, hatte sie dem Bademeister von der Leiche im Schwimmbecken berichtet und ihn gebeten, die Cops zu alarmieren. Dann hatte sie sich eiligst abgeduscht und war in ihre Klamotten geschlüpft. Sie wollte als Zeugin ungern im Evaskostüm auftreten.

Es dauerte keine Viertelstunde, bis die Beamten vom NYPD eintrafen. Zunächst war es die Besatzung eines Patrolcars in ihren bekannten blauen Uniformen. Sie checkten sofort, daß ein Gewaltverbrechen vorlag. Selbstmord oder Unfall erschien äußerst unwahrscheinlich.

Ein Fall für die Homicide Squad.

Während die beiden Zeuginnen im Aufenthaltsraum der Sauna nervös an Gläsern mit Orangensaft nippten, kamen zwei Detectives hereingewalzt. Der größere von ihnen hieß Levantowski und war fast so breit wie hoch. Ein rotgesichtiger Vulkan in Menschengestalt. Sein Partner hörte auf den Namen Carmichael und strahlte unerschütterliche Ruhe aus.

»Jetzt ist man noch nicht mal mehr in der Sauna seines Lebens sicher!« brüllte Levantowski und hieb seine Pranke auf den Tisch, daß die Saftgläser sprangen.

Die Frau aus dem Land der aufgehenden Sonne zuckte erschrocken zusammen, doch Marilyn Roundtree lächelte. Sie hatte tagtäglich mit Leuten zu tun, die sich gern aufspielten.

»Was ist genau passiert, Ladies?« Carmichael hatte seinen Notizblick aufgeschlagen und leckte seinen Bleistift an.

Mit einem Nicken überließ die Klatschreporterin ihrer Saunagefährtin den Vortritt.

»Mein Name ist Keiko Sakurai. Ich bin dreiundzwanzig Jahre alt und arbeite als Programmiererin für das amerikanische Büro von Toshiba in New York«, berichtete die Japanerin gewissenhaft. »Ich bin gegen fünfzehn Uhr in die Sauna gekommen. Zwanzig Minuten später kam die blonde Lady hinzu, und eine weitere Viertelstunde danach die Ermordete.« Sie mußte heftig schlucken, beherrschte sich aber und brach nicht in Tränen aus.

Marilyn Roundtree blickte zwischen den beiden Polizisten hin und her. Keiner von ihnen sah so aus, als ob er die Klatschspalten lesen würde. »Ich heiße Marilyn Roundtree, bin neunundzwanzig und arbeite als Journalistin für ›The New York Gossip‹. Ich habe nicht auf die Zeit geachtet, aber wenn die Lady es sagt, werden ihre Angaben sicher stimmen.«

»Kannte eine von Ihnen das Opfer?« röhrte Levantowski.

Wie auf Kommando schüttelten die beiden Frauen die Köpfe.

»Haben Sie mit ihr geredet?«

Wieder verneinte die Japanerin, doch Marilyn Roundtree nickte diesmal. »Sie hat mich gefragt, wie das U-Bahnsystem in New York funktioniert«, log sie. Warum erzählte sie den Cops nicht von dieser haarsträubenden Osmok-Geschichte, die ihr die Ermordete aufgetischt hatte? Sie wußte es nicht. »Den Unterschied zwischen *Express Trains* und *Local Trains*. Ich habe versucht, es ihr zu erklären.«

»Aber ihren Namen haben Sie nicht erfahren?« bohrte der vierschrötige Polizist nach.

Die Klatschreporterin zuckte mit den Schultern. »Bedaure, Officer.«

Levantowski erhob sich geräuschvoll, während Carmichael noch die Namen und Adressen der Frauen notierte. Sie sollten am nächsten Tag auf dem Revier erscheinen, um ihre Aussagen zu unterschreiben.

Der stämmige Cop polterte in den Umkleideraum, wo er von schrillen Kreischen und Schreien empfangen wurde. »'tschuldigung«, hörte man ihn sagen, »hatte ja keine Ahnung, daß hier noch mehr Ladies sind. Fassen Sie nichts an, ja? Wir müssen hier Spuren sichern!«

Marilyn und Keiko sahen sich an und begannen zu kichern.

»Ich muß jetzt ins Büro zurück.« Die Japanerin verabschiedete sich mit einer traditionellen Verneigung. Auch die Klatschreporterin hatte inzwischen Hummeln im Hintern. Sie spürte, daß sie einer ganz großen Sache auf der Spur war.

Keiko Sakurai lebte schon seit zwei Jahren in New York. Sie sprach und verstand fließend Englisch. Und wie die U-Bahn funktionierte, hatte sie auch längst begriffen. Sie ging die Third Avenue entlang und wartete an der Station 77th Street auf die U-Bahn Richtung Bowling Green. Auf dem Bahnsteig stand ein Mann neben ihr, der aussah wie ein typischer europäischer Tourist.

»Sonja konnte nichts mehr ausplaudern«, raunte die Japanerin dem Mann zu, der nur dem äußeren Anschein nach ein Tourist war. »Diese Marilyn Roundtree hat nichts Wichtiges erfahren. Trotzdem hat sie die Cops belogen. Sie hat ihnen nicht erzählt, daß Sonja mit ihr über den Herrn gesprochen hat.«

»Wir werden sie im Auge behalten«, versprach der angebliche Tourist. Damit ging er. Seine Erscheinung hatte sich in nichts von der Zehntausender anderer New-York-Neulinge unterschieden, die jedes Jahr über den großen Teich kamen. Nur einen aufmerksamen Beobachter wäre aufgefallen, daß die Hemdsärmel unter seiner Windjacke klatschnaß waren.

Das Dauerfeuer aus verschiedenen automatischen Waffen hielt uns nieder. Wir hätten per Handy Verstärkung rufen sollen, aber bei dem infernalischen Lärm war das unmöglich. Also zogen wir unsere Dienstpistolen und hielten in die Richtung, aus der die blauen Bohnen geflogen kamen.

Die Eingeschlossenen im Hinterzimmer hämmerten gegen die Tür, als sei der Leibhaftige hinter ihnen her. Doch dieser Bereich des Lokals lag für die unbekannten Attentäter außerhalb ihres Schußbereichs.

Außerdem war dies hier ein Kellerlokal, die Fenster also sehr schmal und sehr hoch gelegen, so daß die feigen Schützen ohnehin nicht richtig zielen konnten.

Es mußte sich um mindestens drei Sturmgewehre oder MPis handeln, die so reichlich ihren Bleisegen über uns ergossen. Ich hielt meine SIG Sauer P226 in der rechten Hand, stützte mit links ab und ballerte das Magazin leer, ganze sechzehn Schuß. Meine Ohren klingelten von dem Gefechtslärm. Aber bald darauf ebbte er ab. Eine Salve brandete noch in meine Richtung, dann herrschte gespenstische Stille. Nur noch die radierenden Reifen eines Fluchtwagens draußen auf der Straße waren zu hören.

Ich sprang auf und stürzte hinaus, die SIG schußbereit. Von dem Auto war nichts mehr zu sehen. Zeerookah und Steve Dillaggio folgten mir. Vor uns auf der Fahrbahn lag eine kurzläufige Gordon Ingram MAC 10. Eine kompakte Waffe, die fast tausend Schuß pro Minute abfeuern konnte. Es war ein Wunder, daß keiner von uns verletzt worden war. Und ein noch größeres Wunder, daß eine unserer Kugeln offenbar den Schützen getroffen hatte. Dies bewies zumindest ein Blutfleck unmittelbar neben der zurückgelassenen MPi.

»Profis!« meinte Zeery, der in seinem Maßanzug mit Weste in jeder Seifenoper als Bankdirektor oder Chefarzt hätte auftreten können. Stilvolle Kleidung war eben sein größtes Laster. Übrigens auch sein einziges. »Kein Amateur geht mit einer solchen Artillerie zum Angriff über.«

Steve und ich nickten zustimmend, als plötzlich ein Schmerzensschrei aus dem Inneren des zerschossenen Lokals ertönte. Wir hatten den weltfremden Wissenschaftler Dr. Foley mit diesem zwielichtigen Palukkaner alleingelassen!

Ich verfluche meine Unvorsichtigkeit und sprang mit einigen riesigen Sätzen zurück in den Keller-Gastraum. Mitten zwischen den Scherben und der zerschossenen Einrichtung lag der Verdächtige auf dem Bauch und fluchte in seiner Muttersprache leise vor sich hin. Auf seinem Rücken kniete der magere Foley und betrachtete ihn streng durch seine dicken Brillengläser. Den rechten Arm des Palukkaners hatte er in einem traditionellen Polizeigriff zwischen die Schulterblätter gedreht. Es ist fast unmöglich, sich daraus wieder zu befreien.

»Dieser Gentleman wollte sich entfernen«, berichtete der Wissenschaftler stolz. »Ich wies ihn darauf hin, daß Ihre Befragung vermutlich noch nicht zu Ende wäre. Er gab mir eine unflätige Antwort, die ich nicht übersetzen möchte. Daraufhin mußte ich leider Gewalt anwenden.«

»Gut gemacht, Doktor«, lobte ich ihn. »Aber ehrlich gesagt, hätte ich es Ihnen niemals zugetraut, daß Sie mit dem Kerl fertigwerden würden. Verstehen Sie mich bitte nicht falsch ...«

»Schon gut, Agent Cotton.« Dr. Erasmus Foley schlug verlegen die Augen nieder. »Ich bin ein Mann der Wissenschaft, für das harte Leben auf den Straßen New Yorks schlecht vorbereitet. Das weiß ich. Aber ich habe eine Leidenschaft. Ich versäume keine Krimiserie im Fernsehen. Und wenn man sooft gesehen hat, wie Beamte einem Verbrecher den Arm auf den Rücken drehen ... nun, dann bleibt vielleicht etwas hängen. Es war wohl auch Glück dabei.«

Der ehemalige Premierminister von Palukkanien hatte alle Schuhe der Gäste des United Nations Park Hyatt Hotel geputzt und konnte nun Feierabend machen. Zuvor löste er noch seinen Essensgutschein in der Personalkantine ein. Es gab Buchweizen-Pfannkuchen mit Ahornsirup. Ein amerikanisches Gericht, gegen das sein osteuropäischer Magen rebellieren wollte, aber er würgte sich die Speise hinein. Erstens mußte er bei Kräften bleiben, und zweitens war das Essen für ihn umsonst. Er konnte es sich schon lange nicht mehr leisten, wählerisch zu sein.

Im Umkleideraum traf Leopold Sergevic diesmal zum Glück niemanden, der von seinem früheren Leben wußte und ihn damit aufziehen konnte. Einige seiner Arbeitskameraden konnten weder lesen noch schreiben. Sie kannten wohl noch nicht mal den Namen des Präsidenten der Vereinigten Staaten von Amerika, von dem eines verjagten Premierministers eines Balkan-Zwergstaates ganz zu schweigen. Das konnte Leopold Sergevic nur recht sein.

In Jeans und Holzfällerhemd trat der ehemalige Regierungschef auf die 44th Street hinaus. Das Hyatt Hotel liegt an der Ecke zur 1st Avenue. Äußerlich war Sergevic die Unauffälligkeit in Person. Arm, aber sauber gekleidet, ohne besondere Kennzeichen. Aber tief in ihm drin, in seinem Inneren, da glühte und brodelte die Rache.

Rache für seinen geliebten König. Blut für das Blut von Grigori III.

Leopold Sergevic hatte nicht mehr viel Geld in der Tasche als die Obdachlosen, die ihr ganzes Hab und Gut in einem uralten Einkaufswagen vor sich her über die 1st Avenue karrten.

Aber er war immer noch ein mächtiger Mann. Die geflohenen Palukkaner fragten nicht danach, ob ihr ehemaliger Premierminister jetzt Schuhe putzen mußte. Viele von ihnen hatten selber keinen besseren Job. Wenn überhaupt.

Aber sie würden ihm immer noch folgen, wenn es gegen einen Feind ihres Volkes und einen Freund der Militärdiktatur ging.

Leopold Sergevic wollte seine Landsleute gegen Osmok mobil machen.

Nein, der Palukkaner hatte Phil Decker vom FBI New York nicht die ganze Wahrheit gesagt. Er hatte verschwiegen, daß er den Aufenthaltsort von Osmok kannte. Die Zentrale, in der alle Fäden des Schattenimperiums zusammenliefen. Sie ausfindig zu machen, war eine der letzten Taten des palukkanischen Geheimdienstes gewesen, bevor seine Mitglieder vor den Erschießungskommandos der Armee gelandet werden.

Ein überfüllter Bus brachte Sergevic an die Lower East Side, wo sich viele Flüchtlinge aus dem kleinen Balkanstaat niedergelassen hatten. An der Ecke Orchard Street und Rivington Street stieg er aus. Die herumlungernden Jugendlichen sahen nicht gerade vertrauenerweckend aus, aber der ehemalige Premierminister hatte keine Angst vor ihnen. Er war schon so tief gesunken, daß es ihn auch nicht mehr abschreckte, überfallen und zusammengeschlagen zu werden.

»He, Alter!« blaffte einer der Bengel ihn an. Wie die anderen trug er eine lächerlich weite Hose, die ihm in den Kniekehlen hing. »Hast du Wechselgeld für uns, Alter?«

»Geht arbeiten!« knurrte der Ex-Staatsmann auf Englisch. Eine der ersten Redewendungen, die er für sein neues Leben gelernt hatte.

»Ganz schön frech!« Der picklige Sprecher der Bande grinste. Es war klar, daß sie nur nach einem Vorwand suchten, um Leopold Sergevic ans Leder zu gehen. Der Bursche schubste den Palukkaner, und plötzlich hatten die anderen Jungen einen undurchdringlichen Ring um ihn gebildet.

Der Obermacker zog mit einem genüßlichen Lächeln einen Schlagring aus seiner Trainingsjacke hervor.

Doch bevor er ihn einsetzen konnte, krachte ein Backstein gegen seinen Kopf.

Die anderen fuhren entsetzt herum. Wer hatte es gewagt, auf ihren Anführer loszugehen?

Acht oder neun Palukkaner hatten sich genähert und schwangen drohend ihre Eisenstangen und Baseballschläger. Bevor Leopold Sergevic etwas dagegen unternehmen konnte, war eine Massenschlägerei im Gange.

Die Kids waren richtige Ghetto-Herzchen, die schon vor der Einschulung den ersten gemeinen Tritt gelernt hatten. Die meisten von ihnen gingen sowieso nur in die Schule, um Drogen zu verkaufen und vom Direktor der Klasse verwiesen zu werden. Oder beides. Sie kämpften gemein und unfair. So, wie das Leben ihrer Meinung nach auch zu ihnen war. Obwohl sie nie etwas getan hatten, um das zu ändern.

Die Palukkaner waren einige Jahre älter als die Mitglieder der Lower-East-Side-Gang. Der Zorn verlieh ihnen ungeahnte Kräfte. Sie waren aus ihrem Land gejagt und gedemütigt worden, weil sie ihrem König die Treue gehalten hatten. Und nun mußten sie miterleben, wie ihr Premierminister von dahergelaufenen Straßenbengeln belästigt wurde!

Leopold Sergevic zog angesichts der fliegenden Fäuste und der durch die Luft zischenden Schlaginstrumente den Kopf ein. Wut- und Schmerzensschreie ertönten. Neben ihm ging eines der Ghetto-Kids zusammengekrümmt zu Boden. Der Ex-Politiker sah, wie ein anderer von den Lower-East-Side-Boys einem Palukkaner sein Messer in den Rücken rammen wollte.

Der Schuhputzer ergriff den auf der Fahrbahn liegenden Ziegelstein und schlug den heimtückischen Angreifer damit zu Boden.

Es dauerte keine fünf Minuten, dann war der Kampf zugunsten der Männer vom Balkan entschieden. Die Einheimischen verzogen sich unter wüsten Flüchen und der Drohung, mit Verstärkung zurückzukehren.

Der Anführer der Palukkaner trat auf seinen ehemaligen Regierungschef zu. »Sind Sie in Ordnung, Exzellenz? Glücklicherweise waren wir gerade in der Gegend, um diesen Rotzlöffeln Benehmen beizubringen.«

»Mir fehlt nichts, Platko. Ich wollte zu Kalobsch Djursme.« Sergevic lächelte freudlos. »Ist er wie immer im Lokal?«

Die Miene des mit Platko angesprochenen Mannes verdüsterte sich. »Er ist tot, Exzellenz.«

Der ehemalige Premierminister und jetzige Schuhputzer erschrak. »Wie ... wie ist das passiert?«

Platko rang nach Worten. »Er ... ist wohl vor Schreck gestorben. Ein amerikanischer Polizist hat ihn verhört. Es gab das eine kleine ... Meinungsverschiedenheit im Lokal. Und Sie kennen ja Kalobsch Djursme und sein Temperament. Jedenfalls fragte dieser FBI-Mann nach einem gewissen Osmok. Und da fiel Djursme plötzlich um wie eine gefällte Eiche.«

Sergevic biß sich auf die Lippe. Kalobsch Djursme mußte mehr über diesen Osmok gewußt haben, als er geahnt hatte!

»Hast du den Namen Osmok schon einmal gehört, Platko?« fragte der Ex-Premierminister betont beiläufig.

»Nein, Exzellenz. Ich hatte auch noch keine Zeit, darüber nachzudenken. Die FBI-Männer hatten uns ins Hinterzimmer gesperrt. Dann hörten wir, wie jemand mit automatischen Waffen das Lokal zerschoß. Von uns ist zum Glück keiner verletzt worden. Als nächstes haben die Amerikaner uns alle nach diesem Osmok befragt, aber keiner wußte etwas. Endlich haben sie uns laufenlassen. Wir müssen wohl noch mit einer Anklage rechnen, weil wir diesen FBI-Mann angegriffen haben.« Er spuckte verächtlich aus.

»Kommt mal alle etwas näher.« Die Palukkaner bildeten einen Ring um ihren ehemaligen Staatschef. »Diesen Osmok gibt es wirklich. Er ist ein Feind unseres Volkes. Wir müssen ihn vernichten. Er steht mit der verfluchten Militärregierung auf gutem Fuß.«

»Befehlen Sie, Exzellenz. Wir werden tun, was Sie wünschen«, sagte Platko grimmig. Die anderen nickten entschlossen.

Ein dünnes Lächeln erschien auf Leopold Sergevics Gesicht. »Ich habe da einen Plan ...«

Mit der Gordon Ingram MAC 10 aus dem Feuerüberfall konnte die Spurensicherung nicht viel anfangen. Der Schütze hatte offenbar Handschuhe getragen. Wir hatten es also wirklich mit Profis zu tun, wie schon vermutet.

Steckte Osmok dahinter? Phil und ich saßen uns an den Schreibtischen in unserem Büro in der 26. Etage des FBI-Gebäudes an der Federal Plaza gegenüber. Wir verglichen unsere Ergebnisse. Bisher war alles ziemlich mager.

»Ich habe aus keinem der Palukkaner etwas herauskriegen können, Phil. Aber es ist auffallend, daß keiner von ihnen vor Angst gestorben ist, als ich den Namen Osmok erwähnte.«

Mein Freund nickte. »Das paßt zu dem, was mir der ehemalige Ministerpräsident erzählt hat. Osmok soll die Menschen in Furcht und Abhängigkeit halten.

»Die Telefonnummer von diesem Osmok konnte deine Quelle nicht zufällig angeben?«

»Bedaure, Jerry. Auch über seine Schuhgröße und sein Lieblingsgericht müssen wir uns weiter die Köpfe zerbrechen.«

Wir grinsten, doch dann widmeten wir uns wieder der aktuellen Lage. Und die war ernst genug.

»Es geht nicht voran, Phil«, stellte ich unzufrieden fest. »Wir wissen immer noch nicht mehr als das, was Mr. High in Washington erfahren hat. Osmok ist der Kopf eines Killer-Imperiums, das Grigori III. getötet und möglicherweise noch weitere Monarchen auf der Abschußliste stehen hat.«

»Wir müssen die anderen Exil-Könige in New York unauffällig bewachen, Jerry.«

»Sicher. Aber mir gefällt nicht, daß wir damit in die Defensive gedrängt werden. Der beste Schutz für sie besteht darin, daß wir Osmoks Organisation zerschlagen.«

»Wenn wir einen Punkt hätten, wo wir ansetzen könnten ...«

Die Tür öffnete sich mit einem lauten Knall. Edgar Chomsky stürmte herein, Agent Jeffersons Assistent von der Spurensicherung.

Lässig warf er mir einen Schnellhefter mit computergetippten Seiten auf den Schreibtisch. »Hier, Cotton. Das Ergebnis der Haaruntersuchung aus der Wohnung des toten Königs. Betrachtet euren Fall als gelöst!«

An diesem Morgen konnte ich mich mit seinem grenzenlosen Selbstbewußtsein nicht anfreunden. »Wirklich toll, Chomsky. Ich zweifle nicht daran, daß du den Verdächtigen ganz genau beschreiben kannst. Aber das bringt ihn nicht in Handschellen vor den Untersuchungsrichter.«

»Vielleicht doch«, bemerkte der Spurensicherer listig.

»Wieso?«

»Geschenkt, Cotton. Du bist doch nur zu faul, um meinen Bericht zu lesen, was Jefferson schon mit Begeisterung getan hat. Aber weil ich heute gute Laune habe, gebe ich dir eine Schnellfassung.«

Er fläzte sich in unseren Besucherstuhl und streckte die Beine aus. Phil eilte und holte ihm einen Kaffee. Wenn Chomsky mal nicht griesgrämig aus der Wäsche guckte, mußte man das feiern, vielleicht kam's dann öfter mal vor.

Der Spurensicherer schlürfte genüßlich die heiße und starke Flüssigkeit. »Wo war ich stehengeblieben? Ah ja, der Verdächtige aus dem Lüftungsschacht. Dem Haar nach zu urteilen männlich, weiß, zwischen fünfundzwanzig und fünfunddreißig Jahren alt. Aber das ist euch wohl zu allgemein.«

Richtig, dachte ich, hütete aber meine Zunge. Statt dessen sah ich ihn gespannt an.

»Dieser Verdächtig ist außerdem krank!«

»Krank?« wiederholte ich etwas enttäuscht. Sollten wir jetzt eine Großfahndung nach Leuten mit Schnupfen rausgeben?

Es schien, als könnte Chomsky meine Gedanken lesen. Er wedelte mit seinem Zeigefinger vor meiner Nase. »Nichts normales, Cotton. Keine Grippe, keine Masern, kein hoher Blutdruck oder so was. Der Bursche hat eine extrem seltene Hautkrankheit.«

Ich blätterte in der Mappe. Ein unaussprechlicher lateinischer Name sprang mir in die Augen.

»Unser Doc meint, daß höchstens ein Dutzend Leute in ganz New York City an dieser Krankheit leiden. Die Patienten müssen regelmäßig Spritzen kriegen, damit ihre Haut halbwegs normal aussieht. Wenn das nicht geschieht, können sie sich in jedem Horrorfilm als Darsteller bewerben.«

»Unser Mann muß also regelmäßig zum Arzt gehen.«

»Richtig, Phil«, stimmte der Spurensicherer meinem Freund zu. »Ein Irrtum von meiner Seite aus ist ausgeschlossen. Die Neutronenaktivierungsanalyse des Haares läßt keinen anderen Schluß zu. Außerdem habe ich mich mit dem Doc zusammengesetzt.«

»Ich danke dir, Chomsky!« rief ich und griff zum Telefon.

»Wen rufst du an?« wollte Phil wissen.

»Den District Attorney, wegen Aufhebung der ärztlichen Schweigepflicht.« Ein G-man kann nicht einfach in den Patientenakten eines Arztes schnüffeln. Die Staatsanwaltschaft muß glaubhaft machen, daß es keine Alternative dazu gibt. So wie bei uns, im Fall Grigori III.

Nun beginnt die Jagd, Osmok, dachte ich, während beim D.A. das Freizeichen ertönte.

Dr. Erasmus Foley war verwirrt.

Gestern sein Abenteuer in der Lower East Side und heute der Besuch dieser ... dieser Lady vom ›New York Gossip‹. Er konnte sich nicht erinnern, in seinem ruhigen Forscherleben jemals so durcheinander gewesen zu sein.

»Wie ... wie kann ich Ihnen helfen, Miss Roundtree?« stammelte der Wissenschaftler. Sein Büro an der Columbia University war winzig, so klein und unbedeutend wie sein Fachgebiet. Deshalb konnte er sich der Ausstrahlung von Marilyn Roundtree auch nicht durch Abstand entziehen. Die Klatschreporterin hatte Platz genommen und die Beine übereinandergeschlagen. Der Minirock bedeckte ihre wohlgeformten Oberschenkel kaum. Ihr sinnliches Parfüm verbreitete zudem eine erotisierende Aura in dem Zimmer, das eher nur eine Kammer war.

»Sie sind der führende Experte für Palukkanien«, schmeichelte die Journalistin. Sie hatte sich bewußt aufgebrezelt, um den Wissenschaftler mit ihrer Ausstrahlung einzuwickeln. Sie wollte Informationen über Grigori III. und über Osmok. Ihr Instinkt sagte ihr, daß es da eine Verbindung geben mußte. »Ich brauche Hintergrundmaterial für einen Artikel.«

Sie rutschte auf ihrem Stuhl ein Stück nach vorn. Nun waren ihre Knie und die von Dr. Foley nur noch eine Handbreit voneinander entfernt. Der Wissenschaftler wich zurück. Nahm Zuflucht zu seinem Fachwissen. »Das heutige Palukkanien entstand 1297 als eigenständige Provinz des Osmanischen Reiches. Erst 1645 ...«

»Stop!« Marilyn Roundtree ließ ihre weißen Zähne zwischen den roten Lippen aufblitzen. »So weit müssen wir nicht zurückgehen, Dr. Foley. Was können Sie mir über Grigori III. sagen?«

»Er ist – oder besser war – der Sohn von Miroslav VI. und der Königin Kunigunde. Geboren wurde er 1931. Seine Krönung erfolgte im Jahre 1963, nach dem Tod seines Vaters. Seine Ermordung ...«

»Von der Ermordung Grigoris III. wissen wir alle hier in New York, Dr. Foley. Verstehen Sie mich nicht falsch. Ich schätze Ihr Faktenwissen. Wirklich. Aber gibt es nicht ... na ja, Dinge, die nicht jeder weiß? Informationen, die nur ein scharfsinniger Wissenschaftler haben kann?«

Der unscheinbar aussehende Mann lächelte geschmeichelt. »Woran haben Sie gedacht, Miss Roundtree?«

»An die Verbindung zwischen Grigori III. und Osmok!« platzte die Klatschreporterin heraus.

Dr. Erasmus Foley lachte auf, obwohl das nun wirklich nicht seine Art war. »Osmok? Dieser Gentleman scheint zur Zeit sehr gefragt zu sein. Erst gestern hat mich der FBI gebeten, bei der Befragung von einigen Palukkanern behilflich zu sein. Und alles drehte sich um Osmok.«

Marilyn Roundtree spitzte die Ohren. Sie schien wirklich an einer ganz heißen Sache dran zu sein! »Verraten Sie mir, was Sie wissen, Dr. Foley? Es bleibt auch unser kleines Geheimnis.« Und sie zwinkerte dem Wissenschaftler zu.

Er bemerkte, wie seine Knie ganz zittrig wurden.

»Nun ...« Er genoß das Interesse, das diese attraktive Frau an ihm zu haben schien. »Ehrlich gesagt, gibt es fast nichts, was ich Ihnen sagen kann. Immerhin scheint dieser Osmok der Kopf einer weltweit tätigen Organisation zu sein, die äußerst gefährlich ist. Das habe ich aus den Gesprächen der G-men aufgeschnappt. Und er muß sehr bedrohlich sein. Einer der Palukkaner ist vor Schreck gestorben, als der Name Osmok fiel. Aber ich weiß wirklich nicht, ob ich Ihnen das einfach erzählen ...«

»Vielen Dank, Dr. Foley!« Und bevor der Wissenschaftler noch reagieren konnte, war die Journalistin bereits zur Tür hinausgeflitzt.

Enttäuscht wandte sich Foley wieder seinen dickleibigen Büchern zu ...

Osmok besaß drei riesige dänische Doggen. Die Pflege dieser Tiere gehörte zu den vertraulichen Aufgaben, die der Herr des Verbrecher-Imperiums nur Merat zuwies. Dem treuesten seiner zahlreichen treuen Diener.

Merat durfte die Tiere auch spazierenführen, jeden Tag zweimal. Er ging mit ihnen in den Central Park, im Morgengrauen und kurz nach Einbruch der Dunkelheit. Obwohl jeder Hotelportier New Yorks die Touristen vor dem Betreten der riesigen Grünfläche mitten in Manhattan während der Abendstunden warnt, machte sich Merat keine Sorgen um seine Sicherheit. Erstens war er selbst ein Koloß von einem

Mann. Und zweitens waren die Hunde absolute Killerbestien, die jeden Angreifer in der Luft zerfetzt hätten.

Dies wußte auch Leopold Sergevic. Wenn er mit seinen Landsleuten das Machtzentrum des geheimnisvollen Osmok stürmen und den Kopf der Bande vernichten wollte, mußte er gleichzeitig Merat ausschalten. Denn der Premierminister war sicher, daß Osmok ohne sein willigstes Werkzeug nur halb soviel wert war.

Die Dämmerung lag über der Stadt, die niemals schläft. Der asiatische Riese mit dem kahlgeschorenen Schädel spazierte ruhig und gelassen seinen üblichen Weg, zwischen dem Zoo und einem der kleineren Central-Park-Seen, der ›The Pond‹ genannt wird. Die Doggen waren unruhig. Sie witterten die Nähe der vielen anderen Tiere, die hinter Gittern auf die Besucher warteten. Ihr Jagdinstinkt war geweckt.

Der kiesbestreute Weg führte auf eine Biegung zu, wo einige Kastanienbäume standen. Hier hatten die Palukkaner einen Hinterhalt vorbereitet. Platko führte den kleinen Trupp an. Er war in glücklicheren Zeiten Leutnant im palukkanischen Heer gewesen. In New York mußte er sich als Aushilfskellner durchschlagen. Um so grimmiger war sein Haß auf das heimische Militärregime, das seine Treue zum König mit der unehrenhaften Entlassung vergolten hatte. Und nun hatte er die Chance, sich an einem Verbündeten der Generäle zu rächen. An Osmok.

»Auf mein Signal!« zischte er seinen Leuten auf Palukkanisch zu und umklammerte seinen Colt Marksman fester. Einen ganzen Kellner-Wochenlohn hatte er dafür ausgeben müssen. Gleich würde dieser verdammte Mongole durch diese Waffe sterben!

Doch dazu kam es nicht.

Bevor Merat den Hinterhalt ganz erreicht hatte, ließ er die Hunde los. Mit gefletschten Zähnen stürzten sich die riesigen Ungeheuer auf die Männer im Gebüsch, die mit verschreckten Schüssen antworteten. Eine der Doggen brach mitten im Lauf zusammen. Doch die anderen hatten schon ihre Opfer gefunden und fielen sie mit ihren dolchspitzen Zähnen an.

Platkos Gesicht verzerrte sich. Er selbst war von den Hunden verschont geblieben. Der ehemalige Offizier richtete sich auf und zielte mit seinem Revolver auf Merat. Und zog den Stecher durch. Einmal. Zweimal. Dreimal.

Der Mongole schritt auf den Palukkaner zu wie eine Maschine. Er mußte getroffen worden sein! Platko schoß weiter auf die breite Brust von Merat.

Er konnte nicht wissen, daß Osmok schon längst von der geplanten Attacke auf seine Zentrale Wind bekommen hatte. Ihm hatte auch niemand gesagt, daß Merat an diesem Morgen unter seinem weiten Gewand eine Kevlar-Schutzweste gegen Geschosse bis zum Kaliber .44 Magnum angelegt hatte. Diese hauchdünne Kunstfaser ist fünfmal stärker als Stahl, dabei kaum einen Zentimeter dick.

Aber dafür kannte Platko die Waffe, die der Mongole nun mit einem dünnen Lächeln auf ihn richtete. Es war eine SOCOM-Pistole Mk 23 mit Dämpfer und Laser-Designator, einer ultrapräzisen Zieleinrichtung.

Der ehemalige Leutnant war sofort tot, nachdem das erste Geschoß in seiner Herzgegend eingeschlagen war. Von den übrigen Kugeln, die seinen Körper durchsiebten, spürte er nichts mehr.

Die Schuhe der Hyatt-Gäste würden an diesem Morgen ungeputzt bleiben. Der Hoteldiener und ehemalige Premierminister Leopold Sergevic war am gestrigen Abend nicht in sein winziges Zimmer im Personalflügel zurückgekehrt. Er hatte sich die Nacht mit seinen Landsleuten in einer Wohnung an der Lower East Side um die Ohren geschlagen.

Bei starkem Kaffee hatten die verbitterten Flüchtlinge immer wieder ihren Schlachtplan durchdacht, verworfen und neu aufgestellt. Den Plan, der zur endgültigen Vernichtung von Osmoks Organisation führen sollte.

»Hier sitzt die Spinne im Netz!« schnappte Sergevic und deutete mit seinem Zeigefinger auf einen Häuserblock zwischen Second Avenue und Jefferson Park. Die letzten Stunden hatten ihn verändert. Die Demütigung durch seinen Schuhputzerjob war von ihm abgefallen. Er war jetzt wieder ein Mann an den Schalthebeln der Macht. Einer, der über Leben und Tod anderer entschied.

»Wenn dieser Mongole mit den Kötern in den Central Park geht, schlagen wir los!« fuhr der Ex-Politiker mit metallisch klirrender Stimme fort. »Merat ist die rechte Hand von Osmok. Wir werden sie ihm abschlagen!«

Zustimmendes Gemurmel wurde hörbar von den ungefähr ein Dutzend Palukkanern, die ihren ehemaligen Staatschef umringten. Auch ihre Stimmungen hellten sich auf, je näher der Morgen rückte. Sie waren nicht mehr nur Geduldete auf fremder Erde. Nun konnten sie aktiv etwas gegen die Feinde ihres Landes unternehmen.

»Die Kläffer müssen natürlich auch dran glauben«, betonte Sergevic. »Ich habe erfahren, daß sie Osmok sehr ans Herz gewachsen sind. Um so besser. Nach dem, was er unserem Volk angetan hat, soll er selbst noch leiden, bevor ihn die palukkanische Rache trifft!«

Befreiendes Gelächter belohnte seine Worte. Der kleine Mann grinste. Er wußte immer noch, wie er die Massen in Begeisterung versetzen konnte. Gelernt war gelernt.

»Platko ist in diesen Minuten auf dem Weg in den Central Park, um einen Hinterhalt für Merat und die Hunde vorzubereiten«, erklärte der Ex-Premierminister. »Ich selbst werde unseren Angriff gegen Osmoks Zentrale führen. Es geht um halb sechs los. Dann erwarten Osmoks Diener den Mongolen zurück. Statt dessen kommen wir, erledigen sie und dringen ins Gebäude ein.« Er nickte einem vollbärtigen Mann mittleren Alters zu.

»Ich bin Sklopuk Aschmerjan«, sagte der Vollbart. »Für diejenigen, die mich nicht kennen – ich war Sprengmeister in der Königlich Palukkanischen Armee. In diesem gesegneten Amerika ist es zum Glück kein Problem, an Explosivstoffe heranzukommen. Ich werde uns im Inneren des Gebäudes den Weg freisprengen.«

Sergevic ergriff wieder das Wort. »Jeder von euch hat einen Revolver oder eine Pistole. Wir gehen rein und schießen auf alles, was sich bewegt. Angeblich soll Osmok sein Imperium von einem Marmorsaal aus leiten, in dem sich eine Computerzentrale befindet. Das muß natürlich alles zerstört werden. Wenn ihr Osmok selber seht, nehmt ihn gefangen. Ich möchte ihn höchstpersönlich in die Hölle schicken.« Die Augen des kleinen Mannes zeigten einen brutalen Glanz.

»Woran erkennen wir Osmok?« fragte einer der Männer.

»Ich weiß es nicht«, knirschte Sergevic. »Angeblich soll er sehr furchterregend aussehen. Aber das ist bestimmt ein Ammenmärchen. Ein Palukkaner fürchtet weder Tod noch Teufel!«

Das war die Sprache, die die Männer verstanden. Sie ließen ihren Anführer hochleben und stimmten dann mit Tränen in den Augen ihre Nationalhymne an.

Der East River glänzte im Mondschein am Ende der Nacht wie eine riesige Seeschlange. Ein Lincoln und ein schrottreifer Eldorado glitten im Schrittempo durch die 11th Street. Beide Autos waren vollbesetzt mit dem palukkanischen Stoßtrupp. Ein dritter Wagen – ein Sunbeam – kroch vom Jefferson Park aus südwärts auf Osmoks Zentrale zu. Sie kreisten ihr Opfer ein. Es sollte keine Chance haben, zu entkommen.

Leopold Sergevic sah auf das Leuchtzifferblatt seiner Armbanduhr. Fünf Minuten nach halb sechs. In den nächsten zehn Minuten würden Platko und seine Männer den monströsen Mongolen samt den Kötern erledigt haben. Danach sollte Platkos Trupp schnell zu den übrigen stoßen. Mit vereinten Kräften würden sie dann das Spinnennetz von Osmok zerschlagen und den Generälen daheim beweisen, daß man noch mit ihnen rechnen mußte und ...

Es geschah ohne jegliche Vorwarnung, doch die Wirkung war schrecklich!

Der Premierminister saß im Fonds des Lincoln. Er wurde zunächst nur geblendet, als ein Explosivkörper auf der Kühlerhaube des Wagens detonierte. Die Männer auf dem Vordersitz waren sofort tot.

»Mörserbeschuß!« brüllte der Palukkaner neben ihm, ebenfalls ein alter Soldat. »Raus hier, Exzellenz!«

Die nächste Mörsergranate riß die Asphaltierung direkt neben dem Lincoln auf. Sergevics Hand umklammerte den Türgriff, er wollte die Tür aufstoßen.

Dazu kam es nicht mehr.

Auf der Pritsche eines am Straßenrand parkenden Lieferwagens wurde plötzlich ein schweres Maschinengewehr sichtbar. Das mörderische Instrument hämmerte los.

Der Ex-Premierminister und seine Männer würden ihre Vergeltungsaktion nie beenden können. Sie starben im Kugelhagel, bevor sie auch nur einen Fuß aus dem Lincoln setzen konnten.

Der Eldorado hinter ihnen hatte drei Volltreffer mit dem Mörser abgekriegt und brannte lichterloh, jetzt explodierte auch der Benzintank.

Zu diesem Zeitpunkt war der Sunbeam am Jefferson Park bereits ein rotglühendes Wrack. Keiner der Palukkaner hatte diese Nacht überlebt.

Nachdem ich Mr. High von der staatstragenden Wichtigkeit des Falls überzeugt hatte, setzte sich der District Attorney schnell und unbürokratisch für die geforderte Aufhebung der ärztlichen Schweigepflicht ein. Es wurde uns gestattet, für den Königskiller-Fall die Daten der in Frage kommenden Patienten zu checken.

Schnell wurden unsere Computerexperten in den Datenbanken fündig. Eine Liste mit zehn Namen flatterte auf meinen Schreibtisch. Namen von Menschen, die an der seltenen Hautkrankheit litten. Einer von ihnen konnte der unbekannte Attentäter sein, der Grigori III. und seine Leibwache so brutal niedergemetzelt hatte.

Phil und ich hängten uns ans Telefon. Ein Kind, eine junge Mutter und der pflegebedürftige Bewohner eines Seniorenheims auf Staten Island fielen aus naheliegenden Gründen aus. Sieben Namen blieben übrig.

»Wir haben keine Zeit zu verlieren«, sagte ich zu meinem Freund und Kollegen. Ich nahm eine Schere und schnitt die Liste durch. »Zeery und Steve sollen die zweite Hälfte abgrasen. Wir nehmen uns die ersten Namen vor, okay? Je schneller wir den Killer packen, desto besser!«

»Wie wahr, wie wahr«, sprach Phil und ging mit dem Papier zu unseren Kollegen hinüber. Die beiden G-men hatten zwar ebenfalls gerade einen aktuellen Fall, aber die Aufklärung des Königsmordes genoß höchste Dringlichkeitsstufe.

Schließlich hatte Mr. High dem Präsidenten der Vereinigten Staaten versprochen, Osmok auszuschalten und die hohen Gäste unseres Landes zu beschützen.

»Dr. Foley?«

Der Palukkanien-Experte hockte im Lesesaal der Universitätsbibliothek über einigen dicken Schwarten und machte sich Notizen. Er arbeitete gerade an einem Artikel für eine Fachzeitschrift, den vielleicht hundertfünfzig andere Wissenschaftler weltweit lesen würden.

Unwillig sah er auf. Vor ihm stand eine junge Japanerin, traditionell in ihrer Landestracht gekleidet mit Kimono und Holzsandalen. Ihr Gesicht war weiß geschminkt, die Lippen stachen blutrot ins Auge. Sie verbeugte sich höflich.

»Was wollen Sie?« schnauzte der Bücherwurm unfreundlicher, als er beabsichtigt hatte. Aber allmählich reichte es mit den Störungen. Er wollte endlich wieder in Ruhe forschen. Und sich nicht ständig unter Maschinenpistolensalven bücken müssen oder sich von attraktiven Klatschreporterinnen den Kopf verdrehen lassen ... und was hatte es nun schon wieder mit dieser Japanerin auf sich.

»Verzeihen Sie«, erwiderte die hübsche junge Frau höflich. »Ich studiere Palukkanistik. Ich möchte eine Seminararbeit über das Leben Grigoris III. schreiben ...«

»Ach so ...« Der Wissenschaftler taute auf. Alles, was mit seinem Fachgebiet zu tun hatte, machte ihm keine Angst. Obwohl – diese Studentin war ihm unbekannt. Die drei Dutzend Palukkanistik-Studenten in New York City kannte er besser als seine Onkel und Tanten. »Aber ich habe Sie noch nie gesehen, Miss ...«

»Sakurai«, erwiderte die Japanerin mit einem sanften Lächeln. »Keiko Sakurai. Sie können mich nicht kennen, Dr. Foley. Ich komme direkt aus Osaka. Bisher habe ich bei Professor Kanobe studiert ...«

»Der größte Palukkanistiker Asiens!« rief Erasmus Foley mit einem Temperament aus, das ihm niemand zugetraut hätte. Entsprechend strafend waren die Blicke der anderen Bibliotheksbenutzer. Absolute Stille war hier die erste Pflicht.

»Kommen Sie«, wisperte er beschämt. »Gehen wir in einen der Arbeitsräume.«

An der Schmalseite des Lesesaals befand sich ein langer Gang, von dem holzgetäfelte Kabinen abzweigten. In jeder von ihnen befand sich ein Stuhl, ein Schreibtisch und ein kleines Regal. Sie waren für Studenten gedacht, die an größeren Manuskripten arbeiteten. Obwohl sie sich auch für andere Zwecke eigneten.

Zum Beispiel für einen kleinen, verschwiegenen Mord!

Dr. Erasmus Foley besann sich auf seine guten Manieren und ließ der jungen Lady den Vortritt. Dann verschloß er die Tür hinter sich.

Als er sich zu Keiko Sakurai umdrehte, hatte er plötzlich die Spitze ihres Dolchs an seiner Kehle. Sie mußte die tödliche Waffe aus den weiten und unergründlichen Ärmeln ihres Kimonos hervorgezaubert haben.

Die Panik überschwemmte den Wissenschaftler wie eine Woge mit Eiswasser.

»Was ... wollen ... Sie?« stammelte er.

»Was haben Sie Marilyn Roundtree gesagt?« zischte die Japanerin. Sie wirkte nicht mehr klein und zerbrechlich, sondern so angespannt, gefährlich und konzentriert wie eine Schlange vor dem tödlichen Biß.

»Woher wissen Sie ...?« begann Dr. Foley, aber dann verstummte er. Die Frage konnte er sich selber beantworten. Osmok wußte genau, wer Informationen gesammelt hatte – und seien sie noch so unbedeutend. Langsam verstand der Wissenschaftler, warum der eine Palukkaner vor Angst gestorben war, als der Name Osmok fiel. Auch ihm lief jetzt eine Gänsehaut nach der anderen über den Rücken.

Die Spitze der Stichwaffe drang einige Millimeter in seine Haut ein. »Ich ... ich weiß doch selber nichts!« sprudelte der Bebrillte hervor, er hoffte, sein Leben retten zu können durch größte Offenheit. »Ich sagte zu Miss Roundtree, daß ein Palukkaner gestorben sei, als er den Namen Osmok hörte. Und daß Osmok wohl der Kopf einer weltweiten Organisation sei. Aber mehr weiß ich wirkl...«

Die stählerne Klinge drang in seinen Hals.

»Sie irren, Dr. Foley«, sagte Keiko Sakurai, mehr zu sich selbst. »Der Herr ist noch viel mächtiger, als Sie sich das jemals vorstellen können.«

Wieder und wieder stach sie auf ihn ein, routiniert und fast geräuschlos. Zum Schreien war er nicht mehr gekommen.

Als sein toter Körper an der holzgetäfelten Wand hinunterglitt, packte die Japanerin ihren Dolch langsam und sorgfältig in ein dickes weißes Tuch, das das Blut aufsaugte. Dann ließ sie das Mordwerkzeug in ihrem Ärmel verschwinden und trippelte auf ihren Holzsandalen Richtung Ausgang.

Niemand hatte von ihr Notiz genommen. Die Columbia University genießt auf der ganzen Welt den besten Ruf. Eltern aus aller Herren Länder schicken ihre Kinder zum Studieren hin. Eine Japanerin im Kimono war ein völlig alltäglicher Anblick. Selbst ein Eskimo wäre nicht weiter aufgefallen.

Nur die Blutlache, die sich nach einer Viertelstunde unter der geschlossenen Tür des Arbeitsraumes ihren Weg nach draußen bahnte, erregte allgemeines Aufsehen. Aber da war Keiko Sakurai längst wie vom Erdboden verschluckt.

Osmok saß in seiner Computerzentrale, die Hände auf der Tastatur. Seine Augen waren fast geschlossen. Es war schwer zu sagen, ob er wach war oder schlief. Viele seiner Leute glaubten daran, daß ihr Herr niemals schlief. Und daß er ihre Gedanken lesen konnte. Sie waren ihm bedingungslos ergeben.

Merat betrat lautlos den hohen Raum, den sie auch Salon nannten, und verbeugte sich unterwürfig.

»Der Angriff der Palukkaner war vorbei, bevor er beginnen konnte, Herr«, eröffnete der mongolische Haushofmeister seinen Bericht. »Ihre Autos wurden von unseren Leuten zerstört. Keiner von ihnen hat die Anmaßung überlebt, Osmoks Reich schaden zu wollen. Dasselbe Ergebnis im Central Park. Die Männer aus dem Hinterhalt sind alle tot. Leider müssen wir auch einen Verlust beklagen. Sie haben Attila erschossen.«

Die Stimme von Osmok verriet keine Gefühlsregung. »Ein tapferes Tier«, sagte er nur, und es war wirklich nicht herauszuhören, ob er im Schlaf redete oder hellwach war. »Wir sind zufrieden mit den Leistungen der Ausführenden. Teile ihnen das mit, Merat.«

Der riesige Mongole verbeugte sich nochmals.

»Wir haben von dieser Marilyn Roundtree gehört«, sagte Osmok. »Sie schnüffelt herum. Aber sie weiß noch nichts. Absolut nichts.«

»Sollen wir sie beseitigen, Herr?«

»Noch nicht. Wir haben Keiko Sakurai gebeten, sich um Dr. Erasmus Foley zu kümmern. Es ist gefährlich, dem FBI zu helfen. Vor allem, wenn der FBI gegen uns arbeitet.«

»Daher der Feuerüberfall auf das palukkanische Lokal?« Merats Bemerkung klang halb fragend, halb feststellend. Doch Osmok schüttelte den Kopf.

»Diesen Befehl haben wir nicht gegeben. Wir haben in Erfahrung gebracht, daß eine andere Bande dahintersteckt, die Ärger mit den Palukkanern hatte. Aber das kann Uns nur nutzen. Verwirrung und Angst nutzen Uns immer.«

»Was ist mit Special Agent Decker?« wollte der Mongole wissen.

»Wir werden dafür sorgen, daß er die Ermittlungen des FBI zum Scheitern bringt«, verkündete Osmok. Dabei nahm er weder seine Finger von der Tastatur, noch seine fast geschlossenen Augen vom Bildschirm.

Nummer eins auf unserer Liste mit den verdächtigen Hautkranken war eine Niete. Mr. Sean Perkins hatte ein wasserdichtes Alibi für die gesamte Zeit des Überfalls auf Grigori III. Er war als Geschworener in einem

Prozeß den ganzen Tag über im Gericht gewesen, was nicht nur die anderen Geschworenen, sondern auch Richter und Staatsanwalt bezeugen konnten.

Nummer zwei trafen wir nicht zu Hause an. Wir erfuhren allerdings von den Nachbarn, daß Bruce Tarr als Aufsicht im American Museum of Natural History arbeitete. Wir stiegen also wieder in den Buick aus dem FBI-Fuhrpark und fuhren hin.

»Museumswärter klingt nicht gerade nach dem Job für einen eiskalten Königskiller«, meinte Phil.

»Ich weiß nicht, Alter«, erwiderte ich. »Als Tarnung ist das doch perfekt. Niemand vermutet hinter der gediegenen Fassade des ältesten Museums New Yorks den Mörder Grigori III.«

Phil schüttelte zweifelnd den Kopf. »Als ich noch ein kleiner Junge war, wollte mein Vater mir Bildung in den Schädel hämmern. Sonntags ins Museum und alte Meister angucken. Das war seine Vorstellung von Spaß.«

Ich mußte grinsen. »In Harpers Village gab es kein Museum. Nur Wälder und Felder. Genug, um tagelang Cowboy und Indianer zu spielen.«

»Du Glücklicher!« rief mein Freund mit gespieltem Neid aus. »Aber dafür habe ich jetzt das Große Los gezogen. Ich gehe heute abend mit einer phantastischen Frau aus.«

»Wahrscheinlich in die Oper«, frotzelte ich. »Oder ins klassische Ballett? Oder sollten die Erziehungsversuche deines Vaters gescheitert sein?«

Spaßhaft verpaßte mir Phil eine Kopfnuß. »Er hat mich nie ins Museum gekriegt. Ich habe mir jeden Sonntag eine andere Ausrede einfallen lassen, bis er es aufgegeben hat.«

»Dann hast du also auch Cowboy und Indianer gespielt?«

»Wo denkst du hin, Jeremias? Wir waren Cops und Räuber. Ich bin schließlich ein echtes Großstadtkind, im Gegensatz zu einem Landei wie dir!«

»Jetzt mal im Ernst: Wo gehst du nun mit deiner neuen Flamme hin? Und wie heißt sie? Oder ist das ein Betriebsgeheimnis?«

»Ich gehe mit ihr in eine verträumte Pizzeria in Little Italy. Danach sehen wir uns ein Comedyprogramm im Stand Up New York an. Und sie heißt Loretta La Salle.«

»Klingt für mich wie ein Duschgel«, stichelte ich und duckte mich, um Phils nächster Kopfnuß zu entgehen. Zum Glück waren wir inzwischen beim Museum von Natural History angekommen.

Wir fuhren von der West 81st Street aus auf den Parkplatz und gingen zur Information im Erdgeschoß, die sich zwischen den Vögel- und Kleintier-Sammlungen befindet. Unsere FBI-Abzeichen hatten wir uns an die Jacketts gesteckt, um lange Erklärungen zu vermeiden.

»Cotton und Decker von FBI New York. Wir möchten zu Mr. Bruce Tarr«, sagte ich zu der blassen Blondine an der Info-Theke. Ihre Augen wurden noch eine Idee größer. Dann begann sie, in einem Computerausdruck zu blättern.

»Mr. Tarr arbeitet heute im ersten Stock. Er hat die Aufsicht im Raum ›Der Mensch in Afrika‹.« Und sie deutete auf einen Lageplan des Museums.

»Ein großer Saal mit zwei Zugängen«, raunte mein Freund mir zu, als wir die Blonde allein gelassen hatten. »Man kommt von der Akeley Gallery vorne rein, und von hinten durch die Center Gallery. Wir gehen besser auf Nummer Sicher und verteilen uns auf die beiden Fluchtwege.«

Ich klopfte ihm zustimmend auf die Schulter, und Phil eilte zum Ostflügel, ich ging die breite Haupttreppe des monumentalen Gebäudes aus dem 19. Jahrhundert hinauf. Das Museum of Natural History sieht aus wie ein riesiger römischer Tempel. Es enthält beeindruckende Ausstellungsstücke über die Geschichte von Natur, Tieren und Menschen – von der Urzeit bis heute.

Vielleicht würden wir hier auch unseren Königsmörder finden.

Besorgt betrachtete ich die vielen Kinder, die schulklassenweise durch das Museum geführt wurden. Die Kids lachten und drängelten. Alle wollten natürlich zuerst zu den Dinosauriermodellen im Maßstab eins zu eins. Wenn Tarr wirklich Grigori III. auf dem Gewissen hatte, und anfing, hier rumzuballern, wenn er ausflippte ...

Ich schob den Gedanken beiseite. Wir mußten einfach schneller sein, jeden Widerstand im Keim ersticken. Ich hastete durch den Raum ›Afrikanische Säugetiere‹. Für die nachmodellierten Giraffen, Gnus und Elefanten hatte ich keinen Blick. Mich interessierte, wo sich das Aufsichtspersonal befand. Der Wächter dieses Saals trug die übliche Schirmmütze und ein dunkelblaues zweireihiges Jackett, das eine Art Uniform für die Angestellten war. Er schlenderte von einer Ecke in die andere.

»Ich möchte zu Bruce Tarr!« rief ich ihm zu. Sein Blick fiel auf mein FBI-Abzeichen.

»Die Richtung stimmt, G-man! Er hat die Aufsicht bei ›Der Mensch in Afrika‹. Gehen Sie durch die Akeley Gallery und dann links!«

Das tat sich. Der Saal, in dem Tarr arbeiten sollte, war riesig. Laut Lageplan der größte in diesem Geschoß. Hier hatte man originalgetreu Eingeborenendörfer vergangener Zeiten aufgebaut. Geheimnisvolle Statuen. Modelle von stolzen Kriegern mit bunten, abschreckend aussehenden Masken.

Aber wo war die Aufsicht?

Alle Nerven waren angespannt, als ich mich Schritt für Schritt weiter in den künstlich geschaffenen ›Schwarzen Kontinent‹ vorarbeitete. Es gab viel zu sehen. Steinzeitliche Götzenbilder, aus Granit gehauen. Puppen, die halbnackte Tänzer darstellten. Nur nicht denjenigen, den ich suchte.

Plötzlich sah ich vor mir einen Mann im blauen Jackett, die Hände auf dem Rücken gefaltet. Er sah in eine andere Richtung. Ich wollte kein Risiko eingehen. Meine Rechte schloß sich um den Griff meiner SIG Sauer, die ich im Gürtelholster trug.

»Mr. Tarr!« rief ich halblaut.

Der Mann drehte sich langsam um. Wässrige Augen über roten Wangen sahen mich freundlich an. Auch dieser Angestellt hatte sofort meine FBI-Marke erblickt. Er schüttelte bedauernd den Kopf.

»Ich bin nicht Bruce Tarr, G-man. In diesem großen Saal müssen wir zu zweit Aufsicht führen. Was will denn der FBI von meinem Kollegen? Ah, da ist er ja!«

Er blickte über meine rechte Schulter. Ich wollte den Kopf wenden, als ich ein leises Sirren hörte, und ich wirbelte hastig herum.

Ein Speer raste auf mich zu!

»Das klingt ja nicht sehr aufregend.«

Der Chefredakteur vom ›New York Gossip‹ hieß Patrick Murphy, war neunundvierzig und litt unter chronischer Angst vor dem Älterwerden. Er trug sein langes, zum Teil schon verpflanztes Haar zu einem Pferdeschwanz gebunden. Seine Hautfarbe zeugte von regelmäßigen Besuchen auf der Sonnenbank. Und sein Gesicht war schon so oft geliftet worden, daß er weniger Falten hatte als die Pausbäckchen eines Kleinkindes. Und er war grundsätzlich böse auf alle, die jünger waren als er. So wie Marilyn Roundtree.

»Nicht aufregend, Boß?« Die Klatschreporterin konnte es nicht glauben. Sie saß diesem selbsternannten Jüngling in seinem luxuriösen Büro gegenüber und versuchte ihn davon zu überzeugen, was für eine heiße Sache der Mord an Grigori III. war. Bisher vergeblich.

»Nicht aufregend. Du bist unsere beste Gesellschaftsreporterin, Marilyn-Baby. Keine Frage. Aber die Kriminalstories solltest du besser unserem Gerichtsreporter überlassen. Er kennt ...«

»Hören Sie!« Sie unterbrach ihren Chef, sich nur mühsam beherrschend. »Der König wird gekillt. Ich erhalte einen Anruf von einer Unbekannten, die mich über Osmok informieren will. Sie wird ertränkt, bevor sie richtig auspacken kann. Der FBI ermittelt in der Palukkaner-Szene. Einer der Männer stirbt – und zwar vor Schreck! Weil er den Namen Osmok gehört hat. Gleich darauf gibt es einen Feuerüberfall. Und der Wissenschaftler ...«

Jetzt unterbrach sie der Berufsjugendliche. »Dr. Erasmus Foley, sagten Sie? Nie gehört, den Namen. Bestimmt so ein Spinner, ein Bücherwurm, der sich aufregende Geschichten ausdenkt, nur damit er einen Blick auf Ihre Beine werfen darf.«

Marilyn Roundtree sprang auf. »Er hat keinen Müll erzählt! Ich werde ihn hierherschaffen! Damit er Ihnen die Wahrheit ins Gesicht sagt!«

Und bevor der Chefredakteur noch eine Bemerkung machen konnte, war sie hinausgestürmt.

Patrick Murphy seufzte und widmete sich wieder seinem elektronischen Haustier, seinem Tamagochi. Seit er gelesen hatte, daß Jugendliche heutzutage so etwas besitzen mußten, hatte er natürlich auch eins.

Wutschnaubend ließ sich Marilyn Roundtree auf den Fahrersitz ihres gletscherblauen Alpine fallen und lenkte den europäischen Sportwagen zur Columbia University.

Dieser Murphy verblödet immer mehr! dachte sie zornig. Muß wohl an seinem Jugend-Trip liegen. Demnächst kommt er in kurzen Hosen zur Arbeit. Und irgendwann geht er nicht mehr morgens in den Verlag, sondern in den Kindergarten.

Das Dienstzimmer von Dr. Erasmus Foley an der Columbia University war leer.

»Er ist in die Bibliothek rübergegangen«, informierte man die Klatschreporterin im Sekretariat des Instituts.

Marilyn Roundtree marschierte über den Campus, inmitten von glücklichen Studenten, die es geschafft hatten, von dieser Elite-Uni aufgenommen zu werden. Die Journalistin vom ›New York Gossip‹ mußte grinsen. Sie hatte bloß ein Diplom der staatlichen Hochschule von Nebraska in der Tasche gehabt, als sie sich seinerzeit für ihren Job beworben hatte. Damit konnte man nun wirklich nicht angeben. Aber ihr Mundwerk und ihre Hartnäckigkeit glichen aus, was sie an Noten und ›Vitamin B‹ nicht hatte vorweisen können.

Vor dem Bibliotheksgebäude parkten ein Patrolcar des NYPD und das graue Fahrzeug des Coroners.

Marilyns Magen krampfte sich zusammen. Ihr Gefühl sagte ihr, daß etwas Schreckliches passiert sein mußte ...

Die Cops gaben sich alle Mühe, die glotzenden Studenten zurückzudrängen. Doch die Reporterin wurde vom beruflichen Ehrgeiz vorangetrieben. Wie eine Schlange glitt sie durch die Menschenmenge, die sich vor dem Eingang versammelt hatte. Die City Police mußte eben gerade angerückt sein. Niemand wußte bisher, wer das Opfer war.

Die junge Frau hatte eine dunkle Vorahnung. Die bestätigte sich, als sie im Inneren des Gebäudes gerade noch einen Blick auf das totenbleiche Gesicht von Dr. Erasmus Foley erhaschen konnte. Er wurde gerade in einen Zinksarg gelegt. Dann schloß man den Sarg, und die Männer schafften ihre traurige Last weg.

»Lassen Sie das! Treten Sie zurück!« schnauzte ein vierschrötiger Cop mit Stiernacken, als Marilyn dorthin drängte, wo sie den Tatort vermutete.

»Ich habe den Toten gekannt, Officer!« blaffte sie zurück. Sie war eben nicht auf den Mund gefallen.

Einer der zivilen Cops hinter der gelben Absperrungslinie sah von seinem Notizblock auf.

»Können Sie eine Aussage machen?« fragte er die Klatschreporterin. Der uniformierte Kollege ließ sie seufzend durch.

»Ich ... ich weiß nicht«, murmelte Marilyn. »Ich war heute vormittag bei Dr. Foley, da hat er noch gelebt. Ich mußte mit ihm etwas besprechen.«

»Ach so.« Das Interesse des Cops schien sich in Grenzen zu halten. Ein Routinefall, diesmal im Universitätsmilieu. »Sie sind ja auch keine Japanerin.«

Marilyn Roundtree horchte auf. »Japanerin? Wieso?«

»Weil laut Aussage einer Bibliothekarin Dr. Foley kurz vor seinem Tod von einer jungen Frau im Kimono angesprochen wurde, die offensichtlich Japanerin ist. Diese Zeugin hat ihn vermutlich zuletzt lebend gesehen. He – was haben Sie?«

Dem Mann von NYPD war aufgefallen, daß die Blondine plötzlich fast so bleich geworden war wie die soeben abtransportierte Leiche.

»Es ... es ist nichts«, stammelte sie. In ihrem Gehirn griffen die Zahnräder ineinander. Alles paßte.

Während der Cop in Zivil ihre Aussage über Ort und Zeitpunkt ihres Gesprächs mit Dr. Foley aufnahm, war die junge Frau mit ihren Gedanken längst woanders. Die Japanerin in der Sauna – Keiko Sakurai! Sie steckte mit Osmok unter einer Decke! Hatte dieser verfluchte Drahtzieher seine Leute denn überall?

Marilyn Roundtree mußte sich eingestehen, daß ihr die Sache über den Kopf wuchs. Wenn Osmok wirklich der Boß eines weltumspannenden Terrornetzes war, konnte das New Yorker Police Department auch nichts gegen ihn unternehmen. Da mußte eine andere Organisation ran, die es mit einem solchen Gegner aufnehmen konnte.

Als die Klatschreporterin ihre Aussage gemacht hatte, ging sie langsam und in Gedanken versunken zum Parkplatz zurück. Dann setzte sie sich in ihren Alpine und fuhr zur Federal Plaza.

Der Speer jagte über mich hinweg – und traf den älteren Museumswärter in die Brust!

Mit einem lauten Schmerzensschrei ging er zu Boden. Ich hatte bereits meine SIG gezogen. Den Speerwerfer hatte ich nur als Schemen zwischen einigen Strohhütten gesehen, und jetzt war er verschwunden.

Ich hatte keinen Zweifel, daß es sich um Bruce Tarr gehandelt hatte. Und daß dieser Mann einer der Killer von Grigori III. war! Er mußte das kurze Gespräch zwischen seinem Museumskollegen und mir mitbekommen haben. Darauf hatte er sehr schnell reagiert. Mit tödlicher Präzision.

Ich berührte kurz die Halsschlagader des älteren Mannes, aber mir war eigentlich schon vorher klar, daß jede Hilfe zu spät kam. Besucher rannten kreischend davon. Ich mußte versuchen, eine Massenpanik zu vermeiden.

»FBI-Einsatz!« brüllte ich. »Verlassen Sie diesen Raum. So schnell wie möglich!«

Wenn Phil gut reagierte, konnte uns der Killer nicht entkommen. Ein Ausgang lag in meinem Blickfeld, bei dem anderen würde mein Freund schon Position bezogen haben.

Mit der Waffe in der Hand spähte ich umher, während die Menschen links und rechts an mir vorbei verängstigt das Weite suchten. Endlich schien der Raum ›Der Mensch in Afrika‹ leer zu sein.

Leer bis auf den Mörder Bruce Tarr.

Ich schlich durch das Museum, meine Dienstpistole schußbereit in der Hand. Es raschelte hinter einer Bantu-Hütte, und fast zu spät bemerkte ich die Bewegung seitlich von mir, so daß meine Ausweich-Bewegung nicht mehr ganz gelang.

Eine riesige Keule stieß auf meine Schulter hinab. Um ein Haar, und der Killer hätte meinen Kopf getroffen.

Mein Arm wurde mit einemmal taub, und die SIG entglitt meinen schlaffen Fingern.

Ich sah in das haßverzerrte Gesicht des Mannes, der Bruce Tarr sein mußte.

Ich wartete nicht auf seinen nächsten Keulenhieb, sondern verpaßte ihm einen Karatetritt in die Magengrube. Das warf ihn zurück, aber nur für einen Moment.

Dieser Mann war eiskalt. Er hatte ohne zu zögern nach einem Speer gegriffen, als er kapiert hatte, daß der FBI hinter ihm her war. Und er hatte den Speer auch benutzt, ihn geschleudert, um damit gezielt zu töten. Nein, ein Menschenleben bedeutete diesem Kerl nichts.

Die Keule hielt er mit beiden Händen gepackt. Noch einen Treffer mit dieser steinzeitlichen Waffe würde mir nicht gut bekommen.

Ich kam nicht an meine Pistole heran, weil Tarr auf mich zutrat und mir den Weg zu meiner SIG damit versperrte. Meine Hände waren leer, ich war also waffenlos.

Der nächste Hieb kam!

Ich machte einen gewaltigen Satz nach rechts. Eine große und dickwandige Wasserschale aus Ton zersprang in tausend Teile, zerschlagen und in Stücke gehauen von der mächtigen Keule.

Suchend schaute ich mich um. Und erblickte einen buntbemalten Schild!

Eine furchterregende Fratze war darauf gemalt. Vielleicht ein Dämon. Ich hoffte, daß er auch gegen Keulenhiebe schützen konnte.

Das Schlaginstrument sauste wieder auf mich herab. Aber schon riß ich mit dem linken Arm den Schild hoch. Die Keule prallte ab.

Enttäuscht keuchte Bruce Tarr auf. Er versuchte es mit zwei kurzen Hieben direkt hintereinander. Aber weil er diesmal nicht so weit ausholte, blieben seine Schläge jetzt so gut wie wirkungslos.

Mein Schild war nicht rund, sondern sehr langgezogen und oval. Ich versuchte, damit anzugreifen. Ich packte ihn mit beiden Händen und stieß damit nach meinem Gegner.

Das war keine gute Idee. Mit der Keule schlug er mir meinen Schutz einfach aus den Händen. Bevor ich den Schild wieder aufheben konnte, setzte der Killer nach. Hoch hatte er sein Mordinstrument über den Kopf erhoben.

Ich stolperte über einen Tonkrug und fiel hintenüber. Breitbeinig stand Bruce Tarr über mir, die Keule in beiden Händen.

»FBI! Fallenlassen!«

Die vertraute Stimme von Phil.

Unser Gegner war clever genug, um zu verstehen, daß eine Schußwaffe auf ihn gerichtet war. Doch er ergab sich nicht, sondern sprang nur zwischen die dicht beieinander stehenden Bantu-Hütten. Phils Kugel jagte ihm hinterher.

»Alles okay, Jerry?« fragte mein Freund besorgt, als er mit rauchender Waffe in der Hand zu mir geeilt kam.

Mühsam rappelte ich mich auf. »Mein Arm fühlt sich an, als würden eine Million Ameisen darin eine Parade abhalten. Aber sonst fehlt mir nichts.«

Was ich sagte, entsprach den Tatsachen, denn langsam kehrte Leben in meinen rechten Arm zurück.

Ich bückte mich nach meiner SIG und hob sie auf. Phil angelte sein Handy aus der Jackentasche. »Wir müssen das Museum abriegeln lassen! Tarr darf nicht entkommen!«

Ich hörte, wie er eine entsprechende Meldung an die FBI-Zentrale weitergab. Wir hatten keine Zeit zu verlieren. Wenn wir Pech hatten, war der Täter schon entkommen. Doch wir mußten ihn unbedingt erwischen. Er war unsere ›Eintrittskarte‹ in die geheimnisvolle und bedrohliche Welt von Osmok.

»Die Kollegen sind unterwegs!« knirschte Phil, während wir mit schußbereiten Waffen nach links und rechts spähend den Weg zurückgingen, den ich gekommen war. Das Stockwerk wirkte wie ausgestorben. Die Nachricht vom FBI-Einsatz unter Anwendung von Schußwaffen mußte sich schnell verbreitet haben.

»Was würdest du an Stelle von Bruce Tarr jetzt unternehmen?« fragte ich Phil.

»So schnell wie möglich raus aus dem Museum. Es ist zwar riesig, bietet tausend Versteckmöglichkeiten, aber wenn eine Hundertschaft Cops jeden Schildkrötenpanzer umdreht und unter jeden Stein aus der Eiszeit guckt, nutzt ihm das auch nicht lange was.«

Ich nickte zustimmend. Der Killer von Grigori III. würde versuchen zu entkommen. Aber wohin?

»Im Erdgeschoß gibt es drei Ausgänge«, fuhr Phil fort. »Einen zur West 77th Street, einen zum Central Park West und einen zur West 91st Street.«

»Central Park West ist das Hauptportal.« Ich schüttelte den Kopf. »Da herrscht um diese Zeit zuviel Betrieb. Ich tippe auf West 81st Street, durch das Planetarium. Denn das ...«

»... ist zur Zeit geschlossen!« beendete mein Freund meinen Satz. »Und Tarr hat als Angestellter Schüssel zu allen Gebäudetrakten!«

Wir eilten hinüber zu der großen Kuppel, wo sich Tausende von Menschen gleichzeitig die Geheimnisse des nächtlichen Himmels über Amerika anschauen und erklären lassen können. Im Inneren des Planetariums war es stockdunkel. Die Seitentür war nicht abgeschlossen. Wie wir es uns gedacht hatten, denn Tarr mußte sie aufgeschlossen haben.

»Wir müssen höllisch aufpassen«, flüsterte Phil. »Dieser Bruce Tarr ist wahrscheinlich lautlos in die Wohnung von Grigori III. eingedrungen. Er wird also die Kunst des leisen Tötens beherrschen. Falls er schon verschwunden ist ...«

Der Satz meines Freundes erstarb in einem gurgelnden Laut ...

Mr. High nahm einen großen Schluck Kaffee und sah danach seine Besucherin prüfend an. In den vielen Jahren seiner Tätigkeit für die Bundespolizei hatte er gelernt, die Menschen richtig einzuschätzen. Und diese Marilyn Roundtree hatte ein ehrliches Gesicht. Obwohl Mr. High auch instinktiv erkannte, daß sie ein Geheimnis mit sich herumschleppte, das sie offenbar nicht preisgeben wollte.

Hat aber nicht jeder von uns das eine oder andere Geheimnis? fragte sich der Special Officer in Charge fast schon philosophisch. Nun, wenn Marilyn Roundtrees Geheimnis nichts mit dem aktuellen Fall zu tun hatte, interessierte es ihn herzlich wenig, denn ansonsten war die junge Reporterin auch sehr offen zu ihm gewesen.

»Es ist sehr vernünftig, daß Sie zu uns gekommen sind, Miss Roundtree«, sagte Mr. High mit seiner ruhigen und warmherzigen Stimme.

»Sagen Sie doch ruhig Marilyn zu mir.« Sie lächelte. »Das tun fast alle.«

»Wie Sie wünschen – Marilyn«, erwiderte John D. High mit einem feinen Schmunzeln. »Ist das eigentlich Ihr richtiger Name?«

»Na klar! Meine Eltern sind seit ihrer Jugend die größten Filmfans, die ich kenne. Was meinen Sie, weswegen mein älterer Bruder Humphrey heißt?«

Mr. High kam zum Thema zurück. »Sie kennen also den Namen der Informantin nicht, die sich mit Ihnen in der Sauna getroffen hat? Und die unmittelbar danach ermordet wurde?«

»Ich habe sie nie zuvor gesehen, Sir. Mir ist auch nicht verständlich, warum sie sich gerade mit mir treffen wollte. Ich meine, ich schreibe harmlose Sachen. Trete niemandem zu nahe. Wer sich auf welcher Party danebenbenommen hat. Wer mit wem beim Händchenhalten gesehen wurde. Plaudereien eben, die niemandem wirklich wehtun.«

»Hier ist ein Foto von Ihnen abgedruckt – auf der Seite mit Ihrer Kolumne«, sagte Mr. High. Er hatte die neueste Ausgabe von ›New York Gossip‹ aufgeschlagen vor sich liegen. Marilyn Roundtree hatte sie mitgebracht. »Daneben steht auch noch Ihre Büro-Telefonnummer. Ich vermute, daß sich die Ermordete in der New Yorker Presselandschaft nicht auskannte und einfach die erste Nummer einer Journalistin angerufen hatte, die ihr in die Finger kam.«

»So weit habe ich noch gar nicht gedacht«, gestand sie.

»Dieser Osmok ist höchst gefährlich«, sagte Mr. High eindringlich. »Der ehemalige Premierminister von Palukkanien und zahlreiche seiner Landsleute sind in der Nähe des Jefferson Parks förmlich abgeschlachtet worden. Eine grausame Aktion, ohne Gnade. Es gibt Grund zu der Annahme, daß Osmok dahintersteckt. Wir sammeln hier alle Informationen über ihn. Stück für Stück setzen wir das Puzzle zusammen. Gewiß, noch wirkt er allmächtig und unangreifbar. Aber das stimmt nicht. Er ist nur ein Verbrecher. Ein besonders rücksichtsloser und intelligenter, aber trotzdem nur ein Verbrecher.«

Marilyn Roundtrees Augen strahlten. »Wenn es jemanden gibt, der ihn besiegen kann, dann sind Sie es, Mr. High.«

Der SAC lächelte, ging aber nicht weiter darauf ein. »Erzählen Sie mir bitte alles über diese Keiko Sakurai, Marilyn. Wir müssen davon ausgehen, daß der Name falsch ist. Aber eine gute Personenbeschreibung wird uns helfen, sie zu fassen. Ich muß Ihnen auch ganz deutlich sagen, daß Sie selbst in Gefahr schweben. Diese Frau hat sie in der Sauna gesehen und hat wahrscheinlich auch mitgekriegt, daß Sie bei Dr. Foley waren, der selbst kaum etwas von dieser Affäre wußte, aber trotzdem ist er von ihr ermordet worden.«

Marilyn Roundtree preßte die Lippen zusammen. Daß ihr eigenes Leben bedroht war, das war wirklich immer wahrscheinlicher. Wann hatte sie jemals an so einer Story gearbeitet? Vielleicht würde sie dadurch wirklich berühmt werden, weit über ihre bisherige Leserschaft hinaus.

Doch nur kurz vernebelte der Gedanke an journalistischen Ruhm ihren Verstand, dann beschrieb sie Mr. High die unheimliche Killerin. »Keiko Sakurai spricht sehr flüssiges Amerikanisch mit leichtem Ostküsten-Tonfall. Sie ist ungefähr fünf Fuß und zwei Inch groß, zierlich gebaut ...«

Ich hörte Phils Röcheln links von mir. Der Killer mußte auf uns gelauert haben! Er nahm es lieber mit zwei G-men auf, statt zu fliehen. Entweder war er völlig durchgeknallt, oder er beherrschte das Töten so perfekt, daß auch zwei mit Pistolen bewaffnete Bundespolizisten keine wirklichen Gegner für ihn waren.

Doch diese Frage wollte ich später klären. Erst mußte ich meinem Freund aus seiner Bedrängnis helfen, und zwar schnell. Ich drehte meine SIG um und hieb mit dem Griff in das Dunkel hinein, das uns umgab.

Ein unterdrückter Fluch bewies mir, daß mein Hieb an der richtigen Adresse angekommen war. Pfeifend holte Phil wieder Luft, und dieser Erfolg gab mir Auftrieb.

Ich verließ mich ganz auf mein Gehör und ging auf den feigen Attentäter im Dunkel los wie eine Kampfmaschine. Diesmal wollte ich ihn nicht entkommen lassen! Er sollte sich vor einem Gericht verantworten für das, was er getan hatte. Am besten mit seinem Boß Osmok direkt neben ihm!

Harte Konter trafen meinen Kopf. Ich hatte es wirklich mit einem Profi-Kämpfer zu tun. Doch ich hatte die erstklassige Selbstverteidigungsausbildung des FBI genossen. Fast schon automatisch wehrte mein Körper jetzt seine Schläge ab. Es knackte laut, als meine linke Faust auf ein Hindernis traf. Hatte ich seine Nase gebrochen?

Ich sah absolut nichts, hoffte aber, daß sich Phil schnell von dem feigen Angriff erholte. Ich vermutete, daß der mit einer Würgeschlinge durchgeführt worden war.

Meine rechte Hand umklammerte immer noch den Lauf der SIG Sauer, die ich zum Schlagen benutzte. Plötzlich schnappten die Finger meines Gegners nach dem Pistolengriff. Nahmen ihn wie in einen Schraubstock. Tarr versuchte, mir die Waffe zu entwinden. Vier Hände krampften sich um die Pistole. Mit dem linken Bein brachte ich einen Karatetritt gegen seinen Rippenbogen an. Offenbar ergebnislos.

So rangen wir im Dunkeln miteinander, und die Zeitspanne, die dieser Kampf in Anspruch nahm, kam mir vor wie einen Ewigkeit. Tarr verdrehte mir schmerzhaft das Handgelenk, aber ich ließ nicht los. Wenn er die Pistole in die Hand bekam, wäre das für Phil und mich der sichere Tod. Mein Freund schien jedenfalls im Moment nicht kampffähig zu sein, sonst hätte er mir längst geholfen.

Tarr drückte die Waffe nach unten. Er war unerbittlich. Aber auch mein Griff schien wie aus Eisen zu sein.

Ein Schuß löste sich, und das Mündungsfeuer erhellte für einen winzigen Moment das dunkle Planetarium. Ich sah Tarrs verzerrtes Gesicht direkt vor mir. Und dann fühlte ich, wie er die Waffe losließ. Sein Körper glitt zu Boden.

Ich riskierte es und zog meine Taschenlampe. Richtete ihren Strahl auf ihn. Und leuchtete in seine gebrochenen Augen.

Hinter mir kam Phil auf Händen und Knien angekrochen.

»Den hat's erwischt!« krächzte mein Freund. »Und mich auch beinahe!«

Wieder standen wir mit leeren Händen da. Die Untersuchung des Todes ergab ohne Zweifel, daß Bruce Tarr ohne mein Verschulden beim Handgemenge umgekommen war. Mir wurde nichts zur Last gelegt.

Doch das war nur ein geringer Trost. Wir hatten es nicht geschafft, den Verdächtigen lebend zu fassen und somit einen Fuß in die Tür von Osmoks Organisation zu setzen. Wie die Obduktion ergab, litt Bruce Tarr wirklich an der seltenen Hautkrankheit, von der unser genialer Spurensicherer Edgar Chomsky gesprochen hatte. Er war also einer der Männer, die durch einen Lüftungsschacht in die Wohnung von Grigori III. eingedrungen waren.

Momentan war die Fahndung nach der Japanerin Keiko Sakurai der einzige Strohhalm, nach dem wir noch greifen konnten.

»Dieser Osmok muß ein weit gespanntes Netz mit Spitzeln und Mittelsmännern haben«, vermutete ich. »Man weiß nie genau, wer zu seinen Leuten gehört. Das macht ihn gefährlich, aber auch angreifbar.«

Mein Freund und Kollege Phil saß mir an seinem Schreibtisch gegenüber. Nach dem Angriff mit dem Würgedraht war er im Mount Zion Hospital behandelt und mit einer nicht sehr kleidsamen Gipskrause um den Hals wieder entlassen worden. »Du meinst, weil jemand aus seiner Organisation Muffensausen kriegen und den Big Boß verpfeifen könnte?«

»Genau, Phil. Es wäre nicht das erste Mal, daß jemand anfängt zu singen, sobald er kapiert, daß er es mit dem FBI zu tun hat.«

»Ich befürchte nur«, seufzte mein Freund, »wir haben es mit blindwütigen Fanatikern zu tun, die diesem Osmok blind ergeben sind. Darauf deutet doch alles hin.«

Ich starrte gedankenverloren aus dem Fenster und auf das Lichtermeer von Manhattan. Die Nacht war angebrochen, und die Stadt, die niemals schläft, erstrahlte jetzt im millionenfachen Neonlicht.

Es klopfte an unserer Bürotür, und bevor ich ›Come in!‹ rufen konnte, stand unser FBI-Zeichner Peiker im Raum.

»Das habe ich auf Anweisung von Mr. High gemacht«, erklärte er und legte ein Phantombild vor mich auf die Schreibtischplatte. »Ich soll es dir geben, hat er gesagt. Die Lady soll eine gewisse Keiko Sakurai sein beziehungsweise sich so nennen.«

Damit verschwand er wieder grußlos. Vielleicht befürchtete er, daß wir ihm mit einem weiteren Eilauftrag den Feierabend verderben wollten.

»Sehr schön«, sagte ich, mehr zu mir selbst. »Jetzt muß ich nur noch diese Miss Marilyn Roundtree aufsuchen und ihr das Bild zeigen.«

»Marilyn Roundtree?« echote Phil.

»Das ist die Klatschreporterin vom ›New York Gossip‹, die sich uns als Zeugin zur Verfügung gestellt hat«, erklärte ich. »Du warst noch in der Notaufnahme vom Hospital, als der Chef mir die Informationen gegeben hat.«

»Du triffst dich also mit einer Lady, die den aufregenden Vornamen Marilyn hat.« Mein Freund grinste.

»Dann ist ja meine Anwesenheit nicht mehr vonnöten, und ich kann den Abend wie geplant mit Loretta La Salle verbringen.«

»Ach, die Frau mit dem Duschgel-Namen.« Kaum hatte ich den Satz ausgesprochen, da mußte ich schnell abtauchen, um dem von Phil geworfenen Briefbeschwerer zu entgehen.

Lachend verabschiedeten wir uns voneinander. Phil wollte direkt von der Federal Plaza aus zu seiner Verabredung, deshalb mußte ich ihn nicht bis zu unserer gewohnten Ecke mitnehmen.

Ich blieb noch einen Moment im Büro und rief die Redaktion des ›New York Gossip‹ an. Glück muß man haben. Marilyn Roundtree war nicht nur im Haus, sondern auch an ihrem Platz.

»Special Agent Cotton vom FBI?« wiederholte sie, nachdem ich mich telefonisch vorstellt hatte. Ihre Stimme hatte einen selbstbewußten, leicht rauchigen Klang. »Sie wollen mir ein Phantombild von der Japanerin zeigen? Heute abend noch? Kein Problem – wenn es Ihnen nichts ausmacht, mich im Gershwin Theatre zu treffen. Ich muß nämlich zu einer Musical-Premiere, um darüber zu schreiben. Bin sozusagen schon in Hut und Mantel, okay? Also bis später – ciaooooo!«

Die Verbindung wurde unterbrochen. Zum Glück kannte ich ihr Foto aus dem ›New York Gossip‹. Auch unter den vielen gestylten Premierenbesuchern mußte diese blendend aussehende Frau auffallen.

Loretta La Salle schlug die Hand vor den Mund und riß ihre großen Katzenaugen auf. »Phil! Was – was ist mit dir passiert?«

Sie deutete auf seine Halskrause, während er sich zu ihr in die Nische setzte. Der G-man und die TV-

Statistin hatten sich bei dem Kult-Italiener ›Presto Presto‹ verabredet. Normalerweise war das Lokal auf Monate hin ausgebucht. Phil hatte dem Besitzer aber vor längerer Zeit tatkräftig gegen Schutzgelderpresser beigestanden. Daher galt der blonde Special Agent als ›Freund des Hauses‹, dem man gern einen kleinen Gefallen tut.

Phil machte eine abwehrende Handbewegung. »Sieht schlimmer aus, als es ist. Wir hatten heute einen Einsatz, bei dem es etwas rundgegangen ist. Aber wie Sie sehen, ist der Kopf ja noch dran.«

»Was ist denn passiert?« fragte Loretta La Salle mit einem leicht lauernden Unterton in der Stimme.

»Verfolgung eines Verdächtigen«, erklärte der G-man bewußt vage und nahm mit einem dankbaren Nicken die Weinkarte vom Kellner in Empfang. »Ich rede nicht gern über meinen Job, Loretta. Stellten Sie sich einfach vor, ich sei Arzt. Dann stände ich ja auch unter Schweigepflicht, oder? FBI-Fälle berühren immer die Persönlichkeitsrechte von Bürgern. In der Öffentlichkeit unserer Fälle breitzutreten, das ist einfach nicht drin. Außerdem gibt es ja viel interessantere Themen.« Und er schaute ihr tief in die Augen.

Osmoks Untergebene war clever genug, Phil nicht weiter auszuhorchen. Jedenfalls nicht so offensichtlich. Außerdem befürchtete man im Hauptquartier der Organisation schon längst, daß der FBI Bruce Tarr verhaftet oder dieser bei der versuchten Verhaftung sein Leben verloren hatte, denn der Killer hatte sich nicht verabredungsgemäß mit seinem persönlichen Telefonkode gemeldet, und das konnte nichts Gutes bedeuten.

Die attraktive Loretta legte ihren ganzen Charme in ihr Lächeln. Sie sah an diesem Abend einfach umwerfend aus. Zu einem hautengen schwarzen Cocktailkleid trug sie als Schmuck nur eine einfache Goldkette. Ihr Haar hatte sie hochgesteckt.

Ihre linke Hand berührte wie zufällig Phils Jackettärmel.

»Sie haben recht, Phil. Das Leben ist ernst genug. Der Job frißt uns auf, wenn wir nicht mal an was anderes denken. Erzählen Sie mir doch mal was Lustiges.«

Phil grinste lausbubenhaft. »Vorhin habe ich tatsächlich etwas ungeheuer Komisches gehört. Obwohl ich so getan habe, als sei ich verärgert gewesen, fand ich's eigentlich zum Totlachen. – Ich habe nämlich meinem Freund und Kollegen Jerry gegenüber erwähnt, daß ich mich mit Ihnen treffen wollte. Und wissen Sie, was er entgegnet hat? Ihr Name – Ihr Künstlername – würde nach einem Duschgel klingen!«

Phil wieherte los. Und Osmoks Agentin lachte mit – doch ihre Züge verzerrten sich dabei, als hätte sie gerade in eine Zitrone gebissen.

»Wirklich lustig«, entgegnete sie nicht sehr überzeugend. »Sie verstehen sich wohl gut mit diesem Jerry?«

»Bestens«, antwortete Phil, dem die Lachtränen über das Gesicht liefen. »Er ist mein bester Freund.«

»Das finde ich schön«, heuchelte Loretta La Salle und strich über Phils Unterarm. »Wahre Freundschaft ist so selten geworden heutzutage. Darf ich mehr über Ihren Freund Jerry erfahren? *Das* ist doch kein Dienstgeheimnis, oder?«

»Natürlich nicht«, sagte Phil. Er hielt einen Moment inne, weil die Aperitifs serviert wurden. Das Licht der handgezogenen weißen Kerzen auf ihrem Tisch schuf eine romantische Atmosphäre. Die Welt außerhalb dieses Lichtscheins war jetzt fern und unwirklich. Der G-man freute sich, daß diese tolle Frau so ein großes Interesse an ihm zu haben schien. »Es war vor vielen Jahren, als ich Jerry Cotton zum ersten Mal begegnet bin ...«

»Ist es nicht idiotisch, diese Klatschtante mitten im Trubel einer Musical-Premiere abknallen zu wollen?« fragte Stan Mosley schlechtgelaunt. Er hatte im Halbdunkel neben seinem Komplizen Carl Burgess Position bezogen. Die beiden Killer lauerten in einer Loge. Die gesamte linke Balkonseite des Gershwin Theatre war wegen Umbauten geschlossen. Ein traumhafter Standort, von dem aus sie jede Person im Parkett ins Visier nehmen konnten.

Burgess hob das Gewehr, richtete den Lauf über die Logenbrüstung und hatte das rechte Auge am Zielfernrohr. »Ich würde an deiner Stelle meine Zunge hüten«, zischte er. »Der Herr selbst hat bestimmt, daß wir diese Marilyn Roundtree hier und heute ins Jenseits befördern.«

Stan Mosley schwieg betreten. Er war noch nicht sehr lange in der Organisation, aber er hatte als erstes gelernt, daß Respektlosigkeit gegenüber Osmok etwas war, das man sich allerhöchstens einmal erlauben konnte. Er verdiente in diesem geheimnisvollen Verbrechersyndikat mehr als dreimal soviel an Dollars als zu seiner Zeit als ›freischaffender‹ Ganove. Dafür wurde aber auch absoluter Gehorsam von ihm verlangt. Und Hingabe an die Aufgabe. Bis zum letzten Blutstropfen.

»War nicht so gemeint«, nuschelte er, versuchte sich herauszuwinden. »Ich habe bloß nicht kapiert, *warum* wir es hier machen und nicht zum Beispiel in ihrem Apartment.« Er lachte dreckig.

»Ich erkläre es dir«, raunte Carl Burgess geduldig. Er war fünf Jahre jünger als Mosley, aber schon seit

Ewigkeiten für Osmok tätig. Manchmal kam es ihm vor, als hätte er längst zu existieren aufgehört. Als wäre er nur noch ein Werkzeug in den Händen seines Herrn, doch ihn erfüllte das mit tiefer Zufriedenheit. »Wenn wir der Roundtree das Gehirn wegblasen, unter Hunderten von Premierengästen, lösen wir eine Massenpanik aus. Eine ideale Voraussetzung, um uns in aller Ruhe absetzen zu können. Dann wird über ihre Ermordung noch sensationeller berichtet, und zwar in allen New Yorker Tageszeitungen und im Fernsehen. Und jeder, der gegen unseren Herrn arbeitet, wird wissen, was ihm blüht.«

Stan Mosley schluckte. Ihm wurde der Rollkragen seines Pullovers fast zu eng. Aber er wagte nicht, auch nur an den Ausstieg aus der Osmok-Bande zu denken. Manchmal nämlich glaubte er ganz sicher, ihr großer Boß könnte seine Gedanken lesen ...

Carl Burgess wirkte so unbeteiligt wie ein Roboter, während er einen nach dem anderen der eintreffenden Premierengäste ins Visier nahm. Natürlich nur zur Übung. Er wollte einen tödlichen Schuß in Marilyn Roundtrees Kopf abgeben und dann sofort den Rückzug antreten. Stan Mosleys Job bestand darin, ihm Deckung zu verschaffen, falls es doch noch nötig wurde. Mosley war Nahkampfspezialist.

Burgess strich fast zärtlich über den Schaft seines Barrett M82 A1-Scharfschützengewehrs. Durch das Zielfernrohr sah er die Menschen dort unten zum Greifen nahe vor sich.

»Woher wissen wir überhaupt, ob die Roundtree heute kommt?« fragte Mosley eifrig. Er versuchte krampfhaft, seinen Fehler von vorhin auszubügeln, oder vielmehr, ihn durch weitere Worte in Vergessenheit zu bringen.

»Wir wissen es«, entgegnete der Scharfschütze mit tonloser Stimme. »Der Herr hat es ausfindig gemacht.«

Stan Mosley traute sich nicht, darauf noch etwas zu erwidern. Das Parkett füllte sich immer mehr mit lachenden, aufgeregt durcheinanderschnatternden Menschen. Sie freuten sich auf einen schönen Abend in der Traumwelt des Musicals. Keiner von ihnen ahnte, daß sie die harte Realität New Yorks live erleben würden.

»Da ist Marilyn Roundtree.« Carl Burgess' Stimme klang fast gelangweilt.

Der Saal tobte. Doch der Komiker auf der Bühne hatte schon den nächsten Brüller für seine Fans parat.

»Und da fragt mich doch mein Kollege, ob ich ihm einen Kaffee holen könnte. Wieso? frage ich zurück. Weil du dran bist, sagt er. Ich gehe also raus, zum Automaten. Als ich wiederkomme, sagt mein Kollege, daß der Chef gerade da war. Und ich solle sofort zu ihm kommen. Ich gehe hin, und der Alte staucht mich zusammen, weil ich nicht an meinem Arbeitsplatz war. Ich also zurück zu meinem Kollegen und erzähle ihm das. Und er sagt: Was soll's? Ich habe dir doch gesagt: Du bist dran!«

Das Publikum schüttete sich vor Lachen. Das Standup New York gehörte zu den angesagtesten Comedy-Bühnen in Manhattan. Phil und Loretta La Salle saßen eng aneinandergeschmiegt an einem winzigen Tischchen nicht weit von der Bühne. Sie waren sich näher gekommen, seit sie das italienische Kult-Restaurant verlassen hatten.

»Ich kann nicht mehr!« keuchte die junge Frau. Lachtränen rollten ihr über die Wangen. »Gut, daß ich mein wasserfestes Make-up aufgelegt habe!«

Auch der blonde G-man grinste. Er freute sich, daß seiner Begleiterin der Abend so gut gefiel. »Ja, bei mir gibt es eben immer eine Menge Spaß!«

Die Leute grölten, trampelten mit den Füßen, pfiffen vor Begeisterung. Aber die Komiker ließen sich nicht erweichen. Das Show-Programm war zu Ende. Es war weit nach Mitternacht. Endlich gab das Publikum auf. Die Gäste erhoben sich und strebten den Ausgängen zu.

Loretta La Salle hakte sich bei Phil ein. »Bitte sei mir nicht böse, Phil. Aber bei dieser Nummer mit dem Kollegen mußte ich immer an dich denken.«

»Wieso?« Der Special Agent dachte, daß nun noch ein Witz von seiner Begleiterin käme. Denn daß sie Humor hatte, davon war er inzwischen überzeugt.

»Du hast mir soviel von deinem Freund Jerry Cotton erzählt. Und ich habe – bitte versteh mich nicht falsch – den Eindruck, daß er wirklich immer eine Menge Spaß hat. Und zwar auf deine Kosten.«

»Wie kommst du denn darauf?« Phil fiel aus allen Wolken.

Loretta La Salle kuschelte ihren Kopf an seine Schulter. »Na ja, dieser Witz mit dem Duschgel zum Beispiel. Ich kann ja einen Gag vertragen, auch wenn er auf meine Kosten geht. Mein Künstlername ist ja wirklich ein wenig ... pompös oder wie immer man das nennen will. Aber ich dachte, ich würde dir etwas bedeuten. Und wenn dein sogenannter Freund dann seine Scherze reißt über den Namen einer Frau, für die du etwas empfindest ...« Sie ließ den Satz unvollendet.

»Ich bin sicher, Jerry hat das nicht so gemeint«, brummte Phil, doch ein winziger Samen des Zweifels hatte sich schon bei ihm eingenistet.

»Bestimmt nicht«, bestätigte Loretta La Salle und streichelte zärtlich seinen rechten Arm. Sie wußte, daß sie den Bogen nicht überspannen durfte. Ihre Intrige gegen die Freundschaft zwischen Phil Decker und

Jerry Cotton mußte fein gesponnen werden. Dafür sollte dieses Netz des Mißtrauens und des Neides dann aber auch unzerreißbar sein.

»Es war ein schöner Abend«, sagte Phil zufrieden, als sie auf die Straße traten. Die 78th Street war gelb von Yellow Cabs. Es würde kein Problem sein, nach Hause zu gelangen.

Loretta riß mit gespielter Empörung die Augen auf. »Wollen Sie mich etwa allein in mein Apartment fahren lassen, Special Agent Decker? Ich muß sagen, Sie sind kein Gentleman!«

Und bevor Phil darauf etwas erwidern konnte, verschloß sie ihm den Mund mit einem leidenschaftlichen Kuß ihrer kirschroten Lippen. Sie wand ihren Luxuskörper schlangengleich und drängte sich leidenschaftlich an ihn.

Phil verbrachte diese Nacht nicht in seinem eigenen Bett ...

Mit dem Namen George Gershwin verbinden nicht nur New Yorker, sondern Menschen auf der ganzen Welt unsterbliche Musical-Melodien. Entsprechend hoch sind die Erwartungen an ein Stück, das seine Welturaufführung im Gershwin Theatre erlebt. Jeder Amüsierwillige der Ostküste schien an diesem Abend noch eine Premierenkarte ergattern zu wollen.

Ich mußte beide Ellenbogen benutzen, um mich durch die Menschenmenge zu kämpfen. Natürlich hatte ich weder Zeit noch Lust, mich um ein Ticket zu bemühen, also benutzte ich statt dessen meinen FBI-Ausweis. Ich war ja auch nicht zu meinem Vergnügen hier, sondern um der Zeugin Marilyn Roundtree das Bild zu präsentieren, das unser Zeichner Peiker von der Verdächtigen Keiko Sakurai gemacht hatte.

Als ich mich allerdings ins Innere des Musical-Theaters gekämpft hatte, fragte ich mich ernsthaft, wie ich in diesem Gewirr von festlich gekleideten Menschen die Klatschreporterin finden sollte. Sie sah zwar sehr gut aus, aber das konnte man von ziemlich vielen Frauen im Umkreis von einer halben Quadratmeile behaupten.

»He – G-man!«

Ich stutzte. Nicht ich hatte sie, sondern sie mich gefunden. Ich drehte mich um. Eine umwerfende Blondine im Silberlamé-Abendkleid trat auf mich zu. Unwillkürlich hielt ich den Atem an.

»Marilyn Roundtree«, sagte sie mit derselben erotisierenden Stimme, die mich schon am Telefon fasziniert hatte. »Und Sie sind vom FBI, stimmt's?«

»Special Agent Jerry Cotton«, stellte ich mich vor und drückte ihre feingliedrige Hand, die sie mir entgegenstreckte. »Wie haben Sie mich erkannt? Ich habe nicht geahnt, daß wir G-men so auffällig sind.«

Sie lachte herzlich, wobei ihre Augen aufblitzten. »Sind Sie auch nicht, Mr. Cotton. Aber schauen Sie sich doch mal um. Sie sind der einzige Mann hier, der nicht aussieht wie ein Pinguin.«

Sie hatte recht. Die anderen männlichen Gäste trugen ausnahmslos Smoking oder Frack. So etwas kannte ich nur aus alten Filmen. Ich hingegen hatte einen mehr oder weniger unauffälligen braunen Gabardine-Anzug an. Ein Outfit, das mich in dieser Umgebung so hervorstechen ließ wie eine Palme am Nordpol.

»Ich wollte Sie keinesfalls von Ihrem Musical abhalten, Miss Roundtree«, betonte ich und zog die Zeichnung aus meiner Innentasche. »Wenn Sie mir nur bitte kurz sagen würden, was Sie von diesem Phantombild halten.«

Die Blondine betrachtete die Zeichnung lange. Ich sah, wie sie mehrmals schluckte, als ob sie heraufsteigendes Unbehagen unterdrücken wollte. »Das ist sie«, sagte sie schließlich leise. »Ihr Zeichner hat sie genau getroffen. Das ist Keiko Sakurai, da bin ich mir ganz sicher.«

»Sehr gut. Das wird unsere Fahndung erleichtern. Ich bedanke mich bei Ihnen und wünsche gute Unterhal...«

»Nicht so eilig!« Marilyn Roundtree griff nach meinem Arm. In ihren Augen las ich eine Mischung aus Interesse und Angst. »Haben Sie denn nie Feierabend? Fangen Sie heute abend noch mit der Jagd nach Keiko Sakurai an?«

»Ich nicht«, gab ich zu. »Das Bild wird vervielfältigt und geht an alle Streifen der City Police, die heute nacht im Einsatz sind. Mein Dienst beginnt erst wieder morgen.«

»Dann können Sie sich doch mit mir zusammen das Musical anschauen? Haben Sie Lust? Oh, bitte!« Und sie sah mich so spaßhaft-flehend an, daß ich nicht widerstehen konnte.

»Ich müßte kurz beim FBI-Gebäude anrufen, daß die Zeichnung okay ist«, sagte ich. »Ich habe natürlich nur eine Kopie mitgenommen.«

»Dann geht die Sache doch in Ordnung.«

»Also gut, Sie haben mich überredet. Ich telefoniere eben schnell, und dann komme ich sofort wieder zurück, okay?«

»Tun Sie das«, erwiderte Marilyn Roundtree mit kokettem Augenaufschlag.

Ich suchte mir ein Stück entfernt eine halbwegs ruhige Stelle hinter einer Säule und zog mein Handy hervor. Mißbilligende Blicke der Premierenbesucher trafen mich.

»Keine Sorge!« sagte ich laut. »Während der Vorstellung schalte ich es aus!«

Die älteren Herrschaften rümpften die Nasen und würdigten mich keines Blickes mehr. Sollten sie. Viele Leute halten Mobiltelefone für eine technische Spielerei. Aber für die Polizeiarbeit sind die bereits unentbehrlich geworden. Obwohl sie natürlich nicht abhörsicher sind. Aber wenn man das weiß, wählt man eben die passenden Worte beim Telefonieren.

Nachdem ich grünes Licht für die Vervielfältigung der Zeichnung und den Beginn der Fahndung gegeben hatte, besorgte ich noch schnell zwei Gläser Champagner für die Lady und mich.

»Wie aufmerksam, Mr. Cotton«, sagte sie, als ich mit den Kelchen in den Händen zu ihr zurückkehrte. Sie hatte in der Zwischenzeit offenbar mit vielen Leuten ein paar höfliche Phrasen ausgetauscht.

Wir stießen an. »Sie wirken ja jetzt richtig locker«, sagte die Klatschreporterin. »Ich dachte erst, der Dienst ginge Ihnen über alles.«

»Geht er auch. Die schönsten Erlebnisse verdanke ich meinem Job beim FBI.«

»Welche denn zum Beispiel?«

»Daß ich Sie kennengelernt habe, Miss Roundtree.«

»Und jetzt fangen Sie auch noch an zu flirten! Ich weiß so langsam nicht mehr, was ich von Ihnen halten soll, Jerry.«

»Man sollte sich nie vom ersten Eindruck täuschen lassen«, philosophierte ich. »In den meisten Menschen steckt mehr, als man denkt.«

»Oder es steckt etwas ganz anderes darin«, murmelte sie. Ihre ausgelassene Stimmung schien plötzlich wie weggeblasen.

»Woran denken Sie?«

»An Osmok.« Sie hatte den Namen nur geflüstert. »Er ist ein Mann ohne Gesicht. Vielleicht ist er mitten unter uns und beobachtet uns sogar. Niemand kennt sein Aussehen. Niemand scheint ihn jemals gesehen zu haben. Und wenn, dann hat er es nicht überlebt.«

Ich versuchte, meine Stimme beruhigend klingen zu lassen. »Miss Roundtree, Osmok ist kein Dämon oder Gespenst. Ich halte mich lieber an Tatsachen. Er ist nur ein Mensch. Und Menschen machen Fehler.«

»So etwas Ähnliches hat Ihr Chef, Mr. High, auch gesagt«, seufzte die Klatschreporterin. »Ich wünschte, daß ich Ihren Optimismus teilen könnte.«

Der Gong zum Beginn der Vorstellung bewahrte mich davor, ihre Bemerkung beantworten zu müssen. Ich bot Marilyn Roundtree meinen Arm an, und wir gingen langsam über den breiten Gang zwischen den Sitzreihen bis in die erste Parkettreihe. Das waren die besten Plätze, wenn man die Logen mal außer acht ließ.

Die Frau vom ›New York Gossip‹ hatte ein geschäftsmäßiges Lächeln aufgesetzt und verteilte links und rechts Grüße. Das hier war ihre Welt.

In der Mitte der ersten Reihe befanden sich unsere Sitze.

Plötzlich kam mir ein Gedanke. Bei dieser Festbeleuchtung gaben wir beide hier unten hervorragende Ziele ab. Von wo aus würde ich schießen, wenn ich diese Frau hätte töten wollen? Instinktiv wirbelte ich herum. Marilyn Roundtree glaubte an einen Scherz von mir und ließ ein perlendes Lachen ertönen.

Es brach abrupt ab, als ich ihr kräftig in den Hintern trat. Sie segelte der Länge nach auf den Fußboden.

Im selben Moment bellte ein Schuß.

Carl Burgess drückte um eine Zehntelsekunde zu spät ab. Mit allem hatte er gerechnet, aber nicht damit, daß der Begleiter der Reporterin sie zur Seite treten und seinerseits das Feuer erwidern würde. Der dunkelhaarige Mann dort unten mußte den Lauf des Gewehres gesehen haben und hatte in Bruchteilen einer Sekunde sofort reagiert.

Wer war dieser Mann? Ein Bodyguard? Ein G-man?

Osmoks Killer wußte es nicht, und es war ihm auch egal. Er versuchte, seinen Fehler auszumerzen. Der Herr haßte Versager.

Das Zielvisier suchte die Klatschreporterin. Aber der Mann dort unten brüllte etwas und schoß mit seiner Knarre auf die Loge, in der sich Stan Mosley und Carl Burgess befanden.

Jedenfalls blieb Marilyn Roundtree eng an die Sitzreihe gepreßt auf dem Boden liegen. Sie befand sich nun im toten Winkel, für das Präzisionsgewehr unerreichbar, und der dunkelhaarige Mann war in den Orchestergraben gesprungen, hatte dort Deckung gefunden. Seine Kugeln flogen den beiden Osmok-Männern um die Ohren.

»Knall ihn doch endlich ab!« jammerte Stan Mosley. Wieder schoß Burgess. Einmal, zweimal, dreimal. Die Nervosität seines Begleiters trug nicht gerade zu seiner Konzentration bei. Wie sollte man arbeiten, wenn man solche Idioten an den Hacken hatte!

Mit jedem Augenblick der verstrich, wurde es dem Scharfschützen mulmiger zumute. Sie saßen hier oben in der Rattenfalle. Nichts war einfacher, als den oberen Teil des Theaters abzusperren und sie dann zu pflücken wie reife Früchte. Wahrscheinlich war die hauseigene Security schon unterwegs. Doch da hatte er auch noch ein Wörtchen mitzureden.

Ein Schmerzensschrei von Stan Mosley riß ihn aus seinen Gedanken. Nun hatte sich dieser Volltrottel auch noch eine Kugel eingefangen! Klagend hielt er seinen rechten Oberarm, aus dem Blut sickerte. Burgess konnte eine Art professionelle Bewunderung für den Mann mit der SIG dort unten nicht unterdrücken. Auf diese Entfernung mit einer Faustfeuerwaffe ins Ziel zu treffen, dazu gehörte schon einiges!

In Sekundenschnelle entstand in Burgess' kriminellem Gehirn ein neuer Plan. Ein Plan, der Osmok stolz auf ihn machen würde. Aber zunächst mußte er sich von diesem Versager Mosley trennen. Die Feds würden ihn weichklopfen. Und es durfte nicht sein, daß auch nur eine Silbe über die Pläne des Herrn bekannt wurde.

»He, Mosley!«

»Hä?« Und bevor der Angeschossene verstand, wie ihm geschah, jagte ihm sein Komplize ohne mit der Wimper zu zucken ein Hochgeschwindigkeitsgeschoß in den Kopf. Er war auf der Stelle tot.

Carl Burgess ließ das rauchende Barrett M82 A1 fallen. Es hatte ihm treue Dienste geleistet, aber bei seinem weiteren Vorhaben würde es ihm nur hinderlich sein. Es tat ihm leid, aber es war nur eine Waffe. Wichtig war, daß er seinen Herrn nicht enttäuschte. Das war für ihn das einzig Wichtige überhaupt.

Und mit einem wilden Schlachtruf sprang der Verbrecher über die Brüstung des Balkons nach unten, während die Menschen dort in Panik zu den Ausgängen drängten.

»Bleiben Sie liegen!« rief ich Marilyn Roundtree zu, die mich ungläubig anstarrte. Der Abdruck meiner Schuhsohle war deutlich auf ihrem mit Silberlamé bedeckten runden Po zu erkennen. »Dies ist ein Attentat! Man will Sie töten!«

Sie hatte den Schuß gehört. Nun sah sie, wie ein zweites Geschoß unmittelbar neben mir in den Fußboden einschlug. Ich hatte inzwischen meine SIG gezogen. Fünfzehn Schuß im Magazin und eine zusätzliche Kugel im Patronenlager. Und ein Ersatzmagazin trug ich bei mir.

»Ducken Sie sich gegen die Sitzreihe!« brüllte ich. Dann ein Hechtsprung in den Orchestergraben, wo die Musiker in Panik ihre Instrumente fallen ließen und das Weite suchten.

Der Lauf des Schnellfeuergewehrs dort oben war matt, so daß er nicht verräterisch das Licht reflektierte. Ich hatte aber Glück gehabt, daß der Schütze genau in dem Moment seine Waffe etwas richtete, als ich hinaussah, sonst wäre mir das Gewehr in dem Halbdunkel dort oben kaum aufgefallen.

Der Attentäter – oder waren es zwei? – war nur als Schemen zu erkennen. Ich hingegen stand hier breitbeinig wie auf dem Präsentierteller. Der Rand des Orchestergrabens bot mir nur unvollkommenen Schutz. Ich jagte eine Kugel nach der anderen aus der SIG. So wollte ich versuchen, den Scharfschützen zumindest in Deckung zu zwingen, damit er nicht mehr schießen konnte.

Die Zeit arbeitete für mich. Der Sicherheitsdienst des Theaters würde längst bemerkt haben, was hier lief. Während ein weiteres Hochgeschwindigkeitsgeschoß über meinen Schädel hinwegsauste, steckte ich mir meine FBI-Marke ans Jackett. Wenn die Security-Boys hier reinstürmten, sollte ihnen klar sein, daß ich nicht zu den bösen Buben gehörte.

Wieder feuerte ich. Oben auf dem Balkon erklang ein Schmerzensschrei. Hatte ich den Heckenschützen getroffen? Ich sah Bewegung dort im Dämmerlicht. Aber was genau passierte, konnte ich nicht erkennen. Dafür war es zu dunkel.

Ein einzelner Schuß aus dem Gewehr krachte, gefolgt von einem Moment der Stille. Und dann sprang ein schwarzgekleideter Mann mit wildem Gebrüll vom Balkon in den Zuschauerraum!

Der Abstand zum Boden war ziemlich groß. Ein untrainierter Mensch hätte sich mehrere Knochen gebrochen. Aber so, wie der Verbrecher fiel und sich dann auf dem Boden abrollte, mußte er eine Spezialausbildung genossen haben. Vielleicht ein ehemaliger Kämpfer der Special Forces oder einer anderen Eliteeinheit. Oder ein Söldner, der nach seinem letzten Einsatz im Bosnien-Konflikt ein neues Betätigungsfeld gefunden hatte.

Ich schob die Gedanken beiseite. Jetzt galt es, den verfluchten Kerl unschädlich zu machen. Und zwar so schnell wie möglich. Schon federte er vom Boden hoch und starrte in meine Richtung. Der Sprung schien ihm nichts ausgemacht zu haben.

»FBI!« brüllte ich und zielte auf ihn – oder vielmehr auf seine Beine. »Stehenbleiben! Hände über den Kopf!«

Doch der Schwarzgekleidete war schneller, als ich es erwartet hatte. Er wirbelte herum, ich sah die Pistole in seiner Hand, und es gab für mich nur zwei Möglichkeiten. In Deckung gehen oder ihn über den Haufen schießen, denn er bewegte sich so schnell, daß ich seine Beine jetzt nicht mehr treffen konnte. Jedenfalls war ich mir nicht sicher, ob ich sie erwischen konnte, und ein Fehlschuß hätte mein Ende bedeutet. Ich war und bin aber auch kein skrupelloser Killer, also entschied ich mich für innerhalb des Bruchteils einer Sekunde dafür, im Orchestergraben abzutauchen, da jagte die Kugel auch schon über mich hinweg – und eine zweite und eine dritte.

Der Killer leerte das halbe Magazin seiner Pistole und hielt mich so unten, und als er mit dem Rumgeballere aufhörte und ich wieder hochkam und zurückschießen wollte, sah ich mit Entsetzen, daß sich der Attentäter Marilyn Roundtree geschnappt hatte.

Verdammt! Er hatte seinen Arm um die Hüfte der Blondine gelegt und preßte ihr die Pistolenmündung gegen die Schläfe.

»Waffe weg, G-man«, sagte er zu mir, als wollte er über das Wetter plaudern. »Sonst blase ich Miss Roundtree das Gehirn weg!«

Ich senkte meine SIG. Wir vom FBI riskieren nicht das Leben von Zivilisten. Aber ich konnte mich nicht dazu durchringen, meine Waffe wegzuwerfen. Es gab keinen Zweifel, daß er mich dann sofort abgeknallt hätte.

Er hatte Marilyns Nachnamen genannt. Damit waren die letzten Zweifel beseitigt, daß es sich um einen gezielten Anschlag auf ihr Leben handelte. Und wer steckte dahinter? Osmok natürlich, wer denn sonst!

»Ich sagte, Waffe weg«, sagte Osmoks Kreatur. »Oder glaubst du, ich meine es nicht ernst?«

Mein Blick suchte den von Marilyn. Ihre Augen waren weit aufgerissen. Aber nicht vor Angst, sondern vor Wut. Das beruhigte mich. Wenn ich versuchte, den Kriminellen auszuschalten, würde sie mitziehen. Wir mußten uns mit Blicken verständigen, und es mußte schnell gehen. Verdammt schnell.

»Also gut«, knurrte ich und warf meine SIG weg. Jetzt war das Schießeisen für mich unerreichbar, und ich war völlig waffenlos.

Aus den Augenwinkeln registrierte ich, wie einer der Security-Männer des Theaters – die Waffe in der

Faust – langsam den Gang hinunterschlich. Wollte er den Helden spielen? Der Osmok-Mann drehte ihm den Rücken zu. Noch hatte er ihn nicht bemerkt.

Mir wurde klar, mit was für einem eiskalt arbeitenden verbrecherischen Verstand ich es hier zu tun hatte. Der Mann war beauftragt worden, Marilyn Roundtree zu töten. Das hatte er mit dem Gewehr nicht geschafft, und er hatte gewußt, daß er dort oben auf dem Balkon in der Falle gesessen hätte. Also hatte er die Flucht nach vorn angetreten und sein zukünftiges Opfer als Geisel genommen. Nun hatte er eine gute Chance, aus dem Theater hinauszukommen, und danach würde er die Reporterin in aller Ruhe umbringen.

Aber nicht, wenn ich es irgendwie verhindern konnte!

Der Security Guard verursachte ein leises Geräusch, aber es war nicht leise genug, daß es den scharfen Ohren des Attentäters entging. Der Osmok-Mann drehte sich und schoß fast gleichzeitig.

Das gab mir die Zehntelsekunde, die ich brauchte.

Der Schuß des Schwarzgekleideten traf den Theater-Sicherheitsmann in den Bauch. Er hatte keine Chance, obwohl seine Waffe bereits gezogen und auf den Attentäter gerichtet war.

Inzwischen hatte ich mir ein Schlagzeugbecken gegriffen, mit einer schönen schmalen Kante aus Metall. Mein Wurf mußte sitzen. Mehr als einen Versuch würde ich nicht haben.

Als sich der Kriminelle wieder mir zudrehte, schleuderte ich das diskusartige Becken. Und traf mit voller Wucht seine Kehle!

Gurgelnd griff er sich an den Hals. Marilyn Roundtree reagierte so, wie ich es gehofft hatte. Sie tauchte weg, versuchte, aus seiner Reichweite zu gelangen.

Ich flankte aus dem Orchestergraben und stürzte mich auf meinen Gegner.

Osmoks Kreatur atmete rasselnd. Ich mußte seinen Kehlkopf getroffen haben. Er raste vor Wut, war so gefährlich wie ein verwundetes Raubtier. Bevor er aber reagieren konnte, trat ich ihm die Waffe aus der Hand.

Ein Tritt gegen meine Brust schleuderte mich zurück. Ich knallte auf den Boden. Zähnefletschend setzte der Kerl mir nach. Er schien seinen Mordauftrag an Marilyn Roundtree vergessen zu haben. Nun wollte er anscheinend nur noch mich sterben sehen.

Ich schnellte hoch, meine Faust traf mit einem geraden Stoß sein Kinn. Doch das schien ihm kaum etwas auszumachen. Er wankte nicht mal, und mit Fäusten, Handkantenschlägen und gemeinen Tritten drang er gleich darauf auf mich ein.

Ich hatte es mit einem erstklassig ausgebildeten Kämpfer zu tun. Doch zum Glück bin ich das selbst auch.

Ein Tritt gegen meine Schläfe ließ mich Sterne sehen. Ich hatte nicht aufgepaßt. Bei seiner nächsten Fußattacke hatte ich meine Abwehr wieder aktiviert, und sein Fuß krachte nur gegen mein Schienbein, doch dann brachte mich ein unmittelbar folgender Kopfstoß aus dem Gleichgewicht, und ich segelte wieder auf den glatten gebohnerten Fußboden.

Er sprang auf mich, daß mir die Luft aus den Lungen gequetscht wurde, und nagelte meine Hände mit seinen Knien an den Boden. In aller Ruhe zog er ein Messer hervor.

»Good bye, G-man!« keuchte er. Seine Stimme war kaum noch zu verstehen.

Da krachte ein Schuß.

Sein Körper erschlaffte, fiel schwer auf mich nieder.

Marilyn Roundtree stand im Mittelgang, die rauchende Pistole des Attentäters in der Hand. Ihr Gesicht sah aus wie versteinert.

Ich kroch unter dem leblosen Körper hervor, drehte ihn vorsichtig auf den Rücken. Der feige Killer atmete noch, aber man mußte kein Arzt sein, um zu sehen,, daß es mit ihm zu Ende ging.

»Wer hat Sie geschickt?« fragte ich.

Die Antwort war nur ein Hauch. Ich beugte mich tief über seinen Mund, um ihn verstehen zu können.

»Osmok ... der Herr ... wird euch alle vernichten.«
»Wer soll das nächste Opfer sein?«

Er atmete schwer. Seine Lippen formten ein Wort, das ich nicht verstehen konnte.

»Wie war das?« hakte ich nach.

»Schwarz ... schwarz ...«, murmelte er, und dann brachen seine Augen.

Osmok saß unbeweglich in seiner Computerzentrale. Wie ein Stein. Wie ein Felsen aus Granit. Von drei großen Computerbildschirmen saugte er gleichzeitig Informationen in sein Gehirn. Seine Miene blieb dabei unbewegt.

Merat kam herein und verbeugte sich tief. »Was kann ich für Euch tun, Herr?«

»Wir haben nichts mehr von unseren treuen Dienern gehört, die sich um Marilyn Roundtree kümmern sollten.«

»Ich bedaure, Herr. Ich habe ebenfalls keine Nachricht erhalten. Sie sind nicht am vereinbarten Treffpunkt erschienen, wie man mir mitgeteilt hat.«

»Sehen Wir mal, was die Welt Uns zu sagen hat.« Mit diesen Worten klickte Osmok auf eine Funktion, die das aktuell laufende Fernsehprogramm des Nachrichtensenders CNN auf seinen mittleren Bildschirm holte. Das TV-Bild war ziemlich klein. Aber die Stimme der Sprecherin kam laut und klar durch die Hochleistungs-Boxen.

»... nun wieder live aus dem Gershwin-Theater im Theatre District von Manhattan. Es ist noch keine Stunde her, daß durch den mutigen und entschlossenen Einsatz eines FBI-Agenten ein feiger Anschlag auf die bekannte Gesellschaftsjournalistin Marilyn Roundtree verhindert werden konnte.«

Die Kamera schwenkte auf einen dunkelhaarigen Mann im Gabardine-Anzug, der die Mikrophone von mehreren Vertretern der Presse wegschob. An seiner Brust war deutlich das goldfarbene Abzeichen des Federal Bureau of Investigation zu erkennen. Nun versuchte auch die CNN-Korrespondentin ihr Glück: »Mr. Cotton, wie konnten Sie den Mord verhindern?«

»Kein Kommentar«, erwiderte der Mann. »Bitte haben Sie Verständnis, daß ich nichts über laufende Ermittlungen verlauten lassen kann. Wenden Sie sich bitte an die FBI-Pressestelle.«

Osmoks Augen ruhten auf dem Fernsehbild des G-man. Es war, als wollte er dessen Seele durch den Monitor saugen.

»Sie haben zwei bewaffnete Attentäter getötet«, schmeichelte die TV-Reporterin. »Sind Sie ein Held?«

»Ich habe überhaupt niemanden getötet«, knurrte der Special Agent. Am unteren Rand des Fernsehbildes erschien eine Textzeile: Special Agent J. Cotton, FBI Field Office New York. »Entschuldigen Sie mich, ich habe noch Arbeit zu erledigen.« Die CNN-Frau ließ sich von der Abfuhr nicht beirren und blickte nun wieder in die Kamera.

»Soeben wurden die Leichen der beiden Verbrecher vom Coroner abgeholt. Leider war es uns nicht möglich, ein Interview mit Marilyn Roundtree zu bekommen. Sie wurde offenbar vom FBI bereits abgeschirmt. Soeben erreicht mich noch eine Meldung. Der Autor des Musicals ›Catfish‹, das heute abend hier seine Welturaufführung erleben sollte, wurde ins Lenox Hill Hospital eingeliefert. Als Mannie Rubinstein von den Ereignissen des heutigen Abends erfuhr, erlitt er einen Kreislaufzusammenbruch. Angeblich soll die Premiere auf nächste Woche verschoben werden. Wie man am Broadway sagt: The show must go on. Ich bin Jasmin Pendergast, CNN New York.«

Osmok klickte auf die Maus, und das Gesicht der Reporterin verschwand.

»Cotton, FBI Field Office New York«, wiederholte der geheimnisvolle Bandenchef wie ein Roboter. »Ein Mann, auf den wir unser Augenmerk richten sollten ...«

Es wurde eine lange Nacht im FBI-Gebäude an der Federal Plaza. Dorthin hatten meine Kollegen Zeery und Les Bedell die Klatschreporterin gebracht, nachdem im Theaterfoyer alles dunkelblau war von den vielen NYPD-Uniformen. Ich sah noch einen Augenblick zu, wie das Spurensicherungsteam mit seiner Arbeit begann. Dann mußte ich mir die Medienaasgeier vom Hals schaffen und flüchtete ebenfalls an meinen Arbeitsplatz. An Schlaf war ohnehin nicht zu denken.

Ich wunderte mich nicht, daß Mr. High immer noch (oder schon wieder?) hinter seinem Schreibtisch saß. Arbeiten wir an einem wichtigen Fall, kennt er kein Privatleben mehr. Eigentlich hat er sowieso kaum eins, seit Gangster vor Jahren seine Familie getötet haben.

Marilyn Roundtree saß in einem der Ledersessel in der Ecke seines Büros. Der Anschlag auf ihr Leben und die Beinahe-Entführung waren ihr sichtbar an die Nieren gegangen. Doch das war noch eine geringe Belastung im Vergleich dazu, daß sie einen Menschen getötet hatte. Auch wenn sie es hatte tun müssen, um mich zu retten.

»Ich bin noch gar nicht dazu gekommen, mich bei Ihnen zu bedanken«, sagte ich mit warmer Stimme zu ihr, nachdem ich meinen Vorgesetzten begrüßt hatte.

Sie schüttelte den Kopf. »Geschenkt, Mr. Cotton. Es mußte sein. Ich habe Mr. High schon davon erzählt. Es war die einzige Möglichkeit, die ich noch sah, aber auch das erste Mal in meinem Leben, daß ich überhaupt geschossen habe.«

Ihre Augen füllten sich mit Tränen. Ich setzte mich auf die Armlehne ihres Sessels und legte tröstend den Arm um ihre zuckenden Schultern.

Es klopfte, und unser Kollege Tim Holder von der Nachtschicht trat ein. Er war in Helens Fußstapfen getreten und hatte versucht, Kaffee zu kochen. Das Experiment war gründlich danebengegangen. Niemand kocht so köstlichen Kaffee wie Mr. Highs Sekretärin.

»Wie waren die letzten Worte des ... des Toten?« flüsterte Marilyn, nachdem sie sich wieder gefangen hatte.

Ich blickte auf meinen Notizblock. »Er sagte, daß er für Osmok gearbeitet habe. Und daß der Herr uns alle vernichten werde.«

»Ein religiöser Fanatiker?« fragte die Klatschreporterin.

»Das glaube ich nicht«, sagte Mr. High. »Ich denke nicht, daß in diesem Fall mit dem Herrn Gott gemeint ist. Nach allem, was wir bisher wissen, ist die ganze Organisation so auf Osmok fixiert, daß er ihr Herr ist.

111

Und seine Untergebenen folgen ihm bedingungslos – bis in den Tod.«

»Das ist bei Mafiabanden nicht anders«, wandte ich ein.

»Stimmt, Jerry. Aber dieser Osmok treibt einen solch geheimnisvollen Kult um seine Person, daß er seinen Leuten als ein beinahe schon überirdisches Wesen erscheinen muß. Deshalb sprechen sie auch von ihm als dem ›Herrn‹. So hoch steht kein normaler Mafia-Capo.«

Ich nickte zustimmend. Nackte Furcht und Allmacht, das war Osmoks Masche. Jeder sollte glauben, daß Widerstand gegen ihn zwecklos sei. Doch die Masche hatten schon andere vor ihm versucht. Und waren damit gründlich gescheitert.

»Hat der Attentäter noch etwas anderes gesagt?« wollte die Journalistin wissen.

»Ich habe ihn nach dem nächsten Opfer gefragt. Keine Ahnung, ob er die Frage überhaupt noch verstanden hat oder ob er da schon jenseits von Gut und Böse war. Jedenfalls lautete seine Antwort nur: schwarz.«

Wir sahen uns an. Mr. High machte sich eine Notiz und zog dann einen Schnellhefter aus einer Lade seines Schreibtisches.

»Vielleicht ist Schwarz irgendwie so eine Art Symbol für Osmoks Organisation«, vermutete Marilyn Roundtree.

»Oder vielleicht hat er nur noch Schwärze gesehen, weil der Tod schon so nahe war«, überlegte ich. Direkt danach hätte ich mir am liebsten auf die Zunge gebissen. Ich mußte ja die Blondine nicht dauernd mit dem Kopf darauf stoßen, daß sie jemanden erschossen hatte. Ich wollte sie nicht verletzen. Ich mochte sie nämlich. Sehr sogar.

»Oder«, erklang nun wieder die Stimme von Mr. High, »das nächste Opfer ist schwarz. Ich habe mir gerade noch mal die Liste der gekrönten Häupter angeschaut, die in New York leben. Und da haben wir auch einen afrikanischen Kaiser. Imis V. von Botumbo.«

Die FBI-Agentin Annie Geraldo wird von den Kollegen auch scherzhaft ›Miss Lee‹ gerufen. Diesen Spitznamen verdankt sie ihrer Verehrung für den verstorbenen Kung-Fu-Filmstar Bruce Lee, dessen Filme sie alle auf Videokassette hat.

Doch Annie beschränkt sich nicht darauf, diese actiongeladenen Streifen wieder und wieder anzusehen. Sie trainiert selber das traditionelle chinesische ›Tempelboxen‹, und zwar in jeder freien Minute. Ein alter chinesischer Meister weiht sie seit Jahren in die Geheimnisse dieser fernöstlichen Kampfkunst ein.

So auch an dem Tag nach dem Anschlag im Gershwin Theatre. Annie Geraldo hatte mit dem Königskiller-Fall nichts zu tun. Sie arbeitete gerade an der Beschattung eines französischen Au-Pair-Mädchens, das verdächtigt wurde, Drogenkurier für die Pariser Unterwelt zu sein. Doch ›Miss Lee‹ schnappte natürlich am Rande immer mal wieder eine Bemerkung über den geheimnisvollen Osmok mit auf. Und das Phantombild, das Keiko Sakurai zeigte, landete auch auf ihrem Schreibtisch.

Deshalb schrillten bei Annie sofort alle Alarmsirenen, als sie nach dem Kung-Fu-Training verschwitzt aus der Übungshalle in Chinatown kam. Und die Verdächtige fast umrannte!

Die FBI-Frau entschuldigte sich höflich. Man sah ihr ihre Latino-Herkunft an. Unter den vielen Asiaten in diesem Teil Manhattans fiel sie auf wie eine Tortilla inmitten einer indonesischen Reistafel. An eine unauffällige Beschattung von Keiko Sakurai war deshalb nicht zu denken.

Die Japanerin quittierte die Entschuldigung mit einem nichtssagenden Lächeln und wollte weitergehen. Annie war sicher, daß sie es mit der gesuchten Person zu tun hatte. Im Gegensatz zu vielen anderen Amerikanern war sie keineswegs der Meinung, daß alle Asiaten gleich aussehen. Dafür hatte sie schon viel zu viele unterschiedliche Menschen aus dem Fernen Osten kennengelernt. Mit vielen von ihnen trainierte sie seit Jahren die Kampfkünste.

»Stehenbleiben! FBI!« rief Annie Geraldo auf Englisch. Es klappte. Die Japanerin fuhr herum, und der finstere Ausdruck in ihrem Gesicht zeigte der Agentin, daß sie richtig gelegen hatte. Diese zierliche Frau war Keiko Sakurai, eine Kreatur von Osmok!

Statt einer Antwort ging die Asiatin mit einem fürchterlichen Karatetritt auf Annie Geraldo los die Bewegung war so geführt, daß sie den meisten Menschen das Genick gebrochen hätte. Doch Annie übte bereits seit Jahren Kampfsport. Und das Tag für Tag. Deshalb schlugen ihre Reflexe sofort an, sie entging dem gemeinen Tritt und nahm die traditionelle Kung-Fu-Kampfstellung ein. Das Gewicht ruhte auf dem hinteren Bein, die Hüfte war eingedreht, und das vordere Bein war bereit, für Angriff und Verteidigung hochzuschnellen.

Keiko Sakurai beherrschte offenbar erstklassig Karate, eine der Kampfkünste aus dem Land der aufgehenden Sonne. Zwei Gegnerinnen prallten aufeinander, die sich fast ebenbürtig waren.

Keikos Handkante sirrte durch die Luft. Annie wehrte mit gestrecktem Arm ab. Unmittelbar danach sauste ihre linke Faust nach unten, während sie rechts ihre eigene Deckung behielt. Jedoch konnte die FBI-Agentin den Fußtritt der Osmok-Frau gegen ihren Rippenbogen nicht mehr abblocken. Die Wucht trieb sie ein Stück zurück.

Die Passanten machten gleichmütig einen Bogen um die beiden Frauen. Die kleine Straße wirkte zwar sehr asiatisch mit den großen bunten Schildern, bemalt mit chinesischen Schriftzeichen, die kleinen Laternen an den Hausfassaden hätten auch in Shanghai oder Peking hängen können, doch dies war immer noch Amerika, und hier galt die eiserne Regel: Kümmere dich um deinen eigenen Angelegenheiten!

Ein Gesetz, das auch die asiatischen Einwanderer sehr schnell begriffen hatten.

Annie Geraldo wollte sich nicht in die Defensive drängen lassen. Sie wehrte eine weitere Beinattacke mit ihrem Oberschenkel ab, konterte und ließ ein Trommelfeuer von Faustschlägen auf Keiko Sakurais Deckung niederprasseln. Die Asiatin war schnell, aber der eine oder andere Hieb kam durch.

Wieder versuchte es die Osmok-Frau mit Fußtritten, und einer traf auch sein Ziel. Annies Rippen schmerzten. Sie wußte nicht, ob etwas gebrochen war. Jedenfalls hatte sie keine Lust, sich noch so einen Treffer einzufangen. Deshalb berührte ihr linker Fuß kaum noch den Boden, weil sie mit diesem Bein alle Attacken abwehren mußte. Sie stand auf dem rechten wie auf einem ins Erdreich gerammten Pfahl.

Zum Glück waren ihre Muskeln noch warm von dem zweistündigen Training, daß sie gerade hinter sich hatte. Keiko Sakurai hingegen war mitten auf der Straße ›kalt‹ erwischt worden. Ein Vorteil für die FBI-Agentin, und ihr nächster Abwehrtritt verwandelte sich blitzschnell in einen Angriff!

Annies linker Fuß schoß vor, und die Japanerin reagierte zu spät. Die Fußspitze bohrte sich in ihren Magen. Und nun gab es für die FBI-Agentin kein Zurück mehr. Der linke Fuß knallte auf das Straßenpflaster, so daß sie jetzt wieder sicheren Stand hatte, dann ging sie mit beiden Fäusten vor. So schnell, daß ein Beobachter die einzelnen Bewegungen nicht mehr wahrnehmen konnte. Nach und nach zerbrach die Deckung von Osmoks Kreatur.

Keiko Sakurai begann nun auch, Fehler zu begehen. Das war der Anfang vom Ende. Die FBI-Agentin schritt voran und ließ dabei ihre Fäuste wie die Kolben einer Maschine vor- und zurückschnellen. Die Japanerin taumelte, strauchelte schließlich und brach in die Knie. Ihr Widerstand erlahmte.

Annie Geraldo war außer Atem, aber abgesehen von dem stechenden Schmerz in ihren Rippen okay. Sie fischte die Handschellen aus dem kleinen Täschchen hinten am Gürtel und sagte die Verhaftungsformel auf. »Keiko Sakurai, Sie sind verhaftet. Sie haben das Recht zu schweigen ...«

Phil sah reichlich übermüdet aus, als ich ihn am Morgen nach der Schießerei im Gershwin Theatre an unserer gewohnten Ecke abholte. Ich selbst hatte auch kaum geschlafen, nachdem ich mit Mr. High und Marilyn Roundtree noch lange über die nächsten Maßnahmen gegen Osmok nachgedacht hatte. Aber so lädiert wie mein Freund sah ich dann doch nicht aus.

»Auferstanden von den Toten?« begrüßte ich ihn munter. »Muß ja wirklich anstrengend gewesen sein, die Nacht.«

»Das geht dich nichts an!« knurrte er mies gelaunt. Ich stutzte. Wenn Phil nicht auf einen Scherz einging, dann mußte wirklich schon was vorgefallen sein. Ich beschloß, nicht weiter darauf rumzureiten. Schließlich war in der Nacht genug passiert, was uns auch weiterhin noch beschäftigen würde.

»Schon gut, schon gut«, wiegelte ich deshalb ab. »Hör dir lieber mal an, was mir gestern abend widerfahren ist ...«

Und ich gab ihm eine Kurzfassung der Ereignisse. Das Attentat, die Erschießung des einen Osmok-Komplizen durch den anderen, mein Kampf mit dem Schwarzgekleideten, meine Rettung durch einen Schuß von Marilyn Roundtree.

Meinem Freund blieb der Mund vor Erstaunen offen. Schließlich schlug er die Augen nieder. »Entschuldige, daß ich dich so angefahren habe, Jerry. Ich ... ich bin gerade nach Hause gekommen. Hatte gerade Zeit, zu duschen und mich umzuziehen.«

»Schon gut«. Ich gab mich großzügig, denn meine Nacht war zum Schluß sogar ganz angenehm verlaufen. Ich hatte nach der Besprechung an der Federal Plaza Marilyn Roundtree in meinem roten Jaguar nach Hause gebracht. Und mir dafür einen leidenschaftlichen Kuß von ihr vor ihrer Apartmenttür eingehandelt. Und von dem hätte ich noch an diesem Morgen schwärmen können ...

Ich lenkte meinen britischen Sportwagen in die Tiefgarage des FBI-Gebäudes. Für den heutigen Einsatz würde ich mir einen neutralen Chevy aus der Fahrbereitschaft nehmen.

»Was liegt überhaupt an?« wollte mein Freund wissen und unterdrückte ein Gähnen.

»Für dich: ein doppelter extra starker Kaffee!« bestimmte ich und tippte ihm mit dem Zeigefinger gegen die Brust. »Und ansonsten für uns beide: eine Audienz bei Seiner Majestät Kaiser Imis V. von Botumbo.«

»Muß man den blaublütigen Knaben kennen?«

»Nicht unbedingt, Alter. Sein Heimatland nimmt auf dem Globus nicht mehr Platz ein als ein Stecknadelkopf. Ich habe gestern noch per E-mail in unserer Dokumentationsabteilung alles über Botumbo angefordert, was das Archiv so zu bieten hat. Damit wir uns nicht blamieren, wenn uns seine Majestät zum Gespräch bittet.«

»Und das ausgerechnet heute, wo ich so erledigt bin!« jammerte mein Freund. Aber er trottete brav hinter mir her in unser Büro in der sechsundzwanzigsten Etage des FBI-Gebäudes. Die Kollegen waren spitze. Auf meiner Schreibtischunterlage wartete bereits ein kleiner Stapel mit säuberlich ausgedrucktem Papier. Ich holte für meinen erschöpften Freund erst mal einen Kaffee und ein Käsesandwich aus der Kantine. Während er sich stärkte, las ich ihm das Wichtigste aus den Unterlagen vor.

»Botumbo liegt in der Nähe des Äquators, Phil. Eine ehemalige britische Kolonie. Davor war das Land unter der Herrschaft von drei verschiedenen Stämmen, die durch ein uraltes Ritual untereinander eine Art Oberhäuptling bestimmt haben. Aus dieser Tradition stammt auch der Führungsanspruch des heutigen Kaisers Imis V. Nach dem Abzug der Engländer 1949 wurde Botumbo eine Republik. Der heutige Präsident ist der Sohn des vorherigen, also auch nicht gerade demokratisch gewählt. Er will um jeden Preis verhindern, daß Imis V. in sein Land zurückkehrt. Was heißt zurückkehrt?« verbesserte ich mich selber. »Wie ich hier lese, ist der Bursche im amerikanischen Exil geboren. Er ist Jahrgang 1952 und hat sein Heimatland noch nie gesehen.«

»Sachen gibt's«, murmelte Phil. »Weshalb glaubt ihr eigentlich, daß er durch Osmok & Co. bedroht ist?«

»Reine Vermutung, Phil. Auf meine Frage nach dem nächsten Opfer antwortete der sterbende Attentäter zweimal mit dem Wort ›schwarz‹. Das könnte sich auf die Hautfarbe von Imis V. beziehen. Er ist der einzige mit schwarzer Hautfarbe unter den Exil-Regenten in New York.«

»Weshalb sollte uns der Osmok-Mann die Wahrheit sagen?« gab mein Freund zu bedenken.

»Weil Osmok größenwahnsinnig ist. Und das färbt vielleicht auf seine Leute ab. Wer weiß? Jedenfalls müssen wir der Spur nachgehen.«

Phil nickte vor sich hin und schlürfte den heißen Kaffee.

»Botumbo gilt als ein aufstrebender Staat, auch weil das Land über reiche Bodenschätze verfügt«, las ich laut. »Deshalb haben einige Nachbarländer begehrliche Blicke auf die kleine Republik geworfen. – Hier liegt die Kopie eines CIA-Berichtes über eine mögliche Verstrickung des Präsidenten in Rauschgiftgeschäfte«, sagte ich dann.

»Das ist ja reizend!« schnaubte Phil. »Wenn schon das Staatsoberhaupt mit schlechtem Beispiel vorangeht ...«

»Kein Wunder, wenn er den Kaiser nicht im Land haben will«, sagte ich. »So ein Präsident hat doch eine große Motivation, um Imis V. durch Osmok ins Jenseits befördern zu lassen, oder?«

Mein Freund und Kollege nickte.

»Ansonsten ist Botumbo ein reizendes Fleckchen Erde mit jeder Menge Zebras, Elefanten, Giraffen und was sonst noch zu einer Fotosafari gehört«, meinte ich nach einem flüchtigen Blick auf einige Fotos, die die Kollegen den Computerausdrucken beigelegt hatten. »Nun aber Schluß mit der Märchenstunde, Alter! Zieh deinen Schlips gerade. Majestäten soll man nicht warten lassen!«

»Ich habe getan, wie Ihr befohlen habt, Herr«, sagte Loretta La Salle. Sie lag auf dem Bauch, am Rand des Teppichs, auf dem Osmok auf seinem Stuhl saß.

»Was denkt Unsere treue Dienerin über Special Agent Phil Decker?« Während er sprach, löste Osmok seinen Blick nicht vom Computerbildschirm. Die Bilder dort wechselten ständig. Er zog die Informationen förmlich in sich hinein und wertete sie sofort aus für seine kriminellen Machenschaften. Er hing am Informationstropf wie ein Junkie an der Nadel, doch anders als bei einem Drogensüchtigen konnte nichts seinem scharfen, aber kriminellen Verstand entgehen.

»Ich denke, daß Decker ein nützlicher Idiot ist!« schnappte die dunkelhaarige Schönheit, während sie ihre Stirn demütig auf den Marmorboden preßte. »Er liebt seinen Job, verehrt seinen Vorgesetzten, diesen Mr. High. Und vor allem vertraut er seinem besten Freund und Kollegen Jerry Cotton. Für ihn würde er durchs Feuer gehen.«

»Wir wissen, wer Jerry Cotton ist«, erklärte der Chef der Organisation. »Wir meinen, daß Cotton der wunde Punkt bei Decker ist. Und Decker der wunde Punkt bei Cotton. Was meint Unsere treue Dienerin?«

»Ihr habt recht, wie immer«, sagte die langbeinige Schönheit. »Ich habe schon versucht, Mißtrauen zwischen den beiden G-men zu säen, aber viel habe ich noch nicht erreicht. Immerhin bin ich mit Phil Decker ins Bett gestiegen. Und ich habe ihm die Ohren vollgesäuselt, wieviel er mir bedeutet. Ich glaube, er ist in mich verliebt.« Sie kicherte.

»Sehr gut«, lobte Osmok, während seine Finger weiter über die Tastatur fuhren. »Wir sind Uns sicher, daß du nicht versagen wirst. Mach ihn abhängig von dir. Erzähle ihm, was du willst, aber stelle es geschickt an. Wenn du es schaffst, Cotton und Decker auseinanderzubringen, haben Wir gewonnen. Wenn nicht ...«, er machte eine kleine Pause, während der man nur das Klicken der Tastatur hörte, »... weißt du, was Wir mit dir machen werden.«

Der schwarze Kaiser residierte in Harlem. Auch heute noch ist der Stadtteil im Norden von Manhattan überwiegend von Farbigen aller Schattierungen bevölkert. Aber es sind Amerikaner, nicht die Untertanen von Imis V., und die hatte er selbst noch nie zu Gesicht bekommen.

Ein unscheinbares Brownstone-Haus war der Sitz des Hofstaates von Botumbo. Äußerlich unterschied sich das Haus nicht von den anderen Gebäuden links und rechts davon. Es befand sich im oberen Drittel der Amsterdam Avenue. Der Verkehr brauste vorbei, und keiner der Autofahrer ahnte, daß ein echter Kaiser in dieser Straße wohnte.

Zwei riesige muskulöse Schwarze erwarteten uns oberhalb der drei Stufen, die zum Haupteingang führten. Nachdem sie mißtrauisch unsere FBI-Ausweise beäugt hatten, brachte uns einer von ihnen hinein.

Wir betraten das Haus und befanden uns in Afrika. Durch meinen FBI-Job habe ich schon mehrmals den dunklen Kontinent bereist, Elfenbeinschmuggelrouten zwischen New York und Johannesburg aufgedeckt und zusammen mit Kollegen aus dem Senegal moderne Sklavenringe zerschlagen. Daher kannte ich den riesigen exotischen Kontinent mit eigenen Augen.

Hier an den Wänden hingen afrikanische Masken. Sie zeigten dämonische Fratzen. Düfte nach unbekannten Gewürzen durchzogen die Halle. Ich fühlte mich fast ein wenig wie im Museum of Natural History, wo wir Bruce Tarr verfolgt hatten. Nur daß die Menschen hier echt waren und in dieser Atmosphäre lebten.

Der Muskelmann mit der Ebenholz-Haut schritt voran, brachte uns in einen großen Raum.

»Dies ist der Thronsaal«, verkündete er und verschwand wieder.

Phil und ich traten ein, und unsere Verblüffung steigerte sich noch. Entlang der Wände saßen ungefähr ein Dutzend ältere Männer. Keiner von ihnen schien unter siebzig zu sein. An der Stirnseite des Saals stand ein geschnitzter Thron, links und rechts davon hingen überdimensionale Ölgemälde. Sie zeigten einen würdig aussehenden schwarzen Mann in Uniform und eine etwas hellhäutigere Lady mit einer kleine Krone auf dem Kraushaar. Wahrscheinlich die Eltern des Monarchen, der hier residierte.

Doch der Thron war leer.

Alle Augen waren auf uns gerichtet. Ich räusperte mich und sagte: »Guten Tag. Ich bin Special Agent Jerry Cotton vom FBI New York. Dies ist Special Agent Phil Decker. Wir haben eine Verabredung mit Seiner Majestät. Ich habe mit Marshall Amam telefoniert ...«

»Das bin ich«, sagte ein Mann mit langem weißem Bart und lustigen Augen. »Aber warten Sie bitte einen Moment, Gentlemen. Wir führen hier eine Zeremonie durch.«

»Zeremonie?« flüsterte Phil mir ins Ohr. »Ich sehe nichts.«

Als hätte Phil das Stichwort gegeben, betrat eine in ein leuchtend rotes Gewand gekleidete Frau den Raum und schritt langsam an uns vorbei. Sie schwebte förmlich in die Mitte des Raums, und dort begann sie einen seltsamen Tanz. Die Tänzerin war von undefinierbarem Alter. Ihr Haar war unter einer Art weißem Turban verborgen, ihre Bewegungen ungemein geschmeidig und leicht. Während sie sich immer wieder um die eigene Achse drehte und dabei kehlige Laute ausstieß, zauberte sie plötzlich ein Stück Holzkohle aus ihrem Kleid hervor. Immer langsamer wurden ihre Bewegungen, während sie sich hinunterbeugte und Symbole auf den Holzfußboden zu malen begann. Für mich sahen sie aus wie Halbmonde und die Umrisse von Tieren. Löwen. Gnus. Elefanten.

Wir waren so gefangen von ihrem Tun, daß wir gar nicht bemerkten, daß inzwischen jemand auf dem Thron saß.

Imis V. war ein Mann in den besten Jahren. Mittelgroß und schmal gebaut. Er trug einen dunklen Anzug, der ihm hervorragend stand, dazu eine Krawatte und hatte ein Oberlippenbärtchen. Seine Augen ruhten auf der Frau. Er schien den Blick nicht abwenden zu können.

Ich sah Phil und merkte, daß er von dem fremdartigen Ritual genauso gefangen war wie ich. Nach einiger Zeit schien die Tänzerin von aller Energie verlassen worden zu sein. Sie atmete tief ein und verließ mit schweren Schritten den Raum.

»Agent Cotton und Agent Decker!« rief der Kaiser freundlich. »Kommen Sie doch näher!«

Das taten wir, wobei wir sorgfältig darauf achteten, nicht auf die gemalten Zeichen oder Symbole zu treten. Ich war etwas durcheinander. Es war das erste Mal in meinem Leben, daß ich einem leibhaftigen Kaiser gegenüberstand. Wie begrüßte man so einen Mann? Darüber hatte ich mir keine Gedanken gemacht, bevor wir losgefahren waren. Phil bewegte sich ebenso linkisch wie ich. Wir waren beide amerikanische Jungen, die jeden Morgen den Eid auf die Fahne mit den Sternen und Streifen und auf die US-Verfassung leisteten, aber wie man ein gekröntes Haupt korrekt begrüßt, das brachten sie einem beim FBI nicht bei.

Ich beließ es bei einer leichten Verbeugung. Mein Freund folgte meinem Beispiel.

Der Kaiser grinste. »Seien Sie locker, Gentlemen!« forderte er uns auf. »Außerhalb dieser vier Wände ist Amerika, wo Könige und Kaiser nichts zu sagen haben, und in diesem Land bin ich schließlich aufgewachsen. Daß ich ein Herrscher bin, redet mir nur diese Altherrenriege dort ein!«

Marshall Amam erhob sich. »Ihr seid der Kaiser von Botumbo, Majestät!« rief er aus. »Und eines Tages werdet Ihr wieder die Krone Eures Reiches tragen.«

»Vielleicht.« Gleichgültig zuckte Imis V. mit den Schultern. »Ihr habt ja gesehen, was die Regenkönigin getan hat.«

»Regenkönigin? Meinen Sie die Lady eben?« fragte Phil neugierig.

»Genau die, G-man. Sie ist eine Art Orakel. Ich weiß, daß Ihr Amerikaner nicht an so etwas glaubt, aber bei uns ist das eben eine uralte Tradition.«

»Und was hat die Regenkönigin getan, Majestät?« wollte mein Freund wissen.

»Sie hat meinen Tod vorausgesagt«, erwiderte Imis V. Sein Gesichtsausdruck war unverändert freundlich.

»Der Herr ist nicht zufrieden«, sagte Merat, und die Art, wie der riesige Mongole diese schlichten Worte aussprach, ließ den Mitgliedern des Killer-Teams einen eiskalten Schauer über den Rücken rieseln.

Die vier Männer und Frauen in den schwarzen Trainingsanzügen standen in Hab-acht-Stellung vor dem Haushofmeister des geheimnisumwitterten Leiters ihrer Organisation. »Wieso nicht?« wagte einer von ihnen zu fragen.

»Weil eure Vorgänger versagt haben«, erwiderte Merat mit klirrend kalter Stimme. »Bruce Tarr ist vom FBI erschossen worden. Wir wissen immer noch nicht, wie sich die G-men auf seine Spur setzen konnten. Stan Mosley und Carl Burgess sind gestern abend bei der Aktion gegen Marilyn Roundtree ums Leben gekommen. Und heute sieht es so aus, als ob die treue Dienerin des Herrn, Keiko Sakurai, verschwunden ist.«

Die Verbrecher sagten nichts. Eine solche Serie an Mißgeschicken hatte es in der grausam perfekten Welt von Osmok wirklich noch nie gegeben. Sie konnten sich vorstellen, daß ihr Herr schäumte vor Wut.

»Ihr vier werdet den Kaiser von Botumbo auslöschen, Imis V.«, informierte der Mongole das tödliche Team. »Das gilt natürlich auch für seine Frau und seine Kinder. Es darf keinen Thronfolger geben.« Er lachte und zog sich mit einer abscheulichen Geste den Zeigefinger quer über die Kehle.

»Das Haus von Imis V. gleicht einer Festung«, gab einer der Schwarzgekleideten zu bedenken. »Es dürfte schwierig werden, dort einzudringen.«

»Das stimmt«, bestätigte Merat. »Aber das wird nicht nötig sein. Der Kaiser wird herauskommen.«

»Aber der FBI schirmt ihn bestimmt ab.«

»Das sollte uns nicht daran hindern, unsere Arbeit zu tun. Außerdem kann keine Polizei der Welt einen Schutz gegen die Macht und den Zorn unseres Herrn bieten.«

Die Killer schwiegen ehrfurchtsvoll. Wie auch Merat selbst waren sie Osmok ergeben bis in den Tod.

»Nächste Woche bietet sich die Gelegenheit, auf die wir warten«, fuhr der Mongole mit dem stechenden Blick fort. »Wenn die jährliche Botumbo-Parade stattfindet, wird sich Seine Majestät in der Öffentlichkeit zeigen. Und dann schlagt ihr zu!«

Die Killer neigten gehorsam die Köpfe. Die Botumbo-Parade war ein großes Straßenfest, an dem ganz Harlem teilnahm. Selbst Menschen, die noch nie von dem Kleinstaat in Afrika gehört hatten, ließen dann den Kaiser hochleben. Das vierköpfige Killer-Team würde unter den Feiernden nicht auffallen. Denn nicht nur ihre Trainingsanzüge, auch ihre Haut war pechschwarz.

Marilyn Roundtree war verliebt. Seit sie am Abend zuvor den dunkelhaarigen G-man geküßt hatte, ging ihr Jerry Cotton nicht mehr aus dem Kopf.

Nun saß sie schon eine geschlagene Stunde vor ihrem Computer in der Redaktion von ›New York Gossip‹. Sie versuchte, die aufregenden Ereignisse der vergangenen Nacht in möglichst lockere, für Plaudereien geeignete Worte zu kleiden. Der typische Stil eben, für den ihre Leser sie so liebten. Aber es wollte ihr nicht gelingen. Der Cursor auf dem Bildschirm pulsierte anklagend. Der Redaktionsschluß schwebte über ihr wie das Beil eines Henkers.

Nervös schüttete sie ein großes Glas Orangensaft in sich hinein. Vielleicht würde der Vitaminstoß ihr ja helfen, sich wieder auf die Arbeit konzentrieren zu können. Was wußte sie denn schon über den FBI-Agenten, mit dem zusammen sie so nahe am Rande des Todes gewesen war? Nichts!

Plötzlich stutzte sie. Sollte es ihr gelungen sein, eine gute Idee für ihre Kolumne zu finden? Sie sah erstaunt ihren Fingerspitzen zu, wie sie einen ersten Satz in die Tastatur tippten. ›Liebesbrief an einen Unbekannten‹. Danach ging es immer weiter und weiter. Wie in Trance schrieb Marilyn Roundtree ihre Kolumne. Sie schaffte es gerade noch rechtzeitig zum Redaktionsschluß, ihrem Chefredakteur den Computerausdruck ihres Textes auf den Schreibtisch zu legen. Zufrieden kehrte sie an ihren Arbeitsplatz zurück. Das Telefon klingelte, sie riß den Hörer von der Gabel. Ob Jerry sie anrief …?

»Halloooo, hier spricht Marilyn Roundtree!«
»Ich möchte Ihnen eine gute Nacht wünschen, Miss Roundtree.«
»Was soll das? Was wollen Sie?«
»Es wird Ihre letzte sein.«
»Spinnen Sie? Wer spricht dort?«
»Mein Name ist Osmok.«

Nach der Zeremonie saßen Phil und ich dem Kaiser von Botumbo in einer gemütlichen, mit dunklem Holz getäfelten Bibliothek gegenüber. Außerdem war noch der würdige alte Marshall Amam anwesend. Ein Diener hatte heißen Tee und süßes Gebäck gebracht.

»Sie haben die Weissagung von Ihrem Tod sehr gelassen aufgenommen«, merkte ich vorsichtig an.

Imis V. lachte amüsiert. »Ich füge mich dem ewigen Kreislauf des Lebens, Mr. Cotton. Seit meiner Kindheit weiß ich, daß es Kräfte in meinem Land gibt, die mich lieber heute als morgen tot und begraben sehen möchten. Damit sie die Macht über Botumbo nie verlieren.« Seine Miene verdüsterte sich. »Und auch meine Familie ist gefährdet. Das macht mir wirklich Kummer. Auf mich selbst kann ich aufpassen, aber meine Frau und meine Kinder …?« Er ließ den Satz unvollendet.

»Deshalb sind wir hier«, sagte Phil. »Um einen perfekten Schutzplan für Sie und Ihre Familie aufzustellen.«

»Ich möchte nicht unhöflich sein, Mr. Decker. Aber bei Grigori III. hat das nicht viel genutzt, oder?«

Wir schwiegen betreten. Okay, Mr. High hatte den Auftrag zum Schutz der Monarchen erst erhalten, als die Aktion gegen den Herrscher von Palukkanien schon in vollem Gang gewesen war. Aber das konnten wir dem Kaiser von Botumbo schlecht sagen. Er durfte – wie jeder Gast unseres Landes – komplette Sicherheitsmaßnahmen der amerikanischen Regierung erwarten.

»Wir werden unseren Job machen«, knurrte ich. »Darauf können Sie sich verlassen. Dazu noch eine wichtige Frage, Majestät. Haben Sie jemals den Namen Osmok gehört?«

Die Stirn des Monarchen legte sich in Falten. Er schien angestrengt nachzudenken. Dann schüttelte er den Kopf. »Nein, niemals. Soll das ein Afrikaner sein? Der Name klingt fremd. In den Sprachen von Botumbo gibt es ihn jedenfalls nicht.«

»Wir sind zwar ein kleines Land«, flocht der Marshall ein, »aber bei uns werden immerhin fünf verschiedene Sprachen gesprochen.«

»Wir haben diesen Osmok im Verdacht, mit seiner Organisation hinter den Anschlägen auf Monarchen im amerikanischen Exil zu stecken«, erläuterte ich. »Und zwar im Auftrag von Mächten, die verhindern wollen, daß die Kaiser und Könige in ihre Heimat zurückkehren.«

»Ein bezahlter Killer«, sagte der Kaiser langsam. »Ja, das traue ich dem Präsidenten von Botumbo zu. Er ist selber ein Ganove. Es paßt zu ihm, mir einen Mietling zu schicken.«

»Sind Ihre Leute vertrauenswürdig?« fragte ich.

»Unbedingt, Mr. Cotton. Jeder einzelne von ihnen hat Nachteile in Kauf genommen, um seinem Kaiser die Treue zu halten.«

»Wie stark ist Ihre Leibgarde?«

»Zwölf Mann. Sie sichern das Haus in drei Schichten rund um die Uhr. Bewaffnet sind sie mit Revolvern und Jazmazs.«

Ich stutzte. »Jazmaz? Das Worte habe ich noch nie gehört.«

Imis V. legte ein kurzes Messer mit einer dreieckigen Klinge vor mich auf den Tisch. »Das ist ein Jazmaz, Mr. Cotton. Es ist eine traditionelle Waffe meiner Heimat. Man kann es hervorragend werfen, aber auch im Nahkampf benutzen. Passen Sie auf!«

Er packte die Klinge und ließ sie über unsere Köpfe hinwegsirren. Mit einem dumpfen Laut schlug sie in ein Foto des amtierenden Präsidenten von Botumbo, das an der Wand hinter uns hing. Nach dem Zustand des Papiers zu urteilen, machte Seine Majestät öfter mal Wurfübungen in der Bibliothek.

Annie Geraldo hatte Osmoks Komplizin Keiko Sakurai unter dem dringenden Verdacht des Mordes an dem Wissenschaftler Dr. Erasmus Foley festgenommen. Schon bald gelang es den Kollegen, diesen Verdacht zu erhärten. Zeugen, die in der Universitätsbibliothek gewesen waren, erinnerten sich bei einer Gegenüberstellung an die so apart wirkende junge Japanerin, wie sie mit dem akademischen Bücherwurm gesprochen hatte. Dies allein genügte natürlich noch nicht, um sie auf längere Zeit einzulochen.

Eine Durchsuchung ihres Apartments brachte den so sehnsüchtig gewünschten Erfolg im Kampf gegen

Osmok. Natürlich fanden wir weder die Tatwaffe noch den Kimono, den sie bei dem Mord getragen hatte. Es gab eine Million Möglichkeiten in New York, um derartig belastende Gegenstände auf Nimmerwiedersehen verschwinden zu lassen. Fündig wurden Joe Brandenburg und Les Bedell hingegen bei ihren Ohrringen. Sie nahmen die gesamte Schmuckkollektion mit zur Laboruntersuchung beim NYPD, der über eines der bestausgerüsteten kriminaltechnischen Institute in den Staaten verfügt.

Schon am nächsten Tag verkündeten die Kollegen vom Police Department das Ergebnis. Ein mikroskopisch kleiner, mit dem Auge nicht wahrnehmbarer Blutstropfen war auf einem Ohrring festgestellt worden. Mit Hilfe der unwiderlegbaren Elektrophorese wurde das Blut eindeutig als das des Opfers Dr. Erasmus Foley identifiziert.

Eine feste Basis für eine Mordanklage. Entsprechend verstockt war die junge Dame, als Joe Brandenburg sie für ein weiteres Verhör in den Keller des FBI-Gebäudes brachte. Außer ihm selbst war noch Annie Geraldo anwesend. Joes Partner Les Bedell befand sich beim District Attorney, um einen möglichst baldigen Gerichtstermin zu erwirken.

»Was haben Sie am 15. Mai in der Universitätsbibliothek gemacht, Miss Sakurai?«

Die Angesprochene starrte eisern geradeaus. Sie wirkte wie ein Möbelstück.

»Woher kannten Sie Dr. Erasmus Foley?« Joe Brandenburg ließ sich nicht aus der Ruhe bringen. Schwierige Verhöre waren seine Spezialität.

»Ich kannte ihn nicht!« Die Antwort war patzig, aber es war eine Antwort.

»Warum haben Sie ihn getötet, Miss Sakurai?«

»Das habe ich nicht getan.«

»Halten Sie uns für Idioten?« schaltete sich nun Annie Geraldo ein. »Der Laborbefund ist eindeutig. In Ihrem Apartment haben wir ein Paar Jadeohrringe gefunden, an denen sich eindeutig das Blut von Dr. Foley befindet. Das ist so gut wie ein Fingerabdruck auf der Tatwaffe!«

Die Mörderin starrte ins Leere. Es dauerte einen Weile, bis sie die Sprache wiederfand. »Sie kommen sich richtig gut vor, Sie und Ihre ganzen Kollegen vom FBI. Aber Sie sind nur Staub unter seinen Füßen!«

»Unter wessen Füßen, Miss Sakurai?« fragte Annie Geraldo. Genau wie Joe Brandenburg war sie nun voller gespannter Aufmerksamkeit.

»Unter Osmoks Füßen!« Die Stimme der Japanerin nahm einen ehrfürchtigen Ton an, während sie über ihren großen Boß sprach.

Irwin Forster, der Verhörspezialist, kniff die Augen zusammen. »Erzählen Sie uns von Osmok.«

Die Japanerin beugte sich auf ihrem Stuhl nach vorn. »Das möchten Sie wohl gern, was? Aber den Gefallen werde ich Ihnen nicht tun. Nicht, daß das etwas ändern würde. Der Herr ist viel zu mächtig, als daß der FBI ...«

»Der Herr?« Annie Geraldo hatte sie unterbrochen.

Keiko Sakurai nickte eifrig. »Der Herr. Mein Herr. Unser Herr. Osmok.«

Es war klar, daß sie ihren Chef anbetete wie einen Götzen. Die drei FBI-Mitarbeiter versuchten, sie weiter zum Reden zu bewegen, denn jede noch so nebensächliche Bemerkung konnte ihnen vielleicht nutzen, und tatsächlich sprach die Beschuldigte jetzt wie ein Wasserfall.

»Nichts bleibt vor ihm verborgen. Seine Augen sind überall. Er weiß alles, noch bevor es ausgesprochen ist.«

»Klingt ja fast, als sei er übermenschlich.« Joe Brandenburgs Bemerkung sollte sie bewußt aus der Reserve locken.

»Das ist er auch!« rief die Japanerin aufgebracht. »Er ist uns allen haushoch überlegen. Besonders mir. Denn ich ... ich habe versagt. Und dafür gibt es bei Osmok nur eine Strafe!«

Und bevor es Joe Brandenburg, Annie Geraldo oder Irwin Forster verhindern konnten, ließ sie sich auf ihrem Stuhl nach hinten kippen und schlug ihren Kopf mit voller Wucht gegen den Betonfußboden.

»Osmok wird dich heute nacht nicht töten. Das schafft er nicht, oder ich will nicht länger Jerry Cotton heißen!«

Nachdem wir die Sicherheitsmaßnahmen für das Haus des Kaisers von Botumbo gecheckt hatten, waren unsere Kollegen Zeerookah und Steve Dillaggio bei dem schwarzen Herrscher geblieben, um seine Leibgarde mit Rat und Tat zu unterstützen.

Der Anruf von Marilyn Roundtree hatte mich erreicht, als Phil und ich gerade zurück in unseren Dienst-Chevy gestiegen waren. Aufgeregt hatte die Journalistin von dem Anruf erzählt, den sie in der Redaktion entgegengenommen hatte.

»Bleib, wo du bist!« rief ich in mein Handy. »Ich komme sofort und hole dich!«

Ich ließ den Wagen an und lenkte ihn auf der Amsterdam Avenue Richtung Süden.

»Das klingt ja fast, als hättest du mehr als berufliches Interesse an der Lady«, ließ sich Phil vernehmen.

»Könnte sein, Alter. Aber ich will lieber nicht auf deine Loretta La Salle anspielen, sonst markierst du gleich wieder die beleidigte Leberwurst!«

»Geschenkt«, meinte mein Freund. Ich hatte ihm kurz mitgeteilt, was ich gerade von Marilyn erfahren hatte. »Aber mir gefällt es wirklich, daß unsere Freund Osmok langsam nervös zu werden scheint.«

»Wie kommst du darauf, Phil?«

»Er ruft höchstpersönlich in der Redaktion von ›New York Gossip‹ an, um deiner heißgeliebten Marilyn Roundtree ihren bevorstehenden Tod zu verkünden. Ich finde, das klingt so gar nicht nach einem genialen Verbrecherboß, der alles unter seiner Fuchtel hat. Ihm schwimmen langsam die Felle davon.«

Ich wiegte zweifelnd den Kopf. »Seine Masche sind Angst und Unsicherheit. Und zumindest bei Marilyn scheint er damit Erfolg zu haben. Sie klang eben reichlich durcheinander und verwirrt.«

»Das wird sich ganz schnell ändern, wenn ihr Ritter Jerry in glänzender Rüstung auf einem weißen Schimmel angaloppiert kommt«, spottete Phil. Ich grinste, denn ich wußte, daß er die Drohung genauso ernst nahm wie ich. Aber wer in diesem Job überleben will, muß sich seinen Humor bewahren.

»Wenn du mit der glänzenden Rüstung diesen Chevy meinst«, gab ich deshalb zurück, »so könnte er mal wieder eine Tour durch die Waschstraße vertragen. Aber was ist mit dem weißen Schimmel? Sollst das vielleicht du selber sein? Du siehst mir doch mehr aus wie ein alter Ackergaul!«

Wir lachten. Phil griff nach seinem Handy, um Mr. High über den neuesten Stand der Dinge in Kenntnis zu setzen. Ich bemerkte, wie das Gesicht meines Freundes immer länger wurde, während er mit dem Chef sprach. »Ja, Sir. Oh, verdammt. Wie schwer? Ernsthaft? Lebensgefährlich? Nein, ich denke, das schafft er allein.«

Dann deaktivierte er das Mobiltelefon.

»Die gute Nachricht zuerst«, brummte ich mißgelaunt.

»Diese Keiko Sakurai hat ein Teilgeständnis abgelegt. Sie gab zu, Mitglied von Osmoks Bande zu sein und war sich ganz sicher, daß ihr Herr und Meister unsere gesamte Truppe zum Frühstück verspeisen wird.«

»Na, dann guten Appetit. Und die schlechte Nachricht?«

»Gleich danach hat sie versucht, sich den Schädel einzuschlagen, Selbstmord zu begehen. Sie liegt nun im Bellevue Hospital, unter Bewachung natürlich. Sie ist ins Koma gefallen. Mr. High wünschte, daß einer von uns an ihrem Bett postiert ist, falls sie wieder aufwacht und etwas Verräterisches sagt. Das werde ich wohl übernehmen. Denn ich vermute, daß du deine Tratschprinzessin selbst beschützen willst. Und dabei auch kein Kindermädchen brauchst.«

»Worauf du dich verlassen kannst!« erwiderte ich. »Ich setze dich beim Bellevue ab, okay?«

Wir kämpften uns durch den dichten Verkehr in Midtown Manhattan. Mir brannte die Zeit unter den Nägeln. Marilyn würde wie auf heißen Kohlen sitzen. Weiß der Henker, welchen teuflischen Plan sich dieser Osmok nun schon wieder ausgedacht hatte. Allmählich wurde es Zeit, daß wir ihn unschädlich machten.

Ich hielt kurz vor dem Haupteingang des Krankenhauses. Phil wünschte mir eine gute Nacht und eilte gähnend davon. Sofort fädelte ich den Wagen wieder in den Verkehr ein. Keiko Sakurai war bisher die einzige Person aus Osmoks Bande, die wir verhaften konnten. Es hatte sich gezeigt, daß einer der Attentäter aus dem Gershwin Theatre – ein gewisser Stan Mosley – eiskalt von seinem Kumpan Carl Burgess umgelegt worden war. Und zwar, nachdem eine meiner Kugeln

Mosley verletzt hatte. Osmok legte offenbar großen Wert darauf, daß seine Leute nicht lebend in die Hände der Behörden fielen. Deshalb galt auch für die auf der Intensivstation liegende Keiko Sakurai Alarmstufe Rot.

Ich parkte den Chevy an der Madison Avenue, nur einen halben Block von dem Prunkgebäude des ›New York Gossip‹ entfernt. Das Privatleben Prominenter und Klatsch aus dem Inneren der VIP-Lounges war offenbar ein lohnendes Geschäft, wenn man damit ein solches Redaktionsgebäude finanzieren konnte.

Das FBI-Schild hakte ich mir an die Jacke, um längere Diskussionen zu vermeiden. Am Empfang wies mir eine Lady mit gefährlich geschwundenen Wimpern den Weg zum Fahrstuhl, mit dem ich hoch in die vierte Etage fuhr. Dort hatte Marilyn Roundtree ihren Schreibtisch in einem Großraumbüro.

Wie in den meisten Redaktionen herrschte auch beim ›Gossip‹ hektische Betriebsamkeit. Anscheinend mußte jeder durch überflüssiges Herumlaufen und wildes Gestikulieren die Wichtigkeit gerade seines eigenen Jobs ständig unter Beweis stellen. Die Pfauen schlugen ihre Räder.

»Wo finde ich Marilyn Roundtree?« fragte ich einen unrasierten Jüngling mit roten Hosenträgern, der mit einer Hand auf einem Computer rumhackte und mit der anderen Bami Goreng aus einem bunten Pappgefäß mampfte. Er wies mit dem Daumen auf einen leeren Schreibtisch hinter sich.

»Da ist niemand.«

»Nicht mein Problem, Mann«, nuschelte der kauende Fan indonesischer Küche.

Ich hielt meinen FBI-Ausweis zwischen seine Visage und den Bildschirm. »Sie unterstützen mich besser, sonst werde ich dafür sorgen, daß Sie das Wort

Problem mal richtig buchstabieren lernen. Ich will nicht zu einem Kindergeburtstag, sondern arbeite an einem Mordfall!«

»Schon gut, schon gut!« Hosenträger bequemte sich, aufzustehen und seinen Blick durch den Raum schweifen zu lassen. Daß Marilyn nirgends zu sehen war, hatte ich schon selber bemerkt.

»Sie ist nicht hier, G-man.«

»Das sehe ich. Aber wo könnte sie sein?«

Er hob die Schultern. »Möglicherweise in der Teeküche.« Und er hob seinen rechten Arm, um mir den Weg zu weisen.

Tief bewegt von soviel Hilfsbereitschaft ging ich zur Teeküche hinüber. Dort fand ich Marilyn Roundtree wirklich. Sie hatte sich in einer Ecke zusammengekauert. Ihr totenbleiches Gesicht war nach unten gerichtet. Sie schien unter Schock zu stehen.

»Ich bin da, Marilyn«, sagte ich und legte den Arm um sie. »Was ist passiert?«

Sie schluckte. »Ich ... ich bin sonst nicht so schreckhaft. Aber kurz nachdem ich dich angerufen habe, kam ein Paket mit einem Kurierservice. Und als ich es aufgemacht hatte, mußte ich mich erst mal hier verkriechen.«

»Bin sofort wieder da, okay?«

Der Karton stand noch auf ihrem Schreibtisch. Er enthielt eine tote Ratte. Um den Hals trug das Tier ein rotes Schleifchen. Und darauf stand ein Name: Marilyn Roundtree.

Es wimmelte in der Halle des Bellevue Hospital nur so von Besuchern und Patienten. Phil stand in einer Phone-Booth und hatte die Nummer von Loretta La Salle gewählt.

»Hallooo?«

»Loretta? Hier ist Phil. Es tut mir schrecklich leid, Darling. Aber ich muß unsere Verabredung heute abend absagen.«

»Ooooh.« Ihre enttäuschte Stimme zerriß Phil das Herz. »Und das nach allem, was zwischen uns gewesen ist? Bin ich dir schon gleichgültig geworden?«

»Ganz bestimmt nicht.« Der blonde G-man hatte das Gefühl, als würde ein Backstein quer in seiner Kehle sitzen. »Das weißt du auch ganz genau, Honey.«

»Wenn so deine Liebe aussieht, dann ... dann ...«

»Ich habe Dienst, Loretta. Ein wichtiger Fall, der keinen Aufschub duldet.«

»Das verstehe ich, Phil. Das ist etwas anderes.« Sie machte eine kurze Pause, bevor sie fragte: »Was ist eigentlich mit deinem Freund Jerry Cotton? Hat der auch Dienst?«

»Ja, natürlich. Er ...« Phil geriet ins Stocken. Seine Gedanken wirbelten durcheinander. Ja, Jerry Cotton hatte Dienst. Er würde die ganze Nacht lang diese Marilyn Roundtree beschützen. In einem guten Restaurant, vielleicht später im Kino. Und ganz bestimmt im Bett. Während er, Phil Decker, die ebenso undankbare wie blödsinnige Aufgabe hatte, am Bett einer Bewußtlosen zu wachen. Ein Job, den jeder Frischling von der Akademie in Quantico hätte erledigen können.

Das Gift, das Loretta La Salle in sein Herz gespritzt hatte, begann zu wirken.

»Du opferst dich auf für deinen Job, Phil!« Die dunkelhaarige Schönheit drehte das Messer in der Wunde um. Sie spürte, daß sie Phil nun am Haken hatte. Und sie ließ ihn nicht los. »Wenn deine Kollegen genauso viel Einsatz zeigten wie du ...« Sie ließ den Satz unvollendet. Es war auch nicht nötig, mehr zu sagen.

»Morgen abend komme ich zu dir, Loretta. Und bis dahin werde ich einige Dinge geklärt haben. Ich liebe dich. Gute Nacht.«

»Gute Nacht, Phil. Mein einzig geliebter Phil ...«
Ihre Stimme war wie Samt.

Der blonde G-man hieb den Hörer auf die Gabel. Er war stinksauer. Auf den FBI, auf seinen Job – besonders auf Jerry Cotton! Der würde morgen was zu hören kriegen!

In seinem Zorn war ihm ganz entfallen, daß er selbst vorgeschlagen hatte, die Wache bei Keiko Sakurai zu übernehmen.

Natürlich hätten Marilyn Roundtree und ich die Nacht an der Federal Plaza verbringen können, im FBI-Gebäude. Dort wären wir absolut sicher gewesen. Doch ich hielt das für einen Fehler. Es wäre ein Eingeständnis der Furcht gewesen. Man hätte damit Osmok gezeigt, daß man ihm zutraute, seinen Plan durchzuführen. Wenn man die Macht dieses Mannes brechen wollte, mußte man ihm ohne Angst entgegentreten. Sich von seinen Drohungen nicht einschüchtern lassen.

Nachdem sich die Klatschreporterin wieder einigermaßen beruhigt hatte, stimmte sie mir zu. Wir würden uns die Nacht in Manhattan um die Ohren schlagen, ohne kugelsichere Westen und ohne eine Hundertschaft von Cops um uns herum. Osmok mochte ein gefährlicher Verbrecher sein, aber er war nur ein Mensch. Und Menschen begehen Fehler.

»Bin ich okay?« fragte Marilyn schelmisch, nachdem sie sich auf der Damentoilette frischgemacht hatte.

»Ich wüßte keine andere Frau, mit der ich heute abend ausgehen wollte«, erwiderte ich. »Du bist wunderschön.«

»Schmeichler!«

Auf dem Weg zum Fahrstuhl kamen wir wieder am Schreibtisch des roten Hosenträgers vorbei.

»Ciao, Bruno!« sagte die Reporterin.

»Da ist übrigens ein Paket für Sie gekommen!« konnte ich mir nicht verkneifen zu behaupten. »Es wurde irrtümlich auf Miss Roundtrees Schreibtisch abgestellt.«

»Echt? Danke, G-man.«

In diesem Moment kam der Fahrstuhl. Wir konnten leider nicht mehr den Gesichtsausdruck des Unrasierten sehen, da sich die Türen sofort hinter uns schlossen.

»Du kannst ja ganz schön gemein sein!« meinte Marilyn mit gespieltem Tadel.

»Nur, wenn man mich ärgert«, erwiderte ich. »Das wird auch Osmok zu spüren kriegen.«

»Seltsam, aber diese Ratte konnte mir den Appetit nicht verderben«, sagte die Journalistin.

»Welche Ratte meinst du?«

»Osmok natürlich.«

Wir sahen uns an und lachten dann beide. Und ich legte die Arme um sie.

»Ich bin froh, daß du da bist«, flüsterte sie mir ins Ohr. »Jetzt freue ich mich fast auf diesen Abend. Und auf die Nacht«, fügte sie hinzu.

»Wir sollten uns zuerst überlegen, was wir gegen deinen Hunger unternehmen«, schlug ich vor. »In welches der fünfzehntausend Restaurants von New York City darf ich dich einladen?«

Die blonde Schönheit legte den rechten Zeigefinger nachdenklich an ihren sinnlichen Mund. »Nach diesen Aufregungen der letzten Tage brauche ich etwas Kräftiges. Wie wäre es mit dem ›Manhattan Chili‹?«

Und so landeten wir in einem der besten In-Läden New Yorks, die eine Mischung aus texanischer und mexikanischer Küche zu bieten haben. Dieser Tex-Mex genannte Stil schließt dicke T-Bone-Steaks ebenso ein wie Tortillas aus Maismehl und feurige Soßen auf Chili-Basis.

Natürlich bekamen wir so schnell ohne Vorbestellung keinen Tisch. Der Ober am Eingang lotste uns zu einer Bartheke aus Stahl und Edelholz, wo wir warten konnten, bis ein Tisch frei wurde. Ich bestellte zwei Flaschen Bier der mexikanischen Marke ›Dos Equis‹. Um uns herum kam das Nachtleben Manhattans allmählich in Schwung. Es war an der Zeit für die Schönen und Reichen, daß sie aus ihrer Satinbettwäsche krochen.

Marilyn Roundtree war in Gedanken versunken. »Wenn ich nur wüßte, was diese Unbekannte mir in der Sauna mitteilen wollte, bevor sie ertränkt wurde.«

»Immerhin beweist uns dieses heimliche Treffen mit dir, daß nicht alle seine Leute hundertprozentig hinter Osmok stehen.«

»Das stimmt, Jerry. Aber weißt du, was ich wirklich unheimlich finde? Man weiß nie, wer zu seinem Verein gehört. Es gibt kein Muster. Andere Banden New Yorks bestehen aus bestimmten Volksgruppen. Ihre Mitglieder sind schwarz oder weiß, Latinos oder Chinesen. Aber Osmok hat ganz verschiedene Verbrecher um sich versammelt.«

»Das stimmt«, sagte ich. »Ich rechne auch fest damit, daß er in Harlem schwarze Komplizen einsetzen wird, um Kaiser Imis V. anzugreifen.«

»Steht der als nächster auf Osmoks Todesliste?« Ihre journalistische Neugier ließ sich nicht unterdrücken.

»Kann sein«, sagte ich schulterzuckend. Ich wollte nicht zuviel verraten. Schon gar nicht in der Öffentlichkeit. »Aber falls er wieder einen Anschlag versucht, wird er sein blaues Wunder erleben.«

»Für dich ist das ein Job wie jeder andere, oder?« fragte die Blondine. »Es macht dir nichts aus, dein Leben aufs Spiel zu setzen.«

»Es macht mir schon etwas aus. Aber die friedlichen und gesetzestreuen Menschen in diesem Land haben ein Recht darauf, beschützt zu werden. Vom bedrohten König bis zum Obdachlosen, der von Jugendlichen zum Spaß totgeschlagen wird. Wenn der FBI und das NYPD und die anderen Polizeikräfte nicht wären, hätten die Osmoks das Sagen. Machtversessene Kreaturen, die mit Angst und Mißtrauen herrschen wollen.«

»Das hast du schön gesagt.« Marilyn lächelte und legte ihre Hand auf die meine. »Ich glaube fast, ich bin ein wenig verliebt.«

»Geht mir nicht anders«, gestand ich.

Wir küßten uns.

Der Ober trat an uns heran und räusperte sich laut. »Es wäre nun ein Tisch für zwei Personen frei, meine Herrschaften.«

Er führte uns in den hinteren Teil des belebten Lokals, das mit allerlei Schnickschnack aus dem amerikanischen Südwesten und aus Mexiko dekoriert war. Fast entstand die Illusion, wirklich dort unten zu sein. Doch draußen rauschte nicht der Rio Grande vorbei, sondern der nie versiegende Verkehrsstrom des Broadway.

Ein anderer Kellner kam und fragte uns nach unserem Getränkewunsch. Schnell einigten wir uns auf Mineralwasser. Wir würden in dieser Nacht sicherlich einen klaren Kopf behalten müssen. Der Kellner nickte und verschwand. Deshalb war ich verblüfft, als wenige Minuten später ein Weinkellner mit einer schlanken Flasche in der Hand an unserem Tisch erschien. War meine Aussprache so schlecht? Oder hatte der Mann einfach den Tisch verwechselt?

Ich wollte schon etwas sagen, als er mir die Weinflasche zur Begutachtung unter die Nase hielt. Es war keine normale Weinflasche. Das Etikett war mit einem Zettel überklebt. Darauf stand: »Eine Waffe ist auf Sie gerichtet, G-man. Folgen Sie dem Kellner. Oder es gibt hier ein furchtbares Blutbad.«

Phil gähnte. Er hätte diese Nacht bedeutend lieber in den Armen von Loretta verbracht. Aber er mußte sich eingestehen, daß es absolut notwendig war, daß jemand bei der im Koma liegenden Keiko Sakurai wachte. Bloß daß er selbst dies tat, das ging ihm gewaltig gegen den Strich.

Für umfassende Sicherheitsmaßnahmen war gesorgt worden. Wer in das Stockwerk mit der Intensivstation wollte, mußte eine Kontrolle des hospitaleigenen Security-Dienstes über sich ergehen lassen. Und vor dem Krankenzimmer der Japanerin selbst hatten noch zwei Männer des Bellevue-Wachdienstes Posten bezogen. Phil saß am Bett der Schwerverletzten. Er hatte einen kleinen Kassettenrecorder griffbereit, um jedes Wort von ihr aufzeichnen zu können.

Es hat keinen Sinn, sagte er sich. Wenn ich jetzt nicht sofort einen starken Kaffee schlucke, schlafe ich ein.

Er öffnete die Tür und trat auf den Flur. Sein FBI-Abzeichen trug er deutlich sichtbar an der Brust.

»Gibt es irgendwas Verdächtiges?« fragte er einen der Sicherheitsleute.

»Absolut nichts, G-man«, erwiderte dieser. Es war ein riesiger Schwarzer mit der Figur eines Freistilringers.

»Wo kann man hier einen Kaffee kriegen?«

Der Farbige grinste. »Müde? Das kennen wir. Entweder in der Kantine im Erdgeschoß oder dort hinten im Schwesternzimmer. Dort geht's auch schneller, und man hat noch nette Unterhaltung. Und er ist umsonst.«

»Wenn das keine guten Argumente sind«, erwiderte Phil. »Danke, Officer. Ich bin sofort zurück.«

»Nur keine Eile. Wir haben hier alles im Griff!«

Tatsächlich traf der Special Agent im Schwesternzimmer eine blutjunge Latina in weißer Tracht, die von einem dickleibigen Krimi aufblickte. Ihre Augen leuchteten, als sie seine FBI-Marke sah.

»Die Security Guards meinten, ich könnte hier einen Kaffee kriegen ...«, begann Phil, da sprang die Schwester schon eifrig auf und schon ihm einen Stuhl hin.

»Das können Sie, G-man. Aber nur, wenn Sie mir alles über Ihren aufregenden Dienst erzählen!«

Phil mußte lachen. Okay, was tat man nicht alles für einen Becher Kaffee.

»Also gut«, sagte er und bedankte sich für die Tasse mit dem heißen, dampfenden Getränk, die sie ihm in die Hand drückte. »Aber das Leben eines G-man ist nicht halb so aufregend wie in Ihren Krimis.«

»Ich glaube Ihnen kein Wort«, entgegnete die Schwester, stützte ihr Kinn auf die Hand, schlug die Beine übereinander und sah ihn erwartungsvoll an.

»Okay.« Phil sammelte seine Gedanken. »Da war mal vor Jahren ein Fall, von dem ich Ihnen ruhig erzählen kann. Das, was Sie jetzt hören werden, ging damals auch lang und breit durch die Presse. Trotzdem war es eine sehr ungewöhnliche Geschichte für uns, weil ...«

Und er begann zu erzählen. Nicht nur das Koffein in dem Krankenhausgebräu, sondern auch seine eigenen Worte belebten Phil. Es machte ihm Spaß, sich an vergangene Erfolge zu erinnern, denn es ließ ihn seine aktuelle schlechte Laune fast vergessen. Außerdem war die Frau in Weiß eine gute Zuhörerin. Sie hing förmlich an seinen Lippen. Jede ungewöhnliche Wendung der Story kommentierte sie mit aufgeregten Seufzern.

Nach der dritten Tasse Kaffee war die Geschichte zu Ende. Die Krankenschwester klatschte begeistert in die Hände, doch Phil erschrak, als er auf seine Armbanduhr blickte. Er saß seit über einer Stunde im Schwesternzimmer!

»Ich muß zurück!« sagte er und sprang hastig von seinem Stuhl auf. »Danke für den Kaffee!«

»Jederzeit, G-man«, rief die Schwester hinter ihm her. »Ich habe die ganze Woche lang Nachtwache.« Als Phil dann verschwunden war, verschloß sie sorgfältig die Glastür des Schwesternzimmers. Schnell griff sie zum Telefonhörer.

»Merat? Ich bin's. Ich kann nicht lange sprechen, aber du kannst dem Herrn sagen, daß die Sicherheitsmaßnahmen nicht perfekt sind. Ich berichte euch später mehr ...«

Ich starrte auf die Weinflasche. Marilyn Roundtree saß mir gegenüber. Sie wußte ebenfalls, daß ich keinen Wein bestellt hatte. Aber sie sagte nichts, sondern stand auf.

»Ich gehe mir nur eben die Nase pudern, Jerry. Bin sofort zurück, okay?« Und sie verschwand hüftschwingend in Richtung Damentoilette.

Der Blick des falschen ›Weinkellners‹ traf mich. Seine Augen waren hart und glanzlos wie Kieselsteine. Ich konnte es nicht riskieren, daß es hier in dem gut besuchten Restaurant ein Gemetzel gab. Und deshalb waren meine Gegner ganz klar im Vorteil.

»Ich komme mit«, sagte ich halblaut, während ich aufstand. Der Mann hatte ein großes weißes Tuch über seinem rechten Arm gelegt. In der linken Hand hielt er die Flasche.

»Meine Waffe ist auf Sie gerichtet«, knurrte er. »Eine falsche Bewegung, und ich puste Ihnen einen zweiten Bauchnabel in den Leib.«

Mir war sowieso klar, daß er unter dem Tuch einen Revolver oder eine Pistole verborgen hatte. Osmok wollte versuchen, mich von Marilyn Roundtree zu trennen, um uns dann nacheinander erledigen zu können. Ein guter Plan. Ein Plan, gegen den ich im Moment nichts tun konnte. Meine einzige Hoffnung war, daß die Klatschreporterin mißtrauisch werden würde, wenn sie zurückkehrte und ich nicht mehr an unserem Tisch saß. Und daß sie dann sofort bei den Cops oder beim FBI anrief, damit jemand kam, um ihr beizustehen.

Der falsche Weinkellner führte mich an der Küche vorbei in einen schmalen Gang, von dem es wahrscheinlich weiter zum Hof ging. Meine Gedanken wirbelten durcheinander, aber Osmoks Leute mußten uns wohl beschattet haben, eine andere Erklärung gab es nicht. Ich wollte nicht glauben, daß dieser Verbrecherzar in jedem der fünfzehntausend New Yorker Restaurants seine Kreaturen sitzen hatte.

War ich auch schon von dieser Seuche aus Angst und Mißtrauen angesteckt worden, die Osmok so erfolgreich verbreitete? Nein, denn bevor ich aufgab, mußte noch einiges mehr passieren.

»Schön ruhig, G-man«, raunte der Verbrecher hinter mir. »Wir wollen doch nicht, daß einer dieser netten Menschen sein Tex-Mex-Essen mit blauen Bohnen gewürzt bekommt, oder?«

Ich biß die Zähne zusammen. Als FBI-Beamter mußte ich natürlich Rücksicht auf Leben und Gesundheit von Bürgern nehmen, die in die Schußlinie geraten konnten. Ein skrupelloser Gangster aber kennt solche Hemmungen nicht.

Doch wir beide waren bereits schon allein. Küche und Lagerräume hatten wir hinter uns gelassen. Und dann stieß mich dieser Kerl in den nur spärlich beleuchteten Innenhof.

Dort stand ein riesiger, mongolisch aussehender Kerl in einem weiten Gewand und links und rechts neben ihm zwei übel aussehende Schlägertypen in schwarzen Trainingsanzügen.

»Sie sind also Jerry Cotton?« Seine Stimme klang wie zerstoßenes Glas.

»Und mit wem habe ich das Vergnügen?« fragte ich. »Mit Osmok, dem Ober-Meuchelmörder?«

»Ich bin nur ein bescheidener Diener meines Herrn. Mein Name ist Merat. Und ich dulde nicht, daß Sie respektlos über meinen Herrn sprechen.«

Er gab dem falschen Kellner ein Zeichen, und ein brutaler Faustschlag bohrte sich in meine Nierengegend. Dann traten die beiden anderen Burschen vor und packten mich an den Armen. Und Merat höchstpersönlich nahm mir meine Dienstpistole ab, warf sie zwischen ein paar Mülltonnen. Unerreichbar für mich.

»Wir werden Sie töten müssen, Mr. Cotton. Sie haben unseren Herrn zu sehr in Zorn versetzt. Sie haben geglaubt, mit ihren jämmerlichen Methoden seinem Genie die Stirn bieten zu können.«

»Ich wußte gar nicht, daß Größenwahn ansteckend ist!« höhnte ich. Das war ein Fehler, wie mir sofort schmerzhaft klargemacht wurde.

Merat rammte seine Fäuste wie Vorschlaghämmer in mein Gesicht. Ich drehte zwar den Kopf zur Seite, aber das brachte nicht viel. Meine Nase knirschte verdächtig. War sie gebrochen?

»Sie sind nur ein Staubkorn unter der Fußsohle meines Herrn, Cotton. Und wie ein Staubkorn werden wir Sie wegblasen.«

Ich war noch nie ein Fan davon gewesen, mich widerstandslos zusammenschlagen zu lassen, und wenn diese Kerle mich auch noch töten wollten, sollten sie sich dabei wenigstens anstrengen müssen.

Mit dem linken Bein attackierte ich den Verbrecher auf meiner linken Seite. Er sah nicht ganz so muskulös aus wie sein Kollege. Und ich schaffte es wirklich, ihn ins Stolpern zu bringen. Ich versuchte mich aus den Griffen der beiden Osmok-Kreaturen zu befreien. Doch bevor ich richtig loslegen konnte, verpaßte mir Merat wieder ein paar Treffer, daß meine Zähne zu vibrieren begannen.

»Aufhören!«

Träumte ich, oder war das die Stimme von Marilyn Roundtree? Vielleicht hatten sie mich ja schon totgeschlagen, und ich hörte nun einen Engel zu mir sprechen. Doch als ich die Augen öffnete, sah ich die Blondine in der Tür stehen, die ich vor kurzem mit dem falschen Weinkellner benutzt hatte, um hinaus auf den Hof zu treten.

Marilyn hielt eine kleine Pistole in der rechten Hand. Mit der linken stützte sie die Schußhand. Ich kannte diese Waffe. Es war eine leichte und griffige österreichische Glock des Kalibers 9 Millimeter, die von vielen Laien wegen ihres Aussehens belächelt wird. Aber wer das tut, beweist damit nur, daß er keine Ahnung hat. Nicht nur die Polizei des europäischen Alpenstaates, auch viele Spezialeinheiten in aller Welt verlassen sich nicht ohne Grund auf die Glock, die Magazine von bis zu dreiunddreißig Schuß aufnehmen kann.

»Miss Marilyn Roundtree«, sagte der Mongole, ohne mit der Wimper zu zucken. »Sie sollten eigentlich erst nach Cotton sterben. Aber wenn Sie nicht warten können ...«

»Laßt ihn los!« blaffte sie. Auch Osmoks Leute schienen die Glock für eine Spielzeugpistole zu halten. Eine Einstellung, die sich sehr schnell rächen sollte. Merat gab seinen Männern ein Zeichen, nicht von der Stelle zu weichen. Er selbst griff unter sein Gewand.

Der Schuß knallte. Marilyn hatte einem der Schläger eine Kugel in den Oberschenkel gejagt. Vor Schmerz heulend brach er zusammen.

Und mein rechter Arm war frei!

Das nutzte ich sofort und donnerte meine Faust in das Gesicht des anderen Schwarzgekleideten, der mich noch auf der linken Seite festhielt. Gleichzeitig sah ich die Pistole in Merats Faust.

»Paß auf!« rief ich Marilyn zu. »Geh in Deckung!« Sie stand noch im hell erleuchteten Rechteck der offenen Tür. Vor diesem Hintergrund war sie so wenig zu verfehlen wie auf dem Schießstand.

Aber sie sprang bereits zur Seite, glitt hinter einen Stapel Kisten voller Maisdosen, während Merats Kugel in den Türrahmen schlug.

Meine Position war miserabel. Ich hatte keine Schußwaffe und stand mitten im Hof. So richtig k.o. war der Gegner links von mir auch noch nicht. Ich rammte ihm das Knie in den Leib und stürzte mich dann auf den angeblichen Weinkellner. Der hatte sich noch nicht von dem Schock erholt, daß die Karten anscheinend neu gemischt worden waren. Deshalb richtete er seinen Colt Marksman einen Sekundenbruchteil zu spät auf mich.

Da hatte ich ihn aber bereits angesprungen und zu Boden gerissen. Während wir uns in wildem Ringen auf dem Pflaster wälzten, schlug direkt neben meinem Kopf eine Kugel ein. Sie konnte nur von Merat abgefeuert worden sein. Er nahm in Kauf, seinen Komplizen zu treffen, wenn er nur mein Leben auslöschen konnte. Eine feine Gesellschaft.

Immerhin hatte dieser Schuß die Kampfmoral meines Gegners geschwächt. Ich entwand ihm den Revolver, indem ich ihm mit einem Polizeigriff den Arm verdrehte. Er versuchte, mich abzuschütteln, aber der Colt Marksman fiel klirrend zu Boden. Ich hörte mit einem Ohr das heftige Feuergefecht zwischen Marilyn und Merat. Was macht eigentlich der zweite Trainingsanzug, der nicht getroffen worden war?

Sogleich erhielt ich die Antwort auf diese Frage. Er kam dem Weinkellner zu Hilfe und schlug mit den Fäusten nach mir, doch ich hatte seinen Schatten wahrgenommen und instinktiv meinen Kopf zur Seite gedreht. Nun machten mir zwei Gegner das Leben sauer.

Doch sie behinderten sich gegenseitig in ihren Bemühungen, mich fertigzumachen. Immerhin mußte ich einige heftige Schläge einstecken. Doch dann kam der Augenblick, auf den ich gewartet hatte. Der Colt Marksman lag fast in meiner Reichweite. Ich sprang darauf zu, die Finger meiner Rechten schlossen sich um den Griff, und ich wirbelte herum, bevor die Kerle mir das Schießeisen wieder abnehmen konnten.

Knurrend blickten sie in die tödliche schwarze Mündung, die ich auf sie gerichtet hatte. »Pfoten hoch!« kommandierte ich. Und warf mich im nächsten Moment zur Seite, weil Merat nun herumgeschwenkt war und mich als Ziel nahm.

Wir drückten fast gleichzeitig ab. Sein Geschoß verfehlte mich. Und meine Kugel schlug in eine Mülltonne, hinter der der Riese in Deckung gegangen war.

Der Verletzte, den Marilyn ins Bein geschossen hatte, lag immer noch stöhnend in der Mitte des Hofes. Die beiden anderen Osmok-Komplizen versuchten nun, sich schnell abzusetzen.

»Stopp!« rief ich. »Keinen Schritt weiter, oder ich schieße!« Vom Broadway aus hörte ich die Sirenen von Patrolcars der City Police. Sehr gut. Gleich würde Verstärkung eintreffen.

»Jerry!«

Ich wirbelte herum. Marilyn deutete auf die Mülltonnen. Merat war verschwunden.

»Plötzlich ... plötzlich war er auf und davon!« rief sie aufgeregt. »Ich hätte ihn noch in den Rücken schießen können, aber ... aber das ging nicht!«

»Natürlich ging das nicht«, sagte ich sanft. »Du bist ja keine Mörderin. Aber du hast mein Leben gerettet.« Ich legte einen Arm um sie, während ich die anderen Burschen noch immer mit der Waffe in Schach hielt.

Da ertönten zwei Schüsse, kurz hintereinander. Sie donnerten von der Ausfahrt her, von dort, wohin Merat verschwunden war, und der zweite Trainingsanzug und der ›Weinkellner‹ brachen getroffen zusammen. Der treueste Diener Osmoks wollte um jeden Preis verhindern, daß einer seiner Leute redete.

Phil atmete auf, als er die schwerverletzte Keiko Sakurai friedlich in ihrem Bett liegen sah. Die Lebensfunktionen der jungen Frau waren zwar schwach, aber gleichmäßig. Jedenfalls, soweit der Special Agent das beurteilen konnte.

Er überschüttete sich innerlich mit Selbstvorwürfen. Gleichzeitig schob aber auch ein Teufelchen tief in seiner Seele die Schuld auf Jerry Cotton. Hatte nicht sein sogenannter Freund ihm die Nachtwache im Krankenhaus aufs Auge gedrückt, um sich selbst mit Marilyn Roundtree amüsieren zu können? Vielleicht hatte er das aus Neid getan, weil er, Phil Decker, die atemberaubende Loretta La Salle kennengelernt hatte ...

Das Gift von Osmoks Agentin tat langsam seine Wirkung.

Da bemerkte Phil, wie sich die Lippen der Japanerin kaum merklich bewegten. Der blonde G-man war sofort alarmiert und schaltete den Kassettenrecorder ein, hielt das Mikrophon möglichst nahe an ihren Mund.

Die Lippen waren trocken. Aber sie formten Worte. War die Frau bei Bewußtsein oder sprach das tiefe Innere ihrer Seele aus ihr? Phil wußte es nicht. Aber er achtete darauf, daß kein Laut verlorenging.

»Herr ... nicht versagen ... Tod ...«

Die Müdigkeit des G-man war wie weggeblasen. Aber das bewirkte nicht der starke Kaffee. Keiko Sakurai war sehr schwach. Mühsam bewegte sie ihren Kopf zur Seite. Würde sie jetzt erwachen? Phil konnte sich das nur schwer vorstellen. Wer im Koma gelegen hatte, kommt so plötzlich nicht wieder zu Bewußtsein.

»... guten Job gemacht ... Sonja ... Tod für Sonja ... Tod für Dr. Foley ...«

In ihrem Gehirn schienen die Taten und Pläne der Osmok-Organisation abzuspulen. Der blonde Special Agent konnte seine Aufregung kaum bezwingen. Er mußte sich selbst zur Ordnung rufen und atmete tief in den Bauch, damit seine Nervosität nachließ.

Wer weißt, was sie schon alles gesagt hat, während ich draußen war! dachte Phil. Doch die Selbstzerfleischung nutzte nichts. Er hielt das Mikrophon weiterhin nahe an ihre Lippen.

»... Tod für ... Phil Decker!«

Der G-man horchte auf. Aber es gab keinen Zweifel. Die Kriminelle hatte soeben laut und deutlich seinen Namen ausgesprochen. Eigentlich nicht verwunderlich, dachte Phil. Osmok weiß wahrscheinlich längst, daß dieser saubere Mr. Jerry Cotton und ich den Fall bearbeiten. Klar, daß er uns beseitigen will. Besonders mich, der ich doch viel mehr Einsatz zeige als Mr. Hinterwäldler aus Harpers Village ...

»... Falle gestellt ... Loretta La Salle ... Freundschaft zerstören ...«

Phil blieb fast das Herz stehen, als er diese Worte vernahm. Konnte das wahr sein? Die Frau, die er liebte, ein Werkzeug dieses verdammten Osmok?

»... Cotton ohne Decker ... tot. Decker ohne Cotton ... tot ... FBI ... Weg frei. Afrikanischer Kaiser ... zerfetzen ...«

Phil keuchte auf, sein Herzschlag hatte sich beschleunigt, seine Hand verkrampfte sich um das Mikro des Recorders. Seine Gedanken kreisten um Loretta La Salle. Wo hatte er sie kennengelernt? Unter welchen Umständen? Ein Puzzleteilchen nach dem anderen fügte sich zusammen, bis sich ein komplettes Bild ergab. Das Bild einer teuflischen Intrige. Und in diesem Bild gab er, Phil Decker, die Figur des Clowns ab.

Immer leiser und unverständlicher wurden die Worte, die Keiko Sakurai nun nur noch murmelte. Bis ihre Atemzüge wieder tief und gleichmäßig waren. Sie schien zu schlafen, den Schlaf einer lebenden Toten.

Phil verbarg sein Gesicht in den Händen. Er spürte einen Betonklotz im Magen, was bestimmt nicht von übermäßigem Kaffeekonsum herkam. Er wäre am liebsten im Erdboden versunken vor Scham.

Wie hatte er ernsthaft an Jerry Cottons Freundschaft zweifeln können!

›Roger's Diner‹ ist ein Treffpunkt wie Hunderte ähnlicher Lokale in den vorstädtischen Weiten von Queens. Dort, wo niemand einen Schritt zu Fuß geht und massenhaft Parkplätze vorhanden sind, treffen Jugendliche seit Jahrzehnten ihre Verabredungen in Läden wie ›Roger's Diner‹. Sie sehen gleich aus, überall in den Vereinigten Staaten. Leicht schäbige Sitznischen mit Sofas aus rotem Kunstleder, eine riesige Jukebox und eine verchromte Theke, an der Milkshakes serviert werden. Eine Alkohollizenz haben diese Diners meist nicht. Aber dafür die größten Hamburger und Eisportionen, die man sich vorstellen kann.

Marilyn Roundtree und ich saßen weit nach Mitternacht in ›Roger's Diner‹ und hielten Händchen.

Meine Begleiterin kicherte. »Ich fühle mich fast, als wäre ich wieder auf der Highschool. Du kennst wirklich seltsame Lokale, Jerry.«

»Gefällt es dir hier nicht? Roger macht die besten Pizzas von ganz Queens. Wir mußten nicht auf einen Tisch warten, bekommen soviel Kaffee, wie wir mögen, und Osmoks Mörderbande haben wir bestimmt auch abgeschüttelt.«

Ein bitterer Zug erschien auf ihrem schönen Gesicht. Ich konnte mir vorstellen, daß die Ereignisse aus dem Tex-Mex-Restaurant ihr wieder und immer wieder durch den Sinn gingen. Der falsche Weinkellner, meine Entführung, die Schießerei, Merat ... es war alles etwas viel gewesen.

Nachdem die Cops eingetroffen waren, hatte ich dafür gesorgt, daß der angeschossene Mann im Trainingsanzug unter strengsten Sicherheitsvorkehrungen ins Krankenhaus gebracht wurde. Ich hatte dem Lieutenant der Homicide Squad kurz die Lage erklärt und dann einfach Marilyn Roundtree bei der Hand genommen. Wir waren in die U-Bahn gesprungen und hatten eine kleine Rundfahrt durch das nächtliche New York gemacht. Von Astor Palace zur Grand Central Station, dann in die Linie 7, am Times Square umsteigen Richtung Van Cortlandt Park, auf dem gegenüberliegenden Bahnsteig zurück, und dann schließlich in die vorstädtische Öde von Queens. Wobei wir dreimal das Yellow Cab gewechselt hatten. Wenn Osmoks Leute uns hier finden sollten, mußten sie schon verdammt gut sein. Und das waren sie nicht. Sie begannen, Fehler zu machen. Und das gefiel mir.

»Wie hast du eigentlich gemerkt, daß etwas faul ist?« fragte ich die Klatschreporterin, um sie von ihren trüben Gedanken abzulenken.

»Als dieser Weinkellner an unseren Tisch trat, wußte ich, daß er zu Osmoks Leuten gehören mußte. Ich bin schließlich Journalistin. Beobachten ist mein Job. Und mir ist nicht entgangen, daß der echte Weinkellner ganz anders aussah.«

»Sie müssen ihn aus dem Verkehr gezogen haben.«

»Richtig, Jerry. Ich stelle mir das so vor: Osmoks Kreaturen haben uns schon beschattet, als wir das Gebäude vom ›New York Gossip‹ verließen. Als wir dann im ›Manhattan Chili‹ an der Bar auf unseren Tisch warten mußten, hatten sie genug Zeit. Zeit, um einen Plan auszuhecken. Sie wollten uns trennen, um uns dann besser ins Jenseits befördern zu können.«

»Das denke ich auch, Marilyn.«

»Okay. Also ich also gemerkt habe, daß dieser Weinkellner ein falscher Fünfziger war, habe ich mich schnell davon gemacht, zur Damentoilette. Von dort aus habe ich euch nachgespäht, wie ihr Richtung Hof verschwunden seid. Ich habe mir gestern schon diese niedliche kleine Glock in einem Waffengeschäft besorgt. Der Verkäufer meinte, daß sie auch für Anfänger leicht zu handhaben wäre. Und nachdem Mr. High mir erklärt hatte, daß ich auch von Osmoks Leuten gefährdet wäre, wollte ich mich im Notfall lieber selbst verteidigen können.«

»Du bist wirklich eine tapfere Frau«, warf ich ein.

»Geschenkt«, sagte sie lächelnd. »Was meinst du, was ich für eine Angst hatte, als ich meine Pistole auf diesen riesigen Mongolen gerichtet habe? Wenn die Glock nicht funktioniert hätte, wäre zu spät gewesen, sie zu reklamieren.«

»Angst hat jeder«, sagte ich. »Es kommt nur darauf an, sie im richtigen Moment zu überwinden. Und das hast du getan. Du hast zum einzigen Mittel gegriffen, mit dem man solche Typen wie Osmok von ihrem Podest stoßen kann, und das ist Furchtlosigkeit.«

»Du hättest Seelenklempner werden sollen«, witzelte die Blondine.

Ich machte eine abwehrende Handbewegung. »Das sagt einem schon der gesunde Menschenverstand, oder? Dieser ach so geheimnisvolle Osmok bezieht seine Macht aus der Angst, den seine Leute vor ihm haben. Weshalb starb dieser große und starke Palukkaner vor Furcht, als er nur den Namen Osmok hörte? Weil sich dieser Oberkriminelle ein fast schon übermenschliches Image geschaffen hat. Aber dieses

Image werden wir gründlich zerstören. Noch heute nacht.«

Marilyn Roundtree zog die Augenbrauen hoch. »Wie willst du das machen?«

»Wird noch nicht verraten, Darling. Da kommt Roger mit unseren Pizzen. Laß uns erst mal essen, dann muß ich telefonieren. Und danach habe ich – hoffentlich – eine Überraschung für dich ...«

Der Stock sirrte durch die Luft. Immer und immer wieder klatschte er auf den Rücken von Merat. Doch der Mongole ertrug die Prügel, ohne eine Miene zu verziehen. Seiner eigenen Meinung nach hatte er die Schläge auch verdient. Er hatte auf der ganzen Linie versagt.

Schließlich brach Osmok die Bestrafung ab. Er war außer Atem und erschöpft, so heftig hatte er auf seinen Diener eingeschlagen. »Du hast Uns enttäuscht«, sagte er zu dem Mongolen. »Wir haben Uns auf dich verlassen. Aber Jerry Cotton und Marilyn Roundtree sind immer noch am Leben.«

»Gewiß, Herr«, stimmte Merat hündisch untergeben zu. »Aber unsere Agentin im Bellevue Hospital meldet, daß man an Keiko Sakurai herankommen kann. Und Loretta La Salle ist auch sehr optimistisch, was diesen G-man Phil Decker angeht. Sie glaubt, daß er schon morgen Jerry Cotton die Freundschaft aufkündigen wird.«

Zum ersten Mal, seit er Merat kannte, war Osmok nahe daran, ihm gegenüber die Beherrschung zu verlieren. »Das interessiert Uns nicht«, schnappte er. »Das sind ... nun ja ... Nebenkriegsschauplätze. Wir haben persönlich Marilyn Roundtree den Tod versprochen. Noch heute nacht. Und sie lebt. Willst du das leugnen, Merat?«

Der Mongole senkte schuldbewußt den Kopf. »Ich kann es nicht leugnen, Herr. Aber unsere Leute suchen überall nach ihr und ...«

Osmok brachte ihn mit einem zornigen Schnaufen zum Schweigen und kehrte an seinen Platz zwischen den vielen Computern zurück. Seine Hände legten sich auf die Tastatur.

»Unsere Leute können sich die Mühe sparen, Merat.« Seine Stimme klang so hart wie ein Diamant. »Wir wissen jetzt, wo Jerry Cotton und Marilyn Roundtree stecken.«

›New York Tonite‹ ist eine TV-Livesendung, die von sechs Uhr abends bis sechs Uhr am nächsten Morgen die Einwohner der Küstenmetropole durch die Nacht begleitet. Der Moderator Sam Collins und seine Crew bieten eine bunte Mischung aus Unterhaltung und Nachrichten. Kamerateams sind in der City unterwegs und stets vor Ort, wenn es etwas Interessantes zu berichten gibt. Und das ist in New York ziemlich oft der Fall. Viele Menschen sehen sich jede Nacht an, was Sam und seine Leute zu bieten haben. Nicht zuletzt die vielen Gäste machen seine Show so unterhaltsam. Es sind nicht nur Prominente, sondern auch New Yorker wie du und ich. Straßenhändler, Cops, Angestellte, Hausfrauen, Dockarbeiter.

In dieser Nacht waren es Marilyn Roundtree und ich. Vom ›Roger's Diner‹ aus hatte ich einfach im Studio von ›New York Tonite‹ angerufen. Sam Collins kannte mich von einer Ermittlung her und wußte, daß ich kein Spinner oder Aufschneider war. Wenn ich ihm etwas zu berichten hatte, konnte er sicher sein, eine heiße Story zu kriegen. Deshalb warf er spontan seinen ganzen Sendeplan um, schmiß ein paar ›Konservenfilme‹ raus und schaufelte Sendezeit frei für ein Interview mit Marilyn und mir. Allerdings mußte er dabei eine Sache beachten. Ich sagte es ihm, aber er winkte nur ab. »Kein Problem, Jerry. Das machen wir, okay? Ein Wagen holt euch in einer halben Stunde in Queens ab!«

Die Überraschung für Marilyn Roundtree war mir gelungen. Sie machte große Augen, als ich ihr erklärte, daß wir noch vor dem Morgengrauen in ›New York Tonite‹ auftreten würden.

Im Studio an der West 30th Street wurden wir im Eiltempo geschminkt. Das ist absolut notwendig, wenn man vor der Kamera nicht aussehen will wie eine Wasserleiche. Sam Collins kam zu uns herüber, stellte sich Marilyn Roundtree vor und besprach ein paar Einzelheiten mit uns.

Dann wies uns ein Regieassistent zwei Sessel zu. Die Blondine schlug dekorativ die Beine übereinander. Ich rückte meinen Schlips zurecht. Ein nervöses Hemd mit Clipboard gab ein Handzeichen: »Kamera eins auf Sam! Und – los!«

Der Gastgeber hatte in einem dritten Sessel uns gegenüber Platz genommen und blickte in die Kamera. »Vor kurzem wurde unsere Stadt von dem feigen Attentat auf König Grigori III. erschüttert. Der Ex-Herrscher eines kleinen Balkan-Staates, der unter den Flügeln des amerikanischen Adlers Zuflucht gesucht hatte und trotzdem in unserer Stadt ermordet wurde. Alles spricht dafür, daß die Bande eines feigen Auftragskillers für diesen Anschlag verantwortlich ist. Eines Killers namens – Osmok!« Der Moderator ließ sich den Namen auf der Zunge zergehen. »Osmok – wer verbirgt sich hinter diesem Namen? Ein Verbrecher, der Angst, Tod und Terror verbreitet. Ein Verbrecher aber auch, dem sich immer mehr mutige

Frauen und Männer entgegenstellen, die sich von ihm nicht mehr einschüchtern lassen. Zwei von ihnen habe ich heute nacht zu Gast. Marilyn Roundtree und Jerry Cotton!«

Die Kamera schwenkte auf uns. Sam wandte sich zunächst an seine Kollegin von der schreibenden Zunft. »Marilyn, wir alle kennen und lieben Sie als brillante Klatschkolumnistin des ›New York Gossip‹. Warum will Ihnen eine Verbrecherbande ans Leben?«

Die Blondine lächelte offen in die Kamera. »Weil mir Informationen zugespielt wurden, Sam. Informationen, die diesem Mr. Osmok gefährlich werden können. Deshalb hat er mir angekündigt, daß ich noch heute nacht sterben würde. Aber wie Sie sehen, erfreue ich mich bester Gesundheit.«

»Dann sitze ich also sozusagen einer lebenden Leiche gegenüber?« witzelte Sam Collins. Wir lachten alle drei. Lächerlichkeit ist die schärfste Waffe gegen Typen wie Osmok. Und wir waren gerade dabei, ihn lächerlich zu machen.

Der Moderator wurde wieder ernst. »Jerry Cotton ist manchen unserer Zuschauer sicher bekannt als furchtloser Special Agent des FBI New York, denn er hat schon viele aufsehenerregende Fälle gelöst, über die auch die Medien berichteten. Jerry, was ist das Besondere an diesem Königskiller?«

»Nichts«, antwortete ich schlicht. »Seine Schachzüge sind vorhersehbar. Wir vom FBI haben inzwischen genug Fakten gesammelt, um ihm schon bald das Handwerk legen zu können. Sie werden verstehen, daß ich darüber hier nicht sprechen kann, Sam.«

»Selbstverständlich, Jerry«, erwiderte Collins mit dem professionellen Lächeln des TV-Mannes. »Stehen auch Sie auf der Todesliste dieses Osmok?«

Ich nickte und lachte dabei. »Und auch ich habe vor, diese Nacht zu überleben.«

»Haben Sie eine Botschaft für Leute, die vielleicht aus dieser Organisation aussteigen möchten?«

Ich sah direkt in die Kamera. »Sehen Sie der Realität ins Auge. Es hat in den letzten Jahren schon einige kriminelle Bandenführer gegeben, die ihre Komplizen mehr oder weniger versklavt haben. Keine dieser Organisationen hatte eine lange Lebensdauer, dafür haben wir vom FBI gesorgt. Werfen Sie Ihr Leben nicht weg! Nutzen Sie die Kronzeugenregelung, wenn Sie kein Kapitalverbrechen begangen haben. Bedenken Sie, daß es nur eine Frage der Zeit ist, bis die Bundespolizei vor Ihrer Tür steht.«

»Also – keine Chance für Osmok!« sagte Sam Collins und wandte sich wieder uns zu. »Mein Dank gilt zwei tapferen New Yorkern, die den Weg in unser Studio gefunden haben. Und nun – die Werbung!«

Der Kommandotrupp erschien in zwei unauffälligen Limousinen. Einem Packard und einem Oldsmobile. Insgesamt waren es sechs oder sieben Mann. So genau konnte man das nicht erkennen, denn sie trugen schwarze Trainingsanzüge und saßen dicht zusammengedrängt in den Autos.

»Es geht los!« raunte ich meinem Kollegen Les Bedell zu. Genau wie ich trug er eine schußsichere Kevlar-Schutzweste mit wirkungsverstärkenden Keramikplatten. Darüber trugen wir die dunklen Wetterjacken mit dem großen weißen Schriftzug ›FBI‹ auf dem Rücken. Außer unseren SIGs hatten wir uns mit Maschinenpistolen der deutschen Marke Heckler & Koch bewaffnet, die zur Standardausrüstung von Special Agents gehören. Joe Brandenburg und Fred

Nagara lagen ebenfalls in der Nähe des Fernsehsenders, der ›New York Tonite‹ übertrug, auf der Lauer.

Verstärkt wurde unsere kleine FBI-Truppe durch eine bis an die Zähne bewaffnete ESU-Einheit der City Police, die auf den schnellen Zugriff bei terroristischen Banden spezialisiert war. ESU steht für Emergency Service Units. Sie bestehen aus Spezialisten mit Nahkampfausbildung und Scharfschützenkenntnissen.

Ich hatte das Interview in ›New York Tonite‹ in der Hoffnung angeregt, daß es Osmok zum Schäumen bringen würde. Und ich schien mich nicht getäuscht zu haben. Er hatte seine Leute losgejagt, kaum daß der Beitrag über Marilyn und mich gesendet worden war.

Schon wieder hatte er einen Fehler begangen. Er hatte wohl angenommen, daß wir live interviewt wurden, weil alles andere in der Show ebenfalls live war. Doch das stimmte nicht. Ich hatte Sam Collins vorher meinen Plan erklärt, und er hatte begeistert zugestimmt. Die Chance, bei der Ergreifung einer gefährlichen Bande mitzuhelfen, wollte er sich nicht entgehen lassen. Allein schon wegen der Werbung, die das für seine Sendung bedeutete ...

Jedenfalls war das Interview eine Stunde vor der Ausstrahlung aufgezeichnet worden. Eine Stunde, in der ich Mr. High verständigt, meinen Plan erklärt und dann in Windeseile mit dem NYPD zusammen diese Falle aufgestellt hatte, in die Osmoks Leute nun gehen sollten. Zum Glück handelten die Kollegen von der City Police schnell und unbürokratisch. Ihr ESU-Team war in Rekordzeit vor Ort.

Lautlos glitten die schwarzen Gestalten aus den beiden Autos und bezogen in der Nähe des Gebäudes Position. Ich vermutete, daß sie es stürmen wollten. Dabei würden sie wild um sich schießen. Osmok war es egal, ob außer Marilyn und mir noch ein paar weitere Leute ums Leben kamen. Er hatte uns gezeigt, daß ihm Menschenleben nichts bedeuteten.

Aber wir würden sie nicht ins Innere der TV-Station eindringen lassen. Obwohl wir für alle Fälle noch einen Zug der ESU drinnen postiert hatten.

Die Osmok-Bande staunte nicht schlecht, als plötzlich die ganze Straße im Bereich einer Quadratmeile in Flutlicht getaucht war. Les Bedell reichte mir ein Megaphon. Da ich mir den Plan ausgedacht hatte, durfte ich die entscheidenden Worte sprechen: »Hier ist der FBI! Werfen Sie die Waffen weg und legen Sie die Hände auf den Kopf?«

Eine Maschinenpistolensalve fegte in meine Richtung. Wenn sie mich getroffen hätte, wäre es ein Glückstreffer gewesen. Denn die schwarzgekleideten Gestalten waren von grellem Licht umgeben, während wir im Dunklen verborgen waren.

Ich ziele sorgfältig und schoß dem Schützen in die Beine. Er knickte weg.

Der Widerstand seiner Kameraden war noch nicht gebrochen. Sie verschanzten sich hinter ihren Autos und eröffneten ebenfalls das Feuer. Sie mußten kämpfen oder sich ergeben. Ein Entkommen war unmöglich, denn in dem Moment, als das Flutlicht aufgeflammt war, hatten normale Streifen-Cops doppelte und dreifache Straßensperren errichtet, die man bestenfalls mit einem Panzer hätte durchbrechen können.

Die ESU-Kollegen warfen nun Nebelkerzen. Unser Sperrfeuer und die schlechte Sicht machten die Osmok-Leute verrückt. Ihre automatischen Waffen verschossen Garbe um Garbe, aber ich glaubte nicht, daß sie überhaupt zielen konnten. Drei von ihnen hatten wir bereits kampfunfähig geschossen.

Da sah ich, wie einer der Schwarzgekleideten seinen Revolver auf den Kopf eines verletzten Komplizen richtete. Ich mußte an die beiden Verbrecher im Hof des Tex-Mex-Restaurants denken, die von Merat eiskalt abgeschlachtet worden waren, damit sie nichts verraten konnten. Etwas Ähnliches wollte ich diesmal verhindern.

»Sturmangriff!« brüllte ich in mein Handy und sprang selbst als erster aus der Deckung, damit der feige Mord nicht stattfinden konnte. Der Osmok-Mann sah auf und richtete seinen schweren Colt auf mich, da jagte ich ihm eine Kugel in die Schulter. Die Waffe entfiel seiner kraftlosen Hand.

Auf der anderen Seite des Platzes ging eine Gruppe von ESU-Cops vor. Sie trugen neben ihren blauen Overalls und Springerstiefeln ebenfalls die schußsicheren Kevlar-Westen und leichte Polyamidhelme. Einer der Cops fing sich ein paar Kugeln ein, geriet aber nur kurz ins Wanken. Man muß schon ein verdammt großes Kaliber benutzen, um eine Kevlar-Weste zu durchlöchern.

Einer der Osmok-Komplizen richtete seine Maschinenpistole auf mich. Ich streckte ihn mit einer kurzen Garbe in die Beine nieder. Wir nahmen die Übriggebliebenen in die Zange. Ihr Widerstand erlahmte. Und dann geschah das Unfaßbare.

Erst einer, dann zwei oder drei von ihnen ließen wirklich ihre Kanonen fallen und falteten die Hände hinter dem Kopf. Ich konnte es kaum glauben.

Als wir sie abführten, war ich überzeugt davon, nun den ersten wirklichen Sieg gegen Osmok errungen zu haben.

Am nächsten Morgen war ich reichlich erschöpft, aber zufrieden. Es hatte schon gedämmert, als ich endlich ins Bett gekommen war. Und weil ich es mir nicht nehmen lassen wollte, bis zum Ende der Nacht auf Marilyn Roundtree aufzupassen, hatten wir beide kaum Schlaf abbekommen.

»Guten Morgen, du Nachteule!« sagte ich zu der Klatschreporterin, die sich an meine Schulter geschmiegt hatte. Sie gähnte mir ungeniert ins Gesicht.

»Ich fühle mich halbtot«, jammerte die Blondine.

»Dann hat Osmok ja sein Ziel wenigstens zur Hälfte erreicht!« feixte ich.

Sie fuhr auf und warf mir ein Kissen an den Kopf. »Blödmann! Ich schlage mir lieber auf Parties als auf Hinterhöfen mit bleihaltiger Luft die Nächte um die Ohren!«

»Klar. Deshalb bist du ja auch Klatschreporterin und keine Kriminaljournalistin.«

»Messerschaft kombiniert, Sherlock Holmes!« Sie drückte mir einen feuchten Kuß auf den Mund und verschwand dann trällernd unter der Dusche. Ich konnte den Blick kaum von ihrem vollendeten nackten Körper abwenden. Doch dann griff ich zum Telefon und kündigte im FBI-Gebäude mein baldiges Eintreffen an. Phil brauchte ich nicht abzuholen. Er würde von seiner Nachtwache im Bellevue Hospital direkt zum Dienst gehen. Armer Kerl. Aber es würde für uns alle eine harte Zeit werden, bis dieser Osmok endlich hinter Schloß und Riegel war.

Nach einem schnellen Frühstück brachte ich Marilyn in meinem Jaguar bei ihrer Redaktion vorbei und fuhr dann direkt weiter zur Federal Plaza. Auf meinem Schreibtisch lag eine Notiz. Ich sollte mich sofort nach Dienstbeginn bei Mr. High melden. Angelockt von dem verführerischen Duft von Helens Kaffee kam ich der Aufforderung gerne nach. Außerdem brannte ich darauf, die Ereignisse der Nacht mit meinem Chef und väterlichen Freund zu besprechen.

Die dunkelhaarige Sekretärin begrüßte mich so herzlich wie immer und brachte mir sofort eine Tasse hinterher, als ich das Büro des Special Agents in Charge betrat. Dort saß außer dem Chef selbst bereits ein reichlich verknittert aussehender Phil. Irgend etwas stimmte nicht mit meinem Freund. So niedergeschlagen kannte ich ihn überhaupt nicht.

»Guten Morgen, Sir«, sagte ich. »Guten Morgen, Phil. Ich hoffe, daß wir im Fall des Königskillers diese Nacht ein gutes Stück weitergekommen sind.«

Mr. High nickte bedächtig. Mein Freund schlug die Augen nieder.

»Es gibt viele neue Elemente«, stimmte mir Mr. High zu. »Beginnen Sie am besten, noch einmal die Fakten aufzuzählen, die Sie zusammengetragen haben, Jerry.«

»Ich habe in der vergangenen Nacht Osmoks rechte Hand kennengelernt«, begann ich. »Ein Mann, der auf den Namen Merat hört. Er scheint ostasiatischer Herkunft zu sein. Der Bursche hat die Statur eines Riesen. Außerdem ist es mir gelungen, durch ein Fernseh-Interview Osmok aus der Reserve zu locken. Wir konnten seinen Leuten eine Falle stellen und haben mehrere von seinen Kreaturen festnehmen können.«

»Was Osmok selbst angeht, hat der Computercheck in den FBI-Datenbanken nichts erbracht«, sagte Mr. High. »Aber Sie sollten trotzdem auch den Namen Merat durch das System laufen lassen. Wir können auch über Interpol prüfen, ob es in anderen Ländern eine Fahndungsakte von ihm gibt.«

Ich machte mir eine Notiz. »Selbstverständlich, Sir.«

»Ich habe auch etwas Neues herausgefunden«, würgte Phil hervor. »Ich habe es Mr. High schon berichtet. Diese Frau, mit der ich mich verabredet habe ... Loretta La Salle. Sie ... sie gehört zu Osmoks Leuten.«

Sein letzter Satz gab mir einen Stich. Ich hatte wohl bemerkt, wie verliebt mein Freund in sie gewesen war. Armer Phil.

»Die im Tiefschlaf gestammelten Worte von Keiko Sakurai lassen keinen anderen Schluß zu«, erzählte er weiter. »Dieses verdammte Miststück ist auf mich angesetzt worden. Sie ... sie sollte unsere Arbeit sabotieren. Und ... und sie sollte die Freundschaft zwischen dir und mir zerstören.« Phil machte eine lange Pause. »Fast wäre es ihr auch gelungen«, fügte er kaum hörbar hinzu.

»Es ist ihr aber nicht gelungen«, sagte Mr. High sanft. »Machen Sie sich keine Vorwürfe, Phil. Sie sind reingelegt worden. Das hätte jedem von uns passieren können. Wir haben jetzt einen ungeheuren Vorteil, den wir nutzen sollten.«

»Welchen denn?« murmelte Phil.

»Wir wissen dank Keiko Sakurai, daß Loretta La Salle eine Agentin von Osmok ist. Aber die Verbrecherorganisation hat keine Ahnung davon, daß wir es wissen.«

Phil blickte auf. »Sie meinen ...?

»Ich meine, daß Sie das Spiel zum Schein weiterspielen sollten, Phil. Wenn Sie das gefühlsmäßig verkraften. Überzeugen Sie Loretta La Salle davon, daß Sie sich mit Jerry zerstritten haben. Wir werden sehen, welchen Schritt Osmok dann als nächsten tun wird.«

»Das will ich gerne tun, Sir«, knirschte Phil. »Wir müssen diese Verbrecher hinter Gitter bringen – und zwar alle. Auch Loretta La Salle.«

»Gleichzeitig werden wir Informationen über diesen Merat sammeln«, ordnete Mr. High an. »Er ist der

Schlüssel zu Osmok, denke ich. Wenn wir ihn finden, dann haben wir auch seinen Herrn. Drittens müssen wir abwarten, was die Befragungen von Osmoks Komplizen bringen, die in der letzten Nacht verhaftet worden sind. Unsere Verhörspezialisten haben bereits heute morgen mit ihrer Arbeit begonnen.«

»Osmok wird durch unsere Aktionen der letzten Nacht sehr wütend sein«, gab ich zu bedenken. »Es besteht die Gefahr, daß er durchdreht.«

Mr. High nickte ernst. »Er macht nun Fehler, aber dadurch wird er nicht weniger gefährlich. Sie und Phil konzentrieren sich auf die Bewachung von Imis V. Er ist als nächstes Opfer des Königskillers vorgesehen. Osmok wird versuchen wollen, seine Schlappen wieder auszubügeln.«

Bevor wir nach Harlem abdampften, um unsere Kollegen im Haus des Kaisers von Botumbo abzulösen, fütterten Phil und ich noch unsere Computer, die an das US-weite FBI-Netz angeschlossen sind. Wir suchten den Namen Merat im National Crime Information Center und im Organized Crime Information System, außerdem gab Phil eine Suchmeldung für Interpol – ebenfalls per Datenfernübertragung – raus.

Mein Freund übertraf sich selbst an Diensteifer. Es war, als wollte er etwas wiedergutmachen.

Ich klopfte ihm auf die Schulter. »Tut mir leid, das mit deiner Loretta. Aber das hätte mir genausogut passieren können.«

»Meinst du?« antwortete er geknickt.

»Natürlich. Überleg doch mal. Wo hat sie dich aufgegabelt? Vor dem Tatort, den wir untersucht haben. Vor dem Haus des Königs von Palukkanien. Dort haben wir uns getrennt. Ich habe den Wagen genommen und du ein Yellow Cab. Wenn ich mir ein Taxi gerufen hätte, hätte es mich erwischt.«

Phil stutzte. »So habe ich das noch gar nicht gesehen.«

»Nur daß ich nicht auf eine Frau mit einem Duschgel-Namen reingefallen wäre!« betonte ich.

Wir sahen uns an – und brachen beide in befreiendes Lachen aus.

Das Haus von Imis V. lag friedlich am Rand der Amsterdamer Avenue. Die Nacht war ohne Zwischenfälle verlaufen. Der alte und ehrwürdige Marshall Amam empfing uns. Auf einem Wink von ihm eilte ein Diener mit Teegläsern auf einem kostbaren alten Kupfertablett herbei.

»Ich hoffe, Sie hatten eine gute Nacht?« fragte uns Amam.

»Eine arbeitsreiche Nacht«, erwiderte ich und nahm eins der Gläser, in das ich ein riesiges Stück Zucker fallen ließ. Kaffee wäre mir zwar lieber gewesen, aber ich wollte nicht unhöflich sein. »Hat Seine Majestät ebenfalls gut geschlafen?«

»Unser Kaiser ist ein Nachtmensch.« Der Marshall seufzte. »Er hat bis in die frühen Morgenstunden über Pläne für die diesjährige Botumbo-Parade gebrütet. Erst von einer Stunde ist er ins Bett gegangen.«

»Ich weiß nicht, ob die Parade bei der momentanen Situation eine so gute Idee ist«, warf Phil ein.

Marshall Amam sah ihn an. »Mr. Decker, es ist völlig unmöglich, die Parade abzusagen. Das wäre ein Triumph für diesen Verbrecher im Präsidentenpalast von Botumbo, den wir ihm auf keinen Fall gönnen werden!«

»Wir dachten an die Sicherheit Seiner Majestät«, betonte ich.

»Ich weiß, daß Sie nur das Beste im Sinn haben«, gab der alte Marshall mit einem gewinnenden Lächeln zurück. »Aber kann es einen besseren Schutz geben als den der amerikanischen Bundespolizei – des FBI? Seine Majestät fühlt sich unter Ihrer Aufsicht absolut sicher.«

Darauf konnten wir nichts mehr erwidern. Im Grunde hatte Amam auch recht. Die Parade abzusagen, würde bedeuten, die Angst vor Osmok öffentlich einzugestehen. Und das konnten wir uns nicht erlauben. Nicht nach dem, was letzte Nacht gewesen war.

Ich seufzte. »Also gut, Marshall Amam. Sie haben uns überredet. Dann möchten wir aber möglichst viel über die Parade wissen. Jede Einzelheit kann uns bei unserer Arbeit helfen.«

»Sehr gerne«, erwiderte der würdevolle Weißbart. »Die Botumbo-Parade ist eine Tradition, die es schon vor der Kolonialherrschaft gegeben hat. Seit wir in New York im Exil sind, haben wir sie sozusagen dem amerikanischen Geschmack ein wenig angepaßt. Aber im Kern ist es immer noch uraltes Botumbo-Brauchtum. Als erstes ...«

In diesem Moment wurde die Tür aufgerissen. Der Diener von vorhin stürzte herein und rief etwas in einer fremden Sprache.

Amam fuhr von seinem Sessel hoch, als wäre er von einem Skorpion gestochen worden.

Marilyn Roundtree war von Jerry Cotton beim ›New York Gossip‹ abgesetzt worden, und sie hatte heute viel zu tun. Auf ihrem Schreibtisch stapelten sich die Einladungen zu Parties, Restauranteröffnungen, Kunstausstellungen, Botschaftsempfängen und anderen gesellschaftlichen Ereignissen. Wer im öffentlichen Leben der Ostküsten-Metropole stand, riß sich um die Klatschkolumnistin. Denn wenn sie wohlwollend über ein Ereignis schrieb, war das eine ganz besondere Auszeichnung.

Doch die attraktive Blondine war mit den Gedanken nicht so recht bei der Sache. Mit fliegenden Fingern trennte sie die Einladungen in solche, die sofort in den Papierkorb wanderten und andere, die sie vielleicht annehmen würde. Jerry Cotton ging ihr nicht aus dem Kopf. Außerdem war da noch dieser Anruf, den sie unbedingt erledigen mußte.

Der rote Hosenträger kam angeschleimt. Immerhin hatte er sich an diesem Morgen rasiert. »Da hat dein G-man mir ja einen schönen Streich gespielt mit dieser Ratte. Ich habe dich heute nacht im Fernsehen gesehen, Marilyn-Baby. Ich muß leider sagen, als Gangsteropfer machst du keine gute Figur.«

»Ich bin ja auch kein Opfer«, erwiderte die Journalistin spitz. »Wie du siehst, erfreue ich mich bester Gesundheit, lieber Bruno.«

»Manche Leute tun eben alles, um im Licht der Öffentlichkeit zu stehen!« schnappte der Hosenträger und zog sich dann beleidigt an seinen Computer zurück. Marilyn Roundtree atmete auf. Sie hatte momentan wirklich keinen Sinn für beleidigte Kollegen.

Gerade wollte sie den Telefonhörer abnehmen, um ihren Anruf zu erledigen, als der Redaktionspage herbeistürzte und sie zum Chefredakteur beorderte.

Der selbsternannte Jüngling hockte in seinem verglasten Büro und hatte den Blick auf einen Fernsehschirm geheftet, über den ununterbrochen Videoclips mit Teenager-Pop flimmerten.

»Guten Morgen, Miss Roundtree. Ich höre ja schöne Sachen über Sie!«

»Haben Sie ›New York Tonite‹ gesehen, Sir?«

»Selbstverständlich! Wußten Sie nicht, daß die Sendung bei jungen Leuten absoluter Kult ist? Jedenfalls möchte ich in Zukunft nicht, daß Mitarbeiter im Fernsehen erscheinen, ohne das vorher mit der Redaktion abzustimmen.«

»Aber ich war ja nicht als Gossip-Journalistin zu Gast, sondern als Opfer von diesem Osmok.«

»Opfer, Opfer!« schnarrte der Chefredakteur. »Ich kann ja verstehen, daß Ihnen Ihr Ruhm als Star-Kolumnistin etwas zu Kopf steigt, Miss Roundtree, aber finden Sie nicht, daß diese Opfergeschichte ein bißchen reichlich dick aufgetragen ist?«

Marilyn dachte an all die Schrecken, die sie in der vergangenen Nacht erlebt hatte, und biß die Zähne zusammen. Sie drehte sich um und ging zur Tür. Einfach so.

»Reißen Sie sich zusammen!« rief der Chefredakteur hinter ihr her. »Unsere jungen Leser haben ein gutes Gespür für falsche Eitelkeiten!«

Das kann nicht sein, dachte sie. Denn dann würden sie ›New York Gossip‹ nicht mehr kaufen, seit du Idiot dich auf deinem Chefsessel breitmachst!

Komme ich nun endlich zu meinem Anruf? fragte sich die Journalistin, als sie ihren Arbeitsplatz wieder erreicht hatte. Doch als sich ihre Hand dem Telefon näherte, schrillte der Apparat los.

Sie nahm ab.

»Halloooo ...«

»Marilyn? Hier ist Jerry. Ich wollte kurz anrufen, bevor ich zum Haus von Imis V. fahre.«

»Das ist lieb. Sehen wir uns heute abend?«

»Nichts lieber als das. Ich weiß noch nicht genau, wann meine Schicht hier zu Ende ist. Kann ich dich noch mal anrufen?«

»Jederzeit, Darling. Aber im Moment habe ich etwas Druck. Die Redaktionskonferenz ...«

»Verstehe, Marilyn. Ich muß auch los. Phil scharrt schon mit den Hufen. Bis dann.«

»Bis dann.«

Marilyn Roundtree legte nur kurz auf, nahm den Hörer sofort wieder ans Ohr und wählte eine New Yorker Nummer.

»Hallo? Hier bin ich.« Sie dämpfte ihre Stimme. »Ich wollte nur sagen, daß wir uns keine Sorgen zu machen brauchen. Es läuft alles so, wie wir es geplant haben. Nein, keine Schwierigkeiten. Mit Jerry Cotton? Habe ich im Griff. Es wird sich alles zum Guten wenden. Ich melde mich wieder rechtzeitig.«

Phil und ich rasten die Treppe zum Schlafgemach von Imis V. hoch. Der Diener lief uns voran. Er stieß die Tür auf. In der Mitte des Raumes stand ein großes Himmelbett. Auf dem Fußboden links und rechts davon lagen Leopardenfelle. Hinter dem Ruhelager an der Wand hing ein riesiger Schild mit dem Kaiserwappen von Botumbo, dazu zwei gekreuzte Speere. Alles sah sehr afrikanisch aus. Bis auf das Krimi-Taschenbuch, das auf dem Nachttisch lag. Wenn die Situation nicht so ernst gewesen wäre, hätte ich das komisch gefunden.

Panische Reaktionen halfen uns nicht weiter. Nun war kühles Denken gefordert. »Erzählen Sie genau, was passiert ist!« bat ich den Diener.

»Ich bin leise ins Zimmer getreten, weil ich lüften wollte«, antwortete der Mann aufgeregt auf Amerikanisch. »Seine Majestät schläft so schlecht, wenn er vergessen hat, das Fenster hochzuschieben. Also bin ich hereingekommen und ... und ... sein Bett war leer!«

Die Bettdecke war zurückgeschlagen, das Laken zerwühlt. Der Kaiser mußte also schon im Bett gewesen sein, bevor er verschwunden war.

»Was ist mit den Fenstern?« schaltete sich Phil ein.

»Die waren geschlossen«, antwortete der junge Schwarze. »Da bin ich absolut sicher.«

Ich ging hinüber zur Fensterfront. Es handelte sich um die üblichen amerikanischen Fabrikate, die man nach oben schieben konnte. Ich tat es und streckte den Kopf hinaus. Ungefähr zehn Yards entfernt befand sich die Außenmauer des nächsten Hauses. Es gab eine Feuertreppe. Und unten an der Feuertreppe war einer der Männer aus Imis' Leibwache postiert.

»He!« rief ich dem Mann zu, der dort mit verschränkten Armen die Augen offenhielt. »Ist Ihnen in der letzten Stunde was aufgefallen? War jemand da?«

»Niemand, G-man!« rief er zurück. »Wer sich der Feuertreppe nähert, kriegt es damit zu tun!« Und er zeigte mir stolz seinen armdicken Gummiknüppel, der an seinem Gürtel befestigt war. Eine Pistole hatte die Wache auch noch.

»Wenn der Posten nicht lügt, kann der Kaiser also nicht über die Feuertreppe entführt worden sein«, sagte ich zu Phil. »Ich will mal was ausprobieren.«

Und ich kletterte hinaus auf den Absatz der Eisentreppe. »Mach das Fenster zu«, bat ich meinen Freund. Er tat es. Ich versuchte, den Rahmen von außen hochzuschieben. Es ging nicht, jedenfalls nicht mit bloßen Händen. Ein Werkzeug würde es natürlich schaffen. Doch ein Messer oder ein Stemmeisen hätte Spuren im Holz hinterlassen, aber da waren keine.

Ich gab ein Zeichen, und Phil ließ mich wieder rein. »Dann also durch die Tür zum Flur«, folgerte ich. »Es sei denn, es gibt noch eine Geheimtür!«

Der Diener grinste wehmütig und ließ dabei zwei Reihen strahlend weißer Zähne sehen. »So etwas haben wir hier nicht. Ihnen mag hier manches sehr fremd vorkommen, aber dies ist eigentlich ein ganz normales New Yorker Haus.«

»Ein Haus, in dem ein Kaiser spurlos verschwindet«, murmelte Phil.

»Steht eigentlich eine Wache direkt vor der Tür?« erkundigte ich mich.

Der Diener schüttelte den Kopf. »Nein. Unsere Leute patrouillieren durch das ganze Haus, bewachen die Außentüren und die Feuerleiter. Aber Seine Majestät möchte nicht, daß jemand direkt vor seinem Schlafzimmer steht. Er sagt, daß er sich dann vorkäme wie ein Gefangener.«

Mir kam noch eine andere Idee. »Ich will nicht indiskret sein, aber warum schläft Imis V. nicht mit der Kaiserin in einem Bett?«

Der Diener schabte mit dem Fuß auf dem Boden. »Nun ... äh ... Seine Majestät ist nachts oft auf, berät sich in der Bibliothek mit seinem Hofstaat. Und die Kaiserin schätzt es nicht, wenn ihr Gemahl spät ins Bett kommt. Dann wacht sie auf und kann nicht wieder einschlafen. Deshalb benutzt unser Kaiser dieses Einzel-Schlafzimmer, wenn er lange gearbeitet hat.«

»Verstehe«, sagte ich. »Aber ich möchte jetzt trotzdem gerne die Kaiserin befragen.«

Danu war eine schöne Frau mit einer etwas helleren Haut als ihr Mann. Sie erschrak, als sie vom Verschwinden Imis V. hörte. Der Diener war zuerst zum Marshall gelaufen, um die Nachricht zu verbreiten.

»Ich habe ihn seit gestern abend nicht mehr gesehen!« rief sie aufgeregt. »Er wollte wieder nachts arbeiten. Ist er ... hat er ... hat dieser Osmok ...?« Sie brach ab.

»Noch wissen wir nichts«, beruhigte ich sie. »Alles kann nur Zufall sein. Wir müssen herausfinden, ob er das Haus überhaupt verlassen hat.«

»Was ist mit dem Keller?« wandte sich Phil an den Diener.

»Es gibt keinen Keller. Schon vor Jahren hat Seine Majestät das Kellergeschoß mit Beton ausgießen lassen, damit sich keine unerwünschten Besucher durch die Kanalisation einschleichen können.«

»Und was ist mit dem Dachboden?« wollte ich wissen.

Der junge Mann machte eine hilflose Bewegung. »Keine Ahnung, ob man von außen dort eindringen kann.«

»Das werden wir schnell herausfinden«, meinte ich. Der Diener führte uns zu einer schmalen Treppe. Über die ging es zum Speicher. An ihrem oberen Ende befand sich eine große Falltür. Und die stand weit offen!

Ich bedeutete dem Diener, zurückzubleiben. Phil verstand meine Geste richtig und zog seine SIG. Ich hatte ebenfalls schon meine Dienstwaffe aus dem Gürtelholster gezogen.

Vorsichtig steckte ich den Kopf durch die Luke. Auf dem Dachboden herrschte Halbdunkel. Ansonsten war der Blick durch jede Menge Gerümpel verstellt. Das war im Haushalt dieses afrikanischen Kaisers nicht anders als bei jedem durchschnittlichen Amerikaner.

Fast lautlos glitten wir in das Dämmerlicht, innerlich angespannt wie Sprungfedern.

Da ertönte plötzlich ein leises Zischen.

Instinktiv duckte ich mich.

Direkt neben meinem Kopf blieb ein Messer zischend in einem Holzbalken stecken.

Ich wirbelte herum und wollte schon feuern, als Phil meinen Arm gewaltsam hinunterdrückte.

»Nein, Jerry! Sieh nur!«

Und ich sah ihn. Ich sah Kaiser Imis V. auf unsicheren Beinen auf uns zuwanken. Er war mit einem blütenweißen Nachthemd bekleidet. Von seiner Position aus hatte mein Freund ihn einen Moment früher gesehen als ich. Was für ein Glück. Sonst hätte ich sicherlich geschossen.

»Er schlafwandelt!« wisperte Phil.

Tatsächlich. Der Monarch bewegte sich wie eine Traumgestalt. Seine Augen waren weit aufgerissen, aber er sah uns offenbar nicht. Er sah nur innere Bilder. Und die hatten ihn offenbar so erschreckt, daß er mit einem Messer geworfen hatte.

Ich untersuchte die Waffe genauer. Es war ein Jazmaz, die traditionelle Stichwaffe aus Botumbo. Seine Majestät hatte schon in der Bibliothek bewiesen, wie gut er damit umgehen konnte.

Mir fiel ein Stein vom Herzen. Kein Entführer weit und breit zu sehen.

»Wir schaffen ihn wieder ins Bett!« flüsterte ich meinem Freund zu. »Aber ganz vorsichtig. Man darf einen Schlafwandler auf keinen Fall wecken, sonst bekommt er einen riesigen Schreck.«

Der Killer kam auf leisen Sohlen. Im Arztkittel und mit dem gefälschten Mitarbeiterausweis des Bellevue Hospital konnte sich Moss Frederick auf allen Stationen und Gängen des Krankenhauses herumtreiben, ohne Aufsehen zu erregen.

Mit seinem kantigen Kinn, den blauen Augen und der breitschultrigen Figur wirkte er auf den ersten Blick wie der Traum-Schwiegersohn der meisten amerikanischen Mütter. Vor allem in seinem Arztkittel. Nur wer ihn genauer betrachtete, bemerkte das mordgierige Glitzern in seinem Blick. Hier kam ein Mann, der für Geld tötete. Und der seinem Herrn Osmok bedingungslos ergeben war.

Fredericks Füße steckten in Schuhen mit weicher Sohle. Bestens geeignet, um absolut lautlos aufzutreten. So lautlos wie der Würgedraht, den er in seiner linken Kitteltasche mit sich führte. Und wenn es hart auf hart kam, konnte er mit diesen Schuhen blitzschnell weglaufen. Seinerzeit auf der Highschool war er Schulmeister über eine Viertelmeile gewesen. Das war lange her. Seitdem war es mit ihm bergab gegangen. Nicht finanziell, aber moralisch. Fast noch wichtiger als das Geld war es ihm, Osmok treu dienen zu dürfen. Er war diesem Mann hörig.

Auf der Intensivstation mußte er die übliche grüne Kluft anlegen, die die Patienten vor eingeschleppten Bakterien schützen sollte.

Vor der Tür von Keiko Sakurai waren immer noch zwei Männer von der Bellevue Security postiert. Breite Kleiderschränke, mit denen sich Moss Frederick lieber nicht anlegen wollte. Aber das war auch nicht nötig. Die verräterische Nachtschwester hatte ihm heimlich eine Verbindungstür aufgeschlossen, die es zwischen dem Zimmer der schwerverletzten Japanerin und dem nächsten Patientenzimmer gab. Genauer gesagt: Die beiden Räume hatten dasselbe Bad, das von zwei Seiten her betreten werden konnte.

Lautlos wollte der falsche Arzt in das benachbarte Zimmer schlüpfen, als ihn einer der Security-Leute anrief: »Hallo, Doc!«

Der Killer erstarrte innerlich zu Eis. Sein Adrenalinspiegel schoß hoch, aber äußerlich blieb er gelassen und freundlich. »Ja? Was ist denn?«

»Arbeitet Doc Olafsen heute auch auf der Station? Wissen Sie das zufällig?« Die Wache, ein riesiger Schwarzer, trat auf Osmoks Mann zu.

»Jaaaa ...«, dehnte Frederick, ohne zu wissen, ob er sich um Kopf und Kragen redete. »Ich glaube, er steht auf dem Dienstplan. Warum?«

»Er führt doch die Liste für unsere Wohltätigkeitsveranstaltung. Ich möchte auch gern zehn Dollar beisteuern.« Der farbige Wächter grinste.

»Ja, die Wohltätigkeitsveranstaltung«, wiederholte der Killer. »Das ist kein Problem. Ich glaube, daß mein Kollege Olafsen heute nachmittag Dienst hat!«

»Dann bin ich auch noch hier«, sagte der Sicherheitsmann und kehrte auf seinen Posten zurück.

Langsam stieß Moss Frederick die Luft aus seinen Lungen. Dieser Wächter hatte ihm zwar direkt gegenübergestanden, aber was hatte er schon gesehen? Einen Mann mit Mundschutz, Kappe und Arztkittel. Keine sehr gute Beschreibung für eine Großfahndung, wie sich der Killer selbst beruhigte. Er drehte die Klinke und trat in das Patientenzimmer.

Ein Blick auf das Bett reichte, um zu checken, daß der neunundachtzigjährige halbblinde Mann, der dort an den Schläuchen hing, ebenfalls keinen guten Augenzeugen abgeben würde. Er hatte noch nicht mal bemerkt, daß jemand ins Zimmer gekommen war. Röchelnd atmete er aus und ein.

Die Osmok-Kreatur glitt in das Badezimmer. Mit zwei Schritten war er an der anderen Tür und öffnete sie. Es klappte! Der Raum, vor dessen Tür die beiden Wachen standen, war relativ groß. Mitten im Zimmer stand das Bett von Keiko Sakurai. Wie der Killer von der Nachtschwester erfahren hatte, ließ der FBI die Osmok-Agentin nicht mehr durch einen G-man bewachen. Weshalb das so war, darüber konnte man in der Verbrecherbande nur mutmaßen. Vielleicht, weil Keiko im Koma schon zuviel geplaudert hatte? Ein Grund mehr, um sie endgültig zum Schweigen zu bringen ...

Gebückt und in höchster Alarmbereitschaft schlich Moss Frederick zum Bett der Patientin. Er mußte es leise machen, damit die Security Guards nichts mitkriegten. Und dann sofort wieder weg, raus aus der Intensivstation, raus aus dem Bellevue Hospital ...

Er sah die dunklen Haare der Frau, die auf dem weißen Kissen ausgebreitet waren. Ihr Körper war in eines der gepunkteten Engelshemden gehüllt, die allen amerikanischen Krankenhauspatienten verpaßt werden. Frederick spannte den Würgedraht zwischen seinen Händen. Langsam näherte sich der Draht ihrer Kehle.

Wie ein Eimer Eiswasser traf ihn der Schock, als plötzlich eine Faust unter der Bettdecke hervorschoß und ihn mitten zwischen die Augen traf. Keuchend taumelte er einen Schritt zurück. Der Killer wußte nicht, wer diese junge Frau war, die nun aus dem Bett sprang. Er wußte nur, daß es nicht Keiko Sakurai sein konnte. Man hatte ihn reingelegt!

Frederick konnte sich kaum von seiner Überraschung erholen, denn Annie Geraldo zog ihr linkes Bein an und rammte den Fuß mit einem markerschütternden Kampfschrei in seinen Magen. Die FBI-Agentin trug unter dem Nachthemd außer ihrer Unterwäsche noch eine leichte schußsichere Kevlar-Weste. Mr. High hatte damit gerechnet, daß ein Anschlag auf Keiko Sakurais Leben verübt werden sollte. Er hatte Annie beauftragt, sich in das Bett der Schwerverletzten zu legen. Niemand hatte etwas von dem Austausch gemerkt. Auch die verräterische Nachtschwester nicht.

Unter dem Kopfkissen hatte ›Miss Lee‹ noch ihre SIG Sauer liegen. Aber die würde sie nicht brauchen.

Der Killer wehrte sich instinktiv. Er war aufs Töten abgerichtet. Auf das Töten für Osmok. Cleverer wäre es gewesen, vor der FBI-Agentin zu fliehen. Aber die Vernunft hatte er längst ausgeschaltet. Deshalb versuchte er immer noch, seine Würgeschlinge um ihren Hals zu legen. Ihm hätte klar sein müssen, daß er keine Chance hatte.

Schon bei Annies Kampfschrei waren die beiden Wachen hereingestürzt. Sie wollten ihr zu Hilfe eilen, aber Annie pfiff sie zurück: »Stopp, Gentlemen! Diesen Onkel Doc werde ich höchstpersönlich verarzten!« Und schon duckte sie sich wieder unter der Schlinge weg, die er über ihren Kopf werfen wollte. Eine vernünftige Deckung hatte der Killer nicht aufgebaut. Annie rückte ihm auf den Leib und schoß aus kurzer Distanz zwei Dutzend fürchterliche Fauststöße mitten in sein Gesicht. Frederick jaulte auf.

Er brach in die Knie. Auf zum Bodenkampf! dachte Annie und stürzte sich erneut auf ihn. Die bulligen Sicherheitsleute sahen mit offenen Mündern zu, wie die zierliche Frau den falschen Arzt in den Schwitzkasten nahm und ihn mit ihren eisenharten Schenkeln umklammerte. Doch ein Blick in sein Gesicht zeigte, daß bei diesem engen Körperkontakt keine erotischen Gefühle bei ihm erwachten. Frederick fühlte sich, als würde er in einer Schrottpresse liegen. Der Würgedraht entglitt seinen kraftlos gewordenen Händen.

Ich kann nicht mehr! dachte er. Klatschend knallte er auf den Bauch, sein Kopf schlug auf den Fußboden. Er spürte nur noch, wie die Frau seine Arme auf den Rücken drehte und ihm Handschellen anlegte.

Fredericks Schädel brummte. Und er ertappte sich bei einem Gedanken, den er noch vor kurzem nie für möglich gehalten hatte: Gott sei Dank, es ist vorbei!

Als wir reichlich erschöpft im Haus des Kaisers von Botumbo abgelöst wurden, fuhren wir noch schnell zur Federal Plaza, um uns die Ergebnisse unserer am Morgen ausgelösten Computerfahndung anzuschauen.

Die FBI-Datenbanken hatten auch im Fall Merat nichts ergeben. Rein gar nichts. Dieser Mann war offensichtlich in den USA nie straffällig geworden oder sonstwie in Kontakt mit den Behörden geraten. Ein Phantom. Ein Nichts. Genau wie Osmok?

»Allmählich geht mir diese Geheimniskrämerei auf den Zeiger!« schimpfte Phil. »Können diese Burschen nicht wie ganz normale Gangster ein ganz normales Vorstrafenregister, Fingerabdrücke und allen Pipapo haben?«

»Leider nicht, mein Freund. Das macht ja die Fahndung nach diesen Killern so schwierig.«

»Du sagst es, Jerry!« Phil nahm einen großen Schluck Kaffee, den er sich auf dem Weg hierher aus dem Automaten gezogen hatte. Sein Gesichtsausdruck verdeutlichte das Geschmackserlebnis, denn er sah aus, als hätte er in eine Zitrone gebissen, aber dann rief er plötzlich: »Moment mal! Was ist denn das?«

Unter den negativen Computerausdrucken aus dem Zentralarchiv in Washington fanden sich noch einige Blätter mit dem Interpol-Emblem. Phil staunte Bauklötze. »Weißt du, was das hier ist?«

»Nein, aber du wirst es mir gleich sagen.«

»Eine Fahndung nach einem Kriminellen mit dem Tarnnamen Merat. Sein richtiger Name steht hier auch. Ein echter Zungenbrecher.«

»Wo kommt das her?«

»Von der ... warte mal ... was heißt das? Kriminalmiliz von Ulan Bator. Nie gehört.«

»Löst du keine Kreuzworträtsel, Phil? Ulan Bator ist die Hauptstadt der Mongolei.«

Das war das Stichwort. Wir sahen uns beide an, als hätte jemand ›Bingo!‹ gebrüllt.

»Mongolei, was?« freute sich mein Freund. »Denkst du, was ich denke, Jerry? Ein Mongole aus der Mongolei. Glück muß der Mensch haben. Mal sehen, was hier steht. Merat wird gesucht wegen bewaffnetem Raubüberfall, Schutzgelderpressung und Raubmord.«

»Klingt schon gar nicht mehr so geheimnisvoll. Eher schon wie ein ganz normaler amerikanischer Schwerkrimineller.«

»Und hier – eine Personenbeschreibung, in Meter und Zentimeter. Das muß ich erst mal umrechnen. Für mongolische Verhältnisse muß Merat ein wahrer Riese sein.«

»Nicht nur für mongolische«, murmelte ich. Schließlich hatte ich ihm Auge in Auge gegenübergestanden.

»Das Material ist ziemlich dürftig«, maulte Phil. »Allerdings gibt es hier noch ein Foto.«

Er reichte mir den Computerausdruck, und ein etwas jüngerer Merat sah mich mit stechenden Augen an. Der Kragen seines Hemdes schien zu einer mongolischen Gefängniskluft zu gehören. Ein vorbestrafter Gewohnheitskrimineller.

»Das ist unser Mann!« rief ich begeistert. »Jeder Zweifel ist ausgeschlossen.«

»Hier ist noch eine Telefonnummer der Kriminalmiliz von Ulan Bator angegeben«, bemerkte Phil. »Ein gewisser Leutnant Tschoj. Willst du dort anrufen? Du hast ja schließlich unseren Merat schon persönlich kennengelernt.«

»Wie wahr, wie wahr«, murmelte ich.

Wieviel Uhr war es eigentlich in der Mongolei, am anderen Ende der Welt?

Ich tippte eine endlos lange Nummer in meinen Apparat. Dann hörte ich, wie in Ulan Bator das Freizeichen erklang. »Hallo? Hier Special Agent Jerry Cotton, FBI New York. Ich arbeite an einem Interpol-Fall. Ist Leutnant Tschoj im Haus?« Leider sprach der Polizist am anderen Ende der Leitung nur Mongolisch. Aber immerhin schien er die Worte »FBI«, »New York«, »Interpol« und »Tschoj« verstanden zu haben. Jedenfalls hörte ich, wie sich schlurfende Schritte entfernten und eine laute Stimme nach Tschoj verlangte.

Ich wartete einige lange Minuten. Die Nebengeräusche der Verbindung flüsterten wie Geisterstimmen in mein Ohr. Dann nahm ein schwer atmender Mann den Hörer auf. »Leutnant Tschoj, Kriminalmiliz Ulan Bator!« Sein Englisch war hart und knorrig, aber ich konnte ihn verstehen.

»Hier Jerry Cotton, Special Agent vom FBI Field Office New York. Leutnant, ich habe hier ein Interpol-Hilfegesuch von Ihnen. Es geht um einen gewissen Merat ...«

»Haben Sie ihn?« keuchte der Mongole. »Entschuldigen Sie, daß ich so außer Atem bin. Aber ich komme gerade vom Übungsplatz. Habe die neuen Polizeianwärter ein bißchen gescheucht, hehehe ... Sie haben Merat erwischt? Ich hoffe, Sie haben dabei nicht allzu viele Verluste erlitten. Das ist ein sehr gefährlicher Mann!«

»Wir haben ihn nicht erwischt«, gestand ich. »Noch nicht. Er gehört hier in New York zu einer Bande, die Könige ermordet und ...«

»Könige?« unterbrach mich Leutnant Tschoj. »Ja, das paßt zu ihm. Er wollte immer schon etwas Besonderes sein. Hielt sich für den größten Kriminellen unseres Landes. War er wohl auch. Aber meine Kollegen und ich haben dafür gesorgt, daß ihm der Boden zu heiß wurde in der Mongolei!« Er lachte.

»Ich habe gehofft, daß Sie mir mehr über ihn sagen können, als in der Akte steht. Er arbeitet jetzt für einen gewissen Osmok. Merat ist sozusagen seine rechte Hand. Sagt Ihnen der Name etwas?«

»Osmok?« echote der Mongole. »Nein, nie gehört. Aber warten Sie ... das ist nichts Neues. Merat kommt sich so groß vor, aber richtig gut ist er immer nur als der zweite Mann. Er hat schon mal für so einen großen Verbrecherboß gearbeitet.«

»Wo war das?« hakte ich nach.

»Da war Merat schon aus der Mongolei geflohen. Es muß irgendwo im Kaukasus gewesen sein. In einer der neuen Republiken, die sich aus der ehemaligen Sowjetunion gebildet haben. Ich komme nicht auf den Namen ...«

»Können Sie das irgendwie in Erfahrung bringen, Leutnant Tschoj?«

»Da muß ich erst mal einen Polizisten in unseren Archivkeller schicken. Wir sind hier noch nicht so modern ausgerüstet wie Sie. Andererseits haben wir in Ulan Bator wahrscheinlich ein paar weniger Verbrecher als Sie in New York.«

»Wahrscheinlich.« Ich lachte. »Können Sie mir das Material rüberfaxen? Ich gebe Ihnen die Nummer ...«

Dann bedankte ich mich für die schnelle kollegiale Hilfe und legte auf.

Langsam zog sich das Netz zusammen.

Osmok schlug um sich wie ein verwundetes Raubtier. Es war, als müsse er seine Allmacht doppelt und dreifach beweisen, seit wir ihm einige empfindliche Niederlagen zugefügt hatten. Der mißglückte Mordversuch an Keiko Sakurai war uns Warnung genug. Meine Kollegen Steve Dillaggio und Zeerookah hatten es übernommen, für Marilyn Roundtree die ›Schutzengel‹ zu spielen. Allerdings hatten wir der Klatschreporterin nichts davon gesagt. Wir wollten nicht, daß sie sich überwacht fühlte. Denn Zeery und Steve sollten sie ja nicht kontrollieren, sondern nur darauf achten, daß ihr nichts zustieß.

»Da ist sie!« Der große schlanke Indianer stieß seinen italienischstämmigen Kollegen an, als die Klatschreporterin aus dem Portal des ›New York Gossip‹ trat. Sie schlenderte die Straße entlang. Es war um die Mittagszeit. Die FBI-Agenten nahmen deshalb an, daß sie sich irgendwo in der Nähe stärken wollte.

Marilyn hatte bereits zwei jener typischen New York ›Delis‹ links liegen lassen, die allerlei leckere Sandwiches für die hungrigen Büroangestellten von Manhattan bereithalten. Sie bog in einen Seitenstraße ab. Die G-men blieben ihr unauffällig auf den Fersen. Beschattung gehört zu den besonders anspruchsvollen Aufgaben unseres Jobs.

Noch schien die junge Frau nicht bemerkt zu haben, daß der FBI ein wachsames Auge auf sie hielt. Die Kerle, die plötzlich einen verschrammten Ford an den Rinnstein lenkten, schienen auch ahnungslos. Sonst hätten sie – so mußte man annehmen – nicht das getan, was sie nun durchführten.

Der Fahrer blieb hinter dem Lenkrad sitzen, ließ den Motor laufen. Der Typ auf dem Beifahrersitz und ein dritter aus dem Fond sprangen auf den Bürgersteig und packten die Blondine.

Ihre Hand fuhr in die Handtasche, umklammerte eine Pistole. Aber es war zu spät. Der Beifahrer hatte ihr schon das Handgelenk verdreht.

In diesem Moment war Zeery bereits heran, und seine Faust explodierte auf dem Kinn des Ganoven.

Die beiden Special Agents waren sofort durchgestartet, als sie den Ford herannahen sahen. Vielleicht war es Instinkt, vielleicht auch mehr, jedenfalls zweifelte keiner von beiden daran, daß sie es mit Osmoks Leuten zu tun hatten.

»FBI!« rief Steve Dillaggio und stellte sich schützend vor die Klatschreporterin. Der andere Osmok-Mann hatte plötzlich ein Messer in der Hand. Steve riß den Arm hoch und umklammerte die Klinge mit seinen Fingern. Marilyn Roundtree schlug die Hand vor den Mund. Sie glaubte, daß sich der G-man nun die Finger zerschneiden lassen müßte. In dem Trubel war ihr entgangen, daß unser Kollege schnell seine Anti-Messer-Handschuhe angelegt hatte, als er die Klinge des Attentäters hatte aufblitzen sehen. Das Innenfutter dieser Handschuhe besteht aus elastischer Metallfaser, aber äußerlich sind sie von normalen Lederhandschuhen nicht zu unterscheiden.

Der Osmok-Mann wunderte sich jedenfalls nicht wenig, als Steve Dillaggio das scharfe Messer keineswegs losließ, sondern unerbittlich zur Seite drehte, und dann versetzte er dem Kriminellen einen fürchterlichen Kopfstoß gegen das Kinn.

Der Gegner taumelt zurück. Der Special Agent setzte nach, ohne das Messer freizugeben. Er machte sich den unsicheren Stand des Osmok-Komplizen zunutze und trat ihm gegen das Knie, so daß der Kerl zu Boden ging. Dort hätte sich Steve gerne weiter mit ihm beschäftigt, aber nun eröffnete der Fahrer das Feuer.

Unser Kollege warf sich flach auf den Bauch und griff nach seiner SIG.

Inzwischen war Zeery mit dem anderen Verbrecher fertiggeworden. Bei einem kurzen Faustkampf hatte Osmoks Kreatur ganz schön Federn lassen müssen. Er taumelte zurück, während ihm das Blut aus der Nase lief.

Der Revolver des Fahrers schwenkte herum. Der indianische G-man suchte mit den Augen nach der Klatschreporterin. Aber die hatte sich geistesgegenwärtig zu Boden geworfen.

»Rückzug!« brüllte der Mann am Lenkrad. Er ließ den Motor aufheulen. Seine beiden Kumpane hatten von den Special Agents ganz schön Prügel bezogen. Ziemlich lädiert ließen sie sich in die Polster des Autos fallen. Die Türen klappten, und der Wagen schoß mit einem großen Satz nach vorn.

Steve Dillaggio feuerte auf die Hinterreifen. Mehr konnte er nicht riskieren, ohne andere Verkehrsteilnehmer zu gefährden. Zeery erhob sich vom Gehsteig und klopfte den Staub von seinem maßgeschneiderten Anzug aus bestem schottischem Hochland-Tweed. Er sah damit aus wie ein englischer Lord. Das einzige Laster unseres indianischen Kollegen ist seine Vorliebe für exklusive Kleidung. Zu schade, daß sie oftmals im Kampf mit rücksichtslosen Ganoven ruiniert wird. Doch diesmal schien nichts passiert zu sein, was eine gute Reinigung nicht ausbügeln konnte.

Die beiden G-men verzichteten auf eine Verfolgung von Osmoks Abgesandten. Ihr Job bestand darin, Marilyn Roundtree zu beschützen. Trotzdem gab Steve per Handy einen Fahndungsruf an die FBI-Zentrale durch. Er gab sich allerdings keinen großen Illusionen hin. Der Ford war vermutlich gestohlen und würde innerhalb der nächsten zwei Stunden ohne seine Insassen von irgendeinem Patrolcar auf irgendeinem Supermarkt-Parkplatz aufgefunden werden.

»Vielen Dank, Gentlemen«, sagte Marilyn und riß ihren mißvergnügten Blick von einer Laufmasche los, die sich unter ihrem Minirock emporgearbeitet hatte. »Könnte es sein, daß Sie nicht gerade zufällig einen Schaufensterbummel gemacht haben?«

Zeery griente. »Wir bekennen uns schuldig, Miss Roundtree. Aber es war nicht unsere Idee. Mr. High hat uns die Anweisung gegeben, Sie gegen mögliche Angriffe abzuschirmen.«

»Und das ist Ihnen ja auch gelungen«, kommentierte die Reporterin und bückte sich nach der kleinen Glock, die ihrer Hand entfallen war. »Da Sie nun aus Ihrer Deckung heraustreten mußten, könnte ich Sie ja eigentlich zur Belohnung zum Mittagessen einladen, oder? Es gibt da eine kleine kolumbianische Garküche in dieser Straße. Der Schrecken aller Diätberater, sage ich Ihnen!«

Die Kamera fuhr näher an Loretta La Salle heran. Die dunkelhaarige Schönheit warf ihre langen Haare zurück und ließ langsam die fast durchsichtige Robe von ihren milchweißen Schultern gleiten. Sie stand inmitten eines Salons, der im Renaissance-Stil eingerichtet war. Die Balkontüren hinter ihr standen weit offen. Links von ihrem Kopf konnte man ganz deutlich die weltbekannte Kirche Notre Dame sehen, eines der Wahrzeichen von Paris.

Doch keiner der männlichen Betrachter dieses Films hätte wohl in diesem Moment Augen für das berühmte Bauwerk gehabt. Denn Loretta drehte nun ihren Luxuskörper vollends der Kamera zu, und man sah ihre Brüste, ihre aufregenden Hüften und ihre langen Beine. Bekleidet war sie nur noch mit einem schwarzen Spitzenbody.

Ein Schriftzug wurde eingeblendet. »Modern Night Wear«. Eine weibliche Stimme sagte: »Die Modern Night Wear Collection. Beliebt nicht nur in Paris.«

Die echte Loretta La Salle drückte auf einen Knopf der Fernbedienung, und der Videorecorder stoppte. Sie saß auf einem Ledersofa in ihrem Apartment. Direkt neben ihr hockte Phil. Er spielte den verliebten Gockel. Wenn er auch dieser Frau inzwischen die Pest an den Hals wünschte. Aber er tröstete sich mit dem Gedanken, daß er hier war, um Osmok zu fangen. Und aus keinem anderen Grund.

»Hat es dir gefallen?« hauchte sie und ließ ihre Zunge in sein Ohr gleiten.

»Ganz phantastisch«, heuchelte Phil. »Du bist wirklich eine hervorragende Schauspielerin.« Und ich bin ein hervorragender Schauspieler, fügte er in Gedanken hinzu. Jedenfalls, wenn du immer noch glaubst, daß ich in dich verliebt wäre und wegen dir meinen Freund Jerry verraten würde!

Die dunkelhaarige Sexbombe war sichtlich geschmeichelt. »Meinst du wirklich? Es ist ja nur ein Werbespot für eine neue Wäschemarke.«

»Ja schon. Aber du legst soviel ... soviel Ausdruck in deine Bewegungen.« Der blonde G-man kam sich allmählich albern vor. Aber Osmoks Agentin schien seine Komplimente zu schlucken.

»Eigentlich hast du recht. Auch mit kleinen Rollen kann man zeigen, was in einem steckt.«

»Auf jeden Fall, Loretta-Darling. Bist du eigentlich für das Video wirklich nach Paris geflogen?«

Ihre Augen leuchteten auf. »Ja, ist das nicht toll? Die Dreharbeiten haben eine ganze Woche gedauert. Das Zimmer in dem Video ist übrigens die Fürstensuite eines Pariser Fünf-Sterne-Hotels. Sie ...«

Phil seufzte auf. »Das war jetzt das falsche Stichwort.«

Loretta La Salle wurde hellhörig, tat aber ganz unschuldig. »Was ist denn, Darling? Habe ich etwas Falsches gesagt?«

Phil machte eine abwehrende Handbewegung. »Du kannst nichts dafür, Loretta. Es ist nur ... ich habe im Moment soviel Ärger bei meinem Job.«

Sie massierte ihm mit ihren feingliedrigen Fingern den Nacken, während sie innerlich platzte vor Neugierde. »Du brauchst nicht darüber zu sprechen. Ich habe mich damit abgefunden, daß deine FBI-Arbeit für mich geheim bleiben muß ...«

»Ich will aber reden!« rief Phil plötzlich aus. Er versuchte, seine Rolle so gut wie möglich zu spielen. »Diese Fürstensuite erinnert mich an eine harte Nuß, an der ich gerade knacke. Hast du von dem Mord an Grigori III. gehört?«

»Dem König von Palukkanien?« Osmoks Agentin bemühte sich, ganz die Unbedarfte zu spielen. »Sicher, das ging doch durch alle Medien.«

»Hinter dem Anschlag steckt ein gewisser Osmok.« Phil klang so, als sei er sich noch unsicher, ob er mit der Sprache herausrücken durfte. »Ich weiß wirklich nicht, ob ich dir das erzählen soll ... Aber mit wem kann ich denn sonst reden? Mit meinem sogenannten Freund Jerry Cotton bestimmt nicht!«

»Vertraue mir«, schnurrte Loretta La Salle zuckersüß. »Hattest du Ärger mit Jerry?«

»Ärger?« Phil schnaubte wütend. »Das kann man wohl sagen! Wir sind Partner im Dienst, mußt du wissen. Aber er läßt mich immer die Drecksarbeit machen. Und er selber pickt sich nur die Rosinen raus. Und gestern habe ich endlich mal die Karten auf den Tisch gelegt!«

»Hat das was mit diesem ... Ormok zu tun?« fragte die Dunkelhaarige unschuldig.

»Osmok heißt dieser Verbrecher, Darling. Ja, es hat mit ihm zu tun. Es fällt mir nicht leicht, das einzugestehen, aber wir kommen einfach nicht weiter mit unseren Ermittlungen.«

»Ist Osmok denn so raffiniert?«

»Allerdings! Wir konnten seine Komplizin verhaften. Sie hat dann versucht, Selbstmord zu begehen. Nun liegt sie in einem tiefen Koma. Wir hoffen, daß ihr vielleicht ein paar Worte entgleiten. Aber bisher waren ihre Lippen versiegelt.«

Loretta atmete innerlich auf. Das würde ihren Herrn beruhigen!

Phil fuhr fort: »Aber sogar in einem bewachten Zimmer im Bellevue Hospital ist sie nicht sicher! Osmok hat ihr einen Killer geschickt. Den konnten wir immerhin festnehmen, aber er ist stumm wie eine Auster.« Auch das war eine glatte Lüge. Moss Frederick wurde im Verhör langsam, aber sicher weichgekocht. Das Problem bei ihm war nur, daß er anscheinend sehr wenig über die Organisation wußte. Aber je mehr falsche Informationen Phil an die Osmok-Agentin weitergab, desto besser.

»Armer Schatz!« flötete die falsche Schlange ihm ins Ohr. »Du hast es wirklich nicht leicht!«

Der blonde G-man nickte und versuchte, einen bitteren Ausdruck auf sein Gesicht zu legen. »Es ist schon eine üble Sache, wenn man hart arbeitet, ohne dabei einen Erfolg zu sehen. Wir tappen völlig im dunklen, was diesen Osmok angeht. Er kann überall und nirgends sein. Vielleicht führt er ja sein Verbrecherreich noch nicht mal von New York aus? Woher sollen wir das wissen?«

»Aber der FBI hat doch die modernsten technischen Möglichkeiten, um ...«

»Normalerweise ja, Loretta. Aber in unseren Datenbanken gibt es nicht den kleinsten Hinweis auf Osmok.« Das stimmte sogar. Allerdings würde Phil nichts von der vielversprechenden Spur erzählen, die in die Mongolei und damit zu Osmoks rechter Hand Merat führte.

»Plant dieser ... Osmok denn noch weitere Untaten?« wollte seine treue Dienerin wissen.

»Wir befürchten einen Anschlag auf den Emir von Davonistan. Er lebt ebenfalls im Exil in New York.« In Wirklichkeit konzentrierten wir unsere Bewachung natürlich auf den Kaiser von Botumbo. Wir waren überzeugt, daß die letzten Worte des Osmok-Komplizen Carl Burgess auf den afrikanischen Monarchen gemünzt gewesen waren. Aber wenn wir Osmok glauben machen konnte, daß wir uns statt dessen um den Emir kümmerten – um so besser.

»Du hast es wirklich nicht leicht«, wisperte die dunkelhaarige Schönheit und knöpfte langsam Phils Hemd auf. »Aber ich werde versuchen, dich von deinen Sorgen abzulenken. Und ich bin sicher, daß es mir gelingen wird ...«

Imis V. saß in seiner Bibliothek und machte sich Notizen. Die Botumbo-Parade war *das* Ereignis des Jahres für alle im Exil lebenden Untertanen Seiner Majestät. Deshalb ließ sich der Kaiser die Planung dafür auch nicht aus der Hand nehmen. Dieser Gangster im Präsidentenpalast zu Hause sollte sehen, daß man den rechtmäßigen Herrscher des Landes immer noch verehrte!

Marshall Amam glitt fast lautlos in den Raum, ohne anzuklopfen.

»Wie geht es Euch, Majestät?« fragte er besorgt.

Der Kaiser lachte sorglos. »Meinst du wegen meiner Schlafwandelei? Es ist doch nichts passiert, oder? Auch die G-men konnten sich noch rechtzeitig vor meinem *Jazmaz* in Sicherheit bringen, wie ich gehört habe.«

Der alte Mann mit dem langen Bart wiegte beunruhigt den Kopf. »Es ist auf jeden Fall ein schlechtes Omen, diese Schlafwandelei.«

Imis V. stand auf und begann, im Zimmer auf und ab zu wandern. »Ich hatte das schon öfters, weißt du das nicht mehr? Schon als Junge, wenn mir eine schwierige Klassenarbeit bevorstand ...« Er grinste bei der Erinnerung.

Doch Amam blieb ernst. »Ich muß oft an die Regenkönigin denken. Daran, daß sie Euren Tod vorausgesagt hat.«

Der Ex-Monarch machte eine gleichgültige Handbewegung. »Wenn ich sterben soll, dann werde ich sterben. Gleichgültig, ob ich mir vorher darum Sorgen gemacht habe oder nicht.«

»Ihr seid sehr tapfer, Majestät.«

»Ich sehe die Dinge nur so, wie sie sind, Amam. Lächle, alter Knabe! Was soll schon passieren? Auf meine Leute kann ich mich verlassen. Die G-men werden mich perfekt beschützen vor diesem Clown namens Osmok. Dies wird die herrlichste und prächtigste Botumbo-Parade, die wir jemals gefeiert haben!«

Der erfahrene Marshall konnte die Hochstimmung seines Herrschers nicht teilen. Dennoch verzog sich sein Gesicht zu einem höflichen Lächeln. »Ich bin überzeugt, daß Eure Hoheit die Lage richtig einschätzt«, sagte er, doch seine Stimme verriet, daß er sich da gar nicht sicher war.

Er verneigte sich nochmals und zog sich dann seufzend zurück.

Imis V. widmete sich wieder seinen Plänen. Amam wird alt, dachte er. Alt und übervorsichtig.

Das Telefon klingelte. Der Kaiser nahm ab und meldete sich mit seinem Namen. Ungläubig riß er die Augen auf, nachdem er die ersten Worte vernommen hatte. Er sprang auf, wobei sein Stuhl umfiel. Schlagartig hatte er seine Ausgeglichenheit verloren. Seine Majestät bestand nur noch aus nervöser Anspannung.

Der kräftige Zeigefinger des Ex-Herrschers drückte einen Klingelknopf, um die Wachen herbeizurufen.

Phil gähnte ungeniert, als ich ihn in meinem roten Jaguar an unserer gewohnten Ecke abholte.

»Anstrengende Nacht gehabt?« fragte ich unschuldig.

»Was tut man nicht alles für den FBI.« Phil grinste bitter. »Wenn ich bedenke, daß ich wirklich in diese Loretta verliebt war ... Sie ist Osmoks Werkzeug, Jerry. Ganz raffiniert hat sie mich ausgehorcht. Und ich habe mir jede Menge Informationen entlocken lassen. Natürlich nur die falschen, die wir mit Mr. High abgesprochen hatten.«

»Osmok ist reif, Phil. Es wird nicht mehr lange dauern, bis wir die faule Frucht pflücken können.«

In unserem Büro an der Federal Plaza lag ein ausführliches Fax von Leutnant Tschoj aus Ulan Bator auf meinem Schreibtisch. Er mußte sofort nach unserem Telefonat einen seiner Leute in den Archivkeller gejagt haben, und der hatte eine Akte über Merat von der Dicke eines Telefonbuchs ausgegraben, wie Tschoj mir in einem Begleitschreiben erklärte. Die gefaxten Blätter waren bloß Auszüge daraus, aber sie würden, so Tschoj, für unsere Arbeit von besonderem Interesse sein.

Schnell holten Phil und ich uns Kaffee, teilten die Papierflut unter uns auf und begannen zu lesen, denn Tschoj hatte sich die Mühe gemacht, für uns alle zu übersetzen.

Verfolgt von der mongolischen Polizei hatte sich Merat zunächst nach Thailand abgesetzt, wo er im Goldenen Dreieck ins Heroingeschäft eingestiegen war. Diesem dreckigen Gewerbe hatte er allerdings nur ein halbes Jahr lang nachgehen können. Danach war der Druck durch die einheimischen Drogenkartelle zu groß geworden. Dem riesigen Mongolen wurde der Boden unter den Füßen abermals zu heiß.

Die Bürgerkriege in den neuen zentralasiatischen Republiken wurden zum nächsten Aktionsfeld von Merat. Als skrupelloser Waffenhändler schlug er sich immer auf die Seite, die ihm den größten Gewinn versprach. Bald waren Zehntausende von Dollars auf seinen Kopf ausgesetzt. Leutnant Tschoj hatte es sogar geschafft, einen Steckbrief aus dieser Zeit für seine Akten zu organisieren. Eine Kopie lag mir nun vor.

Ein brutaler Merat grinste mich an, älter als auf dem ersten Foto aus dem Interpol-Fahndungsaufruf. Ein Mann, der über Leichen ging. Das war er schon vom Beginn seiner Karriere an gewesen.

Als nächstes Dokument erwartete mich ein Zeitungsausschnitt, in kyrillischen Buchstaben gesetzt, doch auch dem hatte der Kollege aus Ulan Bator eine englische Übersetzung beigefügt.

Der unbekannte Journalist einer sibirischen Tageszeitung berichtete über eine neue Mafiabande, die in der Unterwelt von Wladiwostok für Aufregung sorgte.

Die Gangster gingen noch skrupelloser vor als ihre angestammten ›Kollegen‹. Sie hatten Prostitution, Glücksspiel und illegale Schnapsbrennereien im Handumdrehen unter ihre Kontrolle gebracht. Als zweiter Mann in dieser mächtigen Organisation sollte ein riesiger Mongole fungieren. Ein Schurke, der schon mit Drogen und Waffenhandel zu tun gehabt hatte. Der sibirische Journalist hatte den Namen nicht in Erfahrung bringen können, aber wir konnten uns an allen zehn Fingern abzählen, daß es wieder unser ›Freund‹ Merat sein mußte.

Der Kopf der Bande war ein geheimnisvoller Adliger gewesen. Er wurde von seinen Untergebenen als ›Prinz Komso‹ bezeichnet. Angeblich sollte er aus einem der neuen Kleinstaaten zwischen Rußland und China stammen. Sein Verbrecherimperium führte er jedenfalls mit eiserner Härte und erbarmungsloser Brutalität.

Eine handschriftliche Notiz von Leutnant Tschoj vervollständigte die Übersetzung. Er schrieb, daß der Reporter kurz nach dem Erscheinen des Artikels spurlos verschwunden und seitdem nicht wieder aufgetaucht sei.

Ein weiteres Opfer von Merat und von seinem Boß, dachte ich. Und dann kam mir die Erleuchtung.

»Komso ist Osmok!« rief ich.

Phil blickte von seinen Papieren auf. »Ist dir nicht gut, Jerry? Ich weiß, dieser Kantinenkaffee hat seine Tücken. Aber daß du gleich Halluzinationen ...«

»Blödsinn! Phil, hier steht, daß Merat und Osmok schon in Wladiwostok eine Gang geführt haben. Bloß nannte sich Osmok damals noch Komso. Wenn du den Namen rückwärts liest, hast du Osmok!«

»Sollte Komso sein richtiger Name sein?« sinnierte mein Freund.

»Möglich. Jedenfalls soll Komso angeblich ein Prinz sein. Wenn das stimmt, können wir jede Menge Informationen über ihn beschaffen. Und ein Foto von diesem blaublütigen Schurken wird sich auch auftreiben lassen.«

Phil warf seinen Computer an. »Ich gebe den Namen gleich in die Datenbanken ein.«

»Und ich kontaktiere meine spezielle Quelle für Adelstratsch«, sagte ich und nahm den Telefonhörer ab.

Marilyn Roundtree war sofort am Apparat, als ich ihre Nummer in der Redaktion von ›New York Gossip‹ eingetippt hatte.

»Ist deine Sehnsucht nach mir so groß, daß du es bis heute abend nicht ausgehalten hast?« schnurrte die Klatschreporterin, als ich ihr eine Stunde später in einem Café nahe der ›New York Gossip‹-Redaktion gegenübersaß.

Ich nahm ihre Hand. »Das sowieso, Darling. Aber meine Suche nach Fakten über diesen Prinz Komso ist kein Vorwand. Ich möchte wirklich wissen, was es über diesen Vogel zu erfahren gibt.«

»Kein Problem.« Sie klappte einen Hängeordner auf, den sie mitgebracht hatte. »Ich bin schließlich ein Profi. Die Schönen, Reichen und Adligen dieser Welt habe ich alle in meinem hübschen Köpfchen gespeichert. Und für die etwas ausgefalleneren Exemplare gibt es ja noch meine Ablage.«

»Ist Komso denn so ausgefallen?«

»Und ob, Jerry. Über den britischen Thronfolger beispielsweise gibt es Dutzende von Büchern und Tausende von Presseartikeln. Die Informationen über Komso passen hingegen in diese schmale Hängemappe.«

Sie wollte es offensichtlich spannend machen. Ich hatte ihr noch nicht erzählt, daß ich Komso für Osmok hielt. Und ihr selbst war die Sache mit dem Namen, dem man nur rückwärts aussprechen mußte, anscheinend auch noch nicht aufgefallen.

»Nun laß schon die Katze aus dem Sack«, drängte ich.

»Wenn du mich so lieb bittest«, erwiderte sie mit treuherzigem Augenaufschlag. »Also gut. Wir haben es mit dem Regenten eines winzigen Landes zwischen Rußland und Afghanistan zu tun. Eine ehemalige Sowjetrepublik. Nach dem Zerfall des kommunistischen Großreichs bestieg ein gewisser Komso I. den Thron. Er konnte nachweisen, daß sein Großvater bereits der Fürst dieses Landes gewesen war, bevor 1920 die Roten der Adelsherrschaft vorläufig ein Ende machten.«

»Ich habe weder von dem Land noch von dem Herrscher jemals gehört«, gestand ich.

Marilyn lachte. »Nur keine Minderwertigkeitskomplexe, G-man! Sieh dir nur mal diese Landkarte an. Sieht aus wie ein Flickenteppich, oder? Ich wette, daß noch nicht mal unser Präsident höchstpersönlich alle Nachfolgestaaten der UdSSR mit Namen kennt.«

»Ich blicke da jedenfalls nicht mehr durch. Aber zurück zu Komso. Weshalb wurde er dann zum Gangsterboß?«

»Nicht so schnell, Süßer. Was heißt überhaupt – wurde? Angeblich war er von Anfang an der größte Widerling, den du dir vorstellen kannst. Er unterdrückte sein Volk mit brutaler Macht, verdreifachte die Steuern und führte die Leibeigenschaft wieder ein. Jeder seiner Untertanen wurde zu seinem persönlichen Eigentum, ein Sklave.«

»Reizender Mensch«. Das paßt zu Osmok, fügte ich in Gedanken hinzu. Der Kreis schließt sich.

Marilyn grinste. »Deswegen ging Komso I. als ›Hundert-Tage-Herrscher‹ in die Geschichte ein.«

»Hundert-Tage-Herrscher?«

»Genau, Jerry. Länger als drei Monate hat sich das Volk seinen Größenwahn nicht gefallen lassen. Mit Schimpf und Schande wurde er aus dem Land gejagt.«

»Hast du irgendwo ein Foto von diesem Komso?« wollte ich wissen.

»Ich habe sogar noch etwas Besseres, Darling«, sagte die Blondine. »Ein Video von seiner Absetzung.«

Natürlich wollte ich mir den Film sofort ansehen. Ich schleppte Marilyn mit zur Federal Plaza. Unterwegs erzählte ich ihr von meinem Verdacht, daß Komso und Osmok dieselbe Person seien. Verdacht ist das falsche Wort. Für mich war es inzwischen zur absoluten Gewißheit geworden.

Phil hatte aus den FBI-Datennetzen einige Erkenntnisse über Komso gewonnen, die uns aber nichts wesentlich Neues brachten. Mein Freund konnte es ebenfalls kaum erwarten, das Video zu sehen. Auch Mr. High hatte gerade Zeit. Wir versammelten uns in einem Konferenzraum, wo ein Fernseher und ein Recorder bereitstanden.

Marilyn schob die Kassette in das Gerät. »Dieser Film ist ein Mitschnitt aus der russischen Hauptnachrichtensendung des 3. April 1992.«

Für einen Moment sah man einen Nachrichtensprecher, der etwas von einem Blatt ablas. Da er Russisch sprach, konnten wir ihn nicht verstehen. Dann wurde der Film eingespielt. Eine aufgebrachte Menschenmenge schob sich durch die Gassen einer trist aussehenden Stadt. Die Gebäude waren teilweise orientalisch, teilweise die gesichtslosen Wohnsilos, wie man sie überall auf der Welt zu sehen bekommt. Einige der Wütenden hatten Gewehre in den Händen, die sie drohend schwenkten.

Die Kamera zeigte nun einen weißen Palast, der sehr prunkvoll aussah. Der Mob ließ ein Triumphgeheul hören, vor dem Portal standen einige Soldaten, doch sie nahmen die Beine in die Hand, als sich die Menge näherte. Der Kameramann mußte sich auf einem Hotelbalkon oder etwas Ähnlichem befinden. Jedenfalls hatte er eine erstklassige Sicht auf das, was nun geschah.

Die Menschen strömten in das Prunkgebäude. Dann verwackelte das Kamerabild, denn eine gigantische Explosion erschütterte die Szene! Sekunden später bot sich dem Betrachter ein Bild des Grauens. Überall lagen tote und schwerverletzte Demonstranten herum. Der Palast war nur noch eine rauchende Ruine. Trümmer regneten über die gesichtslose Stadt hinab.

Schnitt.

Nun sah man eine riesige russische Limousine der Marke Wolga, in die gerade ein Mann einsteigen wollte. Sein Körper war fast viereckig, er bewegte sich wie ein Automat. Er trug eine Uniform mit Reitstiefeln, darüber einen schwarzen Pelzmantel. Über einem dicken Hals sprang ein kantiges Kinn hervor, als wäre er ständig zum Angriff bereit. In seinen Augen las man nichts als Gnadenlosigkeit.

Ein Reporter des russischen Teams sprang auf ihn zu und hielt ihm sein Mikrophon unter die Nase. Ich konnte die Worte nicht verstehen, die der Fragesteller an den Viereckigen richtete. Aber ich nahm an, daß er über die furchtbare Explosion sprach, die wir gerade gesehen hatten.

Da verzog sich das Gesicht des Pelzmantelträgers zu einem widerwärtigen Grinsen. Mit einer kehligen Stimme stieß er einige Worte auf Russisch hervor. Seinen rechten Zeigefinger führte er an seiner Kehle entlang. Eine international verständliche Geste. Man brauchte keinen Dolmetscher, um sie zu kapieren.

Die Kamera fuhr noch näher an ihn heran. Nun hatten wir seine Visage in Großaufnahme auf dem Bildschirm. Er schien mir in die Augen zu blicken. Sekunden später schloß sich die Tür des Wolga hinter ihm, und die Limousine rauschte davon. Dann war wieder das Nachrichtenstudio zu sehen.

Marilyn Roundtree schaltete den Videorecorder ab. »Als das Volk den Prinzen Komso I. aus seinem Palast vertrieb, ließ der enttäuschte Herrscher eine Bombe zünden. Sechsunddreißig Menschen starben bei der Explosion, hundertneun wurden zum Teil schwer verletzt«, sagte sie mit belegter Stimme.

»Für mich gibt es keinen Zweifel mehr. Wir haben gerade niemand anderen als Osmok gesehen«, knurrte ich.

Mit großem Getöse setzte sich die Botumbo-Parade in Bewegung. Sie startete am frühen Montagmorgen an der Ecke Manhattan Avenue und Morningside Avenue. Mitten im schwärzesten Harlem. Die einzigen Nicht-Farbigen weit und breit waren die Generäle George Washington und Lafayette. Sie waren grau. Denn sie standen in Stein gemeißelt auf dem Podest eines Denkmals.

An der Spitze des Zuges gingen zehn riesige Krieger mit großen Handtrommeln. Ihre eingeölten glänzenden Körper bildeten einen Kontrast zu ihren bunten Kopfbedeckungen aus Filz und Vogelfedern. Ihre weißen Zähne blitzten. Der ohrenbetäubende Sound der Parade wurde von ihren Instrumenten erzeugt. Ein hypnotischer Klang, dem sich niemand entziehen konnte.

Hinter ihnen folgen die Tänzer. Sie waren in wilde Gewänder gekleidet. Zum Teil stellten sie wilde Tiere dar, zum Teil gute und böse Geister aus den Naturreligionen Botumbos. Ihre Sprünge und Figuren nahmen die ganze Breite der Convent Avenue ein. Aber das machte nichts. Die Stadt New York sperrt die Marschroute jedes Jahr rechtzeitig für den Verkehr. Genau wie bei der Steuben-Parade der deutschen Einwanderer oder beim St. Patrick's Day der Iren. Der Big Apple ist eine Metropole der tausend Kulturen.

Hinter den Tänzern folgte eine weitere Abteilung Krieger. Diese machten keine Musik, sondern waren mit langen Speeren und bunt bemalten Schilden bewaffnet, die sie im Rhythmus der Musik schwangen.

Im Schrittempo folgte ihnen der offene Rolls Royce von Kaiser Imis V.

Den Schluß der Parade bildeten Hunderte von ausgewanderten Botumbanern, die in ihren traditionellen Trachten mitmarschierten. Sie ließen die alte Kaiserflagge ihres Landes in der amerikanischen Luft wehen.

Vorbei ging es an den liebevoll gepflegten alten Wohnhäusern, die dem Vorurteil des ›Ghettos‹ Harlem so gar nicht entsprechen wollen. Hier wohnt eine gut verdienende Mittelschicht. Eine Mittelschicht, die ausschließlich schwarz ist. Trotz des frühen Morgens hatten sich schon viele Menschen am Straßenrand versammelt, um das bunte Treiben zu verfolgen. Videokameras wurden geschwenkt. Fotoapparate klickten.

Weiter ging es bergauf. Auf der Kuppe des Hügels konnte man die gußeisernen Torbögen des City

College of New York sehen. Eine Universität, die in idyllischer Umgebung liegt. Kein Wunder, daß dieser beschauliche Teil Harlems ›Sugar Hill‹ genannt wird.

Die Passanten blieben stehen und applaudierten. Die meisten von ihnen hatten vermutlich noch nie von Botumbo gehört. Sie wußten auch nicht, wer Kaiser Imis V. war. Aber ihnen gefiel dieses Spektakel, das selbst in einer so aufregenden Stadt wie New York etwas ganz Besonderes war.

Die Männer an der Lenox Avenue hatten keinen Sinn für diese Show. Sie hockten am Fenster der trüben Mietskaserne für Sozialhilfeempfänger, in der sie sich schon vor Wochen eine Wohnung beschafft hatten. Ein wahres Rattenloch. Aber mit einem ausgezeichneten Schußfeld. Die Parade zog langsam die Edgecombe Avenue entlang. Eine von Harlems legendären Straßen, wo auch die Jazz-Berühmtheit Duke Ellington gewohnt hatte.

Eine von Osmoks Kreaturen hatten eine Bazooka auf das Fensterbrett gelegt. Seine Komplizen standen bereit, um mit automatischen Waffen Feuerschutz zu geben. Sie rechneten fest damit, daß Kaiser Imis V. wie in den vergangenen Jahren auch in seinem offenen Rolls Royce bei der Parade mitfahren würde.

Ein Geschoß aus der Panzerfaust sollte den Wagen zerreißen. Und wenn einer der Insassen dann noch lebte, würde er von einem Geschoßhagel aus den MPis niedergestreckt werden. Das Apartment für Sozialhilfeempfänger war ideal geeignet. Das Fenster war eines von Hunderten, die auf die Lenox Avenue hinausstarrten.

Bevor die Cops herausgefunden hatten, woher die Schüsse gekommen waren, würden sie über alle Berge sein.

»Gleich ist es soweit!« zischte der Bazooka-Schütze. Er hieß Leroy. »Gleich habe ich den verdammten Rolls im Visier!«

Seine Kumpane nickten grimmig. Sie wußten, daß sie sich kein Versagen leisten konnten. Das würde ihrem Herrn nicht gefallen, und es würde ihnen schlecht bekommen.

»Verdammt! Was ist das?«

Leroys Schrei ließ sie zusammenzucken. Sie griffen zu ihren Ferngläsern. Der Bazooka-Schütze hatte eine Zielautomatik an seiner Kriegswaffe. Und dann sahen auch sie, was Leroy bemerkt haben mußte.

In dem Rolls Royce saß niemand. Bis auf den Fahrer war er leer.

Als die Botumbo-Parade losgehen sollte, traf uns die Nachricht wie ein Hammer. Kaiser Imis V. war nicht mehr da.

»Wo ist Seine Majestät?« rief ich dem alten Marshall Amam zu. Hatte Osmok schon zugeschlagen? Aber das konnte nicht sein. Denn Amam lächelte. Er schien glücklich zu sein.

»Sie können es noch nicht wissen, G-men. Wir haben die Meldung selbst erst vor wenigen Stunden erhalten. Das Volk von Botumbo hat sich erhoben und den korrupten Präsidenten aus dem Land gejagt. Die Menschen feiern in den Straßen und verlangen ihren Kaiser. Da hat Seine Majestät natürlich gleich das erste Flugzeug genommen, das vom John F. Kennedy Airport in unsere Heimat fliegt.«

»Imis V. befindet sich also gar nicht mehr in Amerika?« vergewisserte sich Phil.

»So ist es«, bestätigte der Alte mit einem listigen Lächeln. »Und seine Familie hat er auch mitgenommen. Es ist für sie alle ja das erste Mal, daß sie den Boden ihres Landes betreten. Des Landes ihrer Ahnen.«

»Was ist mit der Parade?«

»Die Parade muß selbstverständlich stattfinden, Mr. Cotton. Ich habe mir gedacht, daß wir den leeren Wagen des Kaisers mitfahren lassen. Das ist ein schönes Symbol. Der Herrscher ist in der Heimat, aber im Geist bei seinen Untertanen in der Fremde.«

»Osmok wird platzen vor Wut!« feixte Phil.

»Das stimmt«, knurrte ich. »Und wenn wir Pech haben, verliert er die Nerven und richtet vor lauter Wut ein Blutbad an. So wie auf diesem Video.«

Mein Freund erbleichte. Der Marshall sah verwirrt vom einen zum anderen.

»Unser Aktion läuft weiter wie geplant«, bestimmte ich. »Es ändert sich für uns überhaupt nichts dadurch, daß Seine Majestät weg ist. Im Gegenteil. Wenn wir ihn nicht mehr beschützen müssen, können wir mehr Kräfte anderswo einsetzen.«

Wir beugten uns über einen Stadtplan von Brooklyn. »Wo würden Sie auf der Paradestrecke ein Attentat begehen?« fragte ich Marshall Amam.

Der alte Mann dachte nach, strich sich durch seinen langen weißen Vollbart. »Vielleicht von einer Kirche aus. Es gibt über fünfhundert davon in Harlem. Viele liegen auf dem Weg, den die Botumbo-Parade nimmt. Niemand rechnet damit, daß von heiligem Boden aus auf den Kaiser gefeuert werden könnte.«

»Vielleicht nicht«, stimmte ich zu. »Und was meinst du, Phil?«

»Ich tippe auf die Morris Jumel Mansion. Eine Villa, ein Überbleibsel aus dem Unabhängigkeitskrieg. Sie liegt so weit oben auf dem ›Sugar Hill‹, daß man mit einem Präzisionsgewehr ein erstklassiges Schußfeld hat.«

Ich nickte. »Meine eigene Wahl sind die Mietskasernen an der Lenox Avenue. Hunderte von Fenstern, an denen die Parade vorbeizieht. Kein Problem, aus einem von ihnen eine Waffe zu halten.«

»Ich weiß nicht, Jerry«, meinte Phil. »Die Stadt hat diese Blöcke hauptsächlich für Leute gebaut, die Sozialhilfe beziehen. Keiner zieht da freiwillig ein. Schlecht fürs Image.«

»Das ist es ja gerade!« rief ich und tippte meinem Freund mit dem Zeigefinger vor die Brust. »Wir gehen einfach zum Welfare Department und lassen uns zeigen, welche von den Wohnungen in letzter Zeit an Leute vermietet wurden, die nicht von Onkels Sams Dollars leben.«

Phil schlug sich mit der flachen Hand vor die Stirn. Marshall Amam blinzelte mir anerkennend zu.

»Was sollen wir tun?« rief ein junger Schwarzer Leroy zu. Der Bazooka-Schütze war am längsten von ihnen in der Organisation von Osmok und hatte die größte Erfahrung. Deshalb und wegen seiner militärischen Ausbildung durfte er auch die Panzerfaust bedienen, die den Wagen des Kaisers in Fetzen reißen sollte.

Die Parade bewegte sich im Schneckentempo. Aber sie kam unaufhaltsam auf die Sozialhilfeblocks zu.

Leroy öffnete den Mund, aber er kam nicht mehr zu einer Antwort, denn in diesem Moment flog die Tür des Apartments aus den Angeln. Osmoks Untergebene wirbelten herum. Eine Rauchgranate knallte mitten in das leere, nach Müll riechende Zimmer. Wie Schemen kamen einige Gestalten hereingestürmt.

Doch der Ruf identifizierte sie schnell. »FBI! Waffen weg!«

Die Osmok-Männer ballerten sofort los. Sie wollten sich den Weg freischießen. Ihre einzige Chance war Flucht. Imis V. war von der Bildfläche verschwunden. Die Rache von Osmok würde fürchterlich sein. Keiner von ihnen hatte in diesem Moment Lust, ihrem Anführer noch einmal gegenüberzutreten. Doch noch gehorchten sie seinen Befehlen. Wie Automaten.

Ein Höllenlärm erfüllte das kleine Zwei-Zimmer-Apartment. Es gab keine Deckung. Deshalb war das Feuergefecht nur kurz. Einer der Gangster ging getroffen zu Boden. Die anderen schossen aus ihren automatischen Waffen weiter. Aber der Nebel nahm ihnen die Sicht.

Endlich reagierte auch Leroy. Er drehte sich und richtete seine Bazooka auf die G-men.

Phil, Zeery, Joe Brandenburg und ich hatten das schäbige Apartment gestürmt. Ein Irrtum war ausgeschlossen. Vor einigen Wochen hatte ein gewisser Harry Smith die Wohnung gemietet, wie man uns bei der Verwaltung im Sozialamt mitgeteilt hatte. Diesen Harry Smith schien es aber in der Realität nicht mal zu geben. Für uns war klar, daß es sich um einen Strohmann von Osmok handelte.

Durch unauffällige Befragung der Nachbarn hatte sich außerdem herausgestellt, daß niemand Möbel in die Wohnung geschafft hatte. Wir hatten die Sache mit Mr. High besprochen und einen Einsatzplan aufgestellt.

In dem Moment, in dem die Botumbo-Parade in die Reichweite eines Scharfschützen gelangen mußte, hatten wir zugeschlagen. Zwar schien unsere Rauchgranate die Schwarzgekleideten zu verwirren, aber sie leisteten trotzdem Widerstand. Die Kugeln flogen uns um die Ohren. Ich sah, wie Joe Brandenburg mit einem Bein einknickte. Er schien verletzt zu sein, feuerte aber weiter.

Da sah ich durch den Nebel, wie man eine Bazooka auf uns richtete! Wenn ein Geschoß aus der Panzerfaust hier explodierte, wäre das unser Ende.

Ich sicherte meine Schußhand mit der Linken, visierte das Ziel an und feuerte. Vier Geschosse jagten kurz hintereinander aus dem Lauf meiner SIG.

Der Bazooka-Mann machte eine halbe Drehung und krachte dann samt seiner schweren Waffe zu Boden.

Die zwei anderen unverletzten Osmok-Männer gaben auf. Sie ließen ihre MPis polternd fallen und hoben die Hände. Als sich die Rauchschwaden lichteten, hatten wir die Situation für uns entschieden.

Joe Brandenburg umklammerte fluchend seinen Oberschenkel, an dem er einen Streifschuß abbekommen zu haben schien. Phil und Zeery durchsuchten die Kriminellen auf weitere Waffen, während ich mit meiner SIG die Aktion sicherte.

Wir hatten Osmok eine weitere schwere Niederlage zugefügt.

»Ich bin der glücklichste Mann der Welt!« rief Imis V. aus. Er stand auf dem Balkon eines Palastes im Kolonialstil. Im Hintergrund waren Palmen zu sehen. Der Platz vor ihm war buchstäblich schwarz von begeisterten Untertanen, die ihrem Kaiser zujubelten.

Dann schwenkte die Kamera auf eine CNN-Reporterin. »Der Regierungswechsel in dem zentralafrikanischen Staat Botumbo ging zum Glück ohne Blutvergießen vonstatten. Nachdem sich die Armee geweigert hatte, auf die rebellierenden Volksmassen zu schießen, mußte der bisherige Präsident Hals über Kopf ins Ausland fliehe. Kaiser Imis V. hat bisher im Exil in den USA gelebt. Als Sofortmaßnahme kündigte er die Entfernung von sämtlichen faulen und bestechlichen Beamten aus dem Staatsdienst an. Ich bin Nicole Jenkins, CNN Afrika.«

Ich grinste und griff nach meinem Orangensaftglas. Nach dem anstrengenden Dienst der letzten Tage hatte mir Mr. High einen ruhigen Abend zu Hause verordnet. Unser Chef war der Meinung, daß wir nicht Tag und Nacht hinter Osmok herjagen konnten, auch wenn dieser Verbrecher natürlich unbedingt geschnappt werden mußte. Es war jetzt nur noch eine Frage der Zeit, bis wir seine Organisation zerschlagen würden. Da war ich mir sicher.

»Und nun eine Fahndungsmeldung des FBI New York City«, kündigte die Nachrichtensprecherin an. Das Fernsehbild von Osmok alias Komso aus der russischen Nachrichtensendung erschien auf dem Bildschirm. »Dieser Mann nennt sich Komso beziehungsweise Osmok. Er gilt als Anführer einer bewaffneten und gefährlichen Bande, der die Anschläge auf Grigori III. und Imis V. zur Last gelegt werden. Wer hat ihn gesehen? Wer kann Angaben über seinen Aufenthaltsort machen? Der FBI nimmt Hinweise, auch anonym, unter der New Yorker Nummer 335-2700 entgegen ...«

Das Telefon klingelte. Ich griff zur Fernbedienung und schaltete den Ton aus, dann nahm ich den Hörer ab. Vielleicht war es Marilyn. Sie wollte mich besuchen, die Nacht mit mir verbringen.

»Cotton.«

»Mr. Cotton?« Mein Magen fühlte sich an, als würde ich mit einem Fahrstuhl rasend schnell in einem Hochhaus hinunterfahren. Die Stimme kannte ich.

Es war die Stimme aus der russischen Nachrichtensendung. Die Stimme des Mannes, der die Geste des Halsabschneidens gemacht hatte. Die Stimme von Osmok.

»Osmok«, höhnte ich. »Ich hatte Ihren Anruf schon viel früher erwartet.«

»Sie sind sehr selbstbewußt, Mr. Cotton. Wir könnten Uns vorstellen, daß sich das bald ändert.«

Im Hintergrund erklang ein Schmerzensschrei. Der Schrei einer Frau.

»Wir haben Ihre ... hm ... Gespielin Marilyn Roundtree zu uns eingeladen. Wir hatten schon angekündigt, sie zu töten. Das werden Wir auch tun. Aber nicht gleich.«

»Wenn Sie Ihr auch nur ein Haar krümmen, dann ...«

»Was dann? Mr. Cotton, begreifen Sie doch, daß Sie nicht in der Position sind, Uns zu drohen. Sie hätten sich niemals mit Uns anlegen dürfen. Das ist Ihr entscheidender Fehler gewesen.«

Mein Gehirn arbeitete fieberhaft. Von mir zu Hause aus gab es keine Möglichkeit, den Anruf zurückzuverfolgen. Es brauchte Zeit, um eine Fangschaltung zu legen. Wir hatten immer noch keinen blassen Schimmer, wo Osmoks Hauptquartier sein könnte.

Es war, als hätte er meine Gedanken gelesen. »Versuchen Sie nicht, Uns zu finden, Cotton. Wie es Miss Roundtree in den nächsten Stunden ergehen wird, hängt von Ihnen ab.«

»Der FBI läßt sich nicht erpressen! Das sollten Sie wissen, Sie ...«

»Wir sprechen nicht vom FBI, Mr. Cotton. Wir sprechen von Ihnen als Privatmensch. Vielleicht können Sie ja die Ermittlungen etwas ... sagen wir ... verschleppen?«

»Das kann ich nicht tun! Das würde ich auch nie tun!«

Wieder tönte ein Schmerzensschrei im Hintergrund.

»Überlegen Sie sich gut, was Sie tun können oder nicht, Mr. Cotton. Es hängt ganz von Ihnen ab, wie Wir schon sagten.«

Und damit legte diese größenwahnsinnige Bestie auf.

Nach dem Anruf von Osmok hatte ich sofort Mr. High kontaktiert. Der Chef reagiert nie verärgert, wenn er von G-men privat behelligt wird, denn er weiß, daß wir das nur in absoluten Notfällen tun. Und wenn dies kein Notfall war, was dann?

Am nächsten Morgen saß ich reichlich übernächtigt meinem Vorgesetzten in seinem Büro gegenüber. Die Sorge um Marilyn Roundtree hatte mich keinen Schlaf finden lassen. Auf dem Stuhl neben mir hockte Phil, der mich mitfühlend ansah. Wenigstens der köstliche Kaffee von Helen weckte allmählich wieder meine Lebensgeister. Wir trugen die Arbeitsergebnisse der letzten Nacht zusammen.

»Miss Roundtree ist wirklich verschwunden«, erklärte der Special Agent in Charge. »Sie wurde zuletzt von Annie Geraldo und June Clark bewacht. Leider hatten die Kolleginnen angenommen, daß sie im Inneren des ›New York Gossip‹-Gebäudes sicher wäre, aber Osmoks Leute müssen ihr genau dort aufgelauert haben. Annie und June haben gesehen, wie sie im Erdgeschoß in den Lift gestiegen ist, aber an ihrem Arbeitsplatz in der vierten Etage ist sie nicht angekommen. Also muß sie unterwegs gekidnappt worden sein.«

»Osmok ist brutal!« knurrte ich. »Ich habe sie am Telefon schreien gehört!«

Phil klopfte mir beruhigend auf die Schulter. Und auch Mr. High bedachte mich mit einem verständnisvollen Blick.

»Gehen wir weiter die Fakten durch, Jerry. Osmok will etwas von Ihnen. Er will, daß Sie Ihre Arbeit schlecht machen, habe ich das richtig verstanden?«

»Ja, Sir.«

»Dann tun Sie es!«

Ich zog überrascht die Augenbrauen hoch. »Was?«

»Natürlich nur zum Schein«, erklärte John D. High mit einem feinen Lächeln. »Wir haben durch unsere erfolgreiche Verhaftung der Imis-Attentäter Osmok bewiesen, daß wir seine Agentin Loretta La Salle durchschaut haben. Nach dem, was Phil Miss La Salle erzählt hat, hätten wir nicht bei der Botumbo-Parade zur Stelle sein dürfen. Deshalb wird der Bandenchef andere Wege finden müssen, um uns auszuspionieren. Und deswegen muß nach außen hin wirklich der Eindruck entstehen, daß Sie, Jerry, die Ermittlungen verschlampen.«

»Was geschieht mit Loretta La Salle?« erkundigte sich Phil.

»Es besteht die Gefahr, daß Osmok sie beseitigen läßt, weil sie für ihn gefährlich geworden ist.« Der Chef sah auf seine Armbanduhr. »Deshalb wird sie in diesen Minuten verhaftet.«

Die dunkelhaarige Schönheit kam sich reichlich blöd vor.

Ihr Auftritt in dem Pariser Werbespot hatte ihrer Schauspiel-Karriere keineswegs den ersehnten ›Kick‹ verschafft. Daher mußte sie wieder mal einen Auftrag annehmen, der sie vor Scham fast in den Boden versinken ließ.

Jetzt saß sie in ihrem dümmlichen Kostüm mit den anderen Darstellerinnen auf einer Bank des TV-Studios an der West 50th Street. Ihr Körper war vom Hals bis zu den Füßen in ein weißliches Trikot gezwängt, das ihre atemberaubende Figur reichlich betonte. Doch erotisierend wirkte sie bestimmt nicht. Mit den beiden auf ihre Wangen geschminkten knallroten Punkten sah sie eher aus wie ein Clown. Dazu kam noch ihre Kopfbedeckung. Eine gelbe Plastikhaube, die aussah wie ein Eidotter. Was für eine Rolle sie in dem Werbefilmchen spielen sollte, war ihr noch unklar.

In der Kantine hatte sie gestern eine betrunkene Männergruppe an einem Tisch hocken sehen. Der lauteste und besoffenste von ihnen entpuppte sich später als der Regisseur. Er hatte dem ganzen Team erklärt, was er mit dem Film erreichen wollte. Aber die Dunkelhaarige hatte es nicht verstanden. Nach den Gesichtern zu urteilen, ging es den anderen nicht besser.

Loretta mußte jedenfalls aus irgendeinem Grund auf die Kamera zuhüpfen (ihre Schritte waren auf dem Boden vorgezeichnet), mit den Armen rudern und »Eggy Weggy!« rufen. Dafür würde sie 500 Dollar erhalten. Und nur deshalb war sie hier.

Ihre Gedanken beschäftigten sich mit Special Agent Phil Decker. Sie hatte keine Lust, sich an dem Branchentratsch ihrer Kolleginnen rechts und links zu beteiligen.

Eigentlich war der blonde G-man kein so übler Typ. Wenn der Herr ihr nicht befohlen hätte, ihn auszuhorchen ...

Sie verbot sich, in diese Richtung weiterzuspekulieren, statt dessen wünschte sie nur, in der Organisation bessere und anspruchsvollere Job zu bekommen, damit sie endlich diese lächerlichen Statistenrollen vergessen konnte. Seit einem halben Jahr träumte sie von einer Laufbahn als gefährliche und gerissene Kriminelle. Der Unterschied zwischen Rolle und Realität war in ihrem Kopf verwischt. Daher ließ sie sich auf ein tödliches Spiel mit der New Yorker Wirklichkeit ein.

Diese Wirklichkeit zeigte sich auch in Form von zwei unauffälligen Männern, die sich zwischen den Kulissen postiert hatten. Loretta hatte sie noch nicht bemerkt. Und selbst wenn, ihre Gesichter hätten ihr nichts gesagt. Osmok hatte genug Leute in seiner Organisation. Seine Macht beruhte vor allem darauf, daß kaum einer den anderen kannte.

Loretta gähnte. Der Vormittag war schon halb herum.

»Wann muß ich ›Eggy Weggy‹ rufen?« fragte sie einen gestreßten Regieassistenten.

»Was?« Der Mann sah auf sein Clipboard, angefüllt mit unleserlichen bekritzelten Zetteln. »«Eggy Weggy? Bis dahin ist noch 'ne Stunde Zeit, Baby. Erst kommt Milky-Dilky, dann kommt Corny-Morny, und dann kommst du.«

Zeit genug also für ein Sandwich und einen Kaffee in der Kantine, entschied Loretta La Salle. Sie nahm ihre Handtasche, murmelte eine Art Gruß und entfernte sich von den dummen Gänsen, mit denen sie wie auf einer Stange gehockt hatte. Sie fühlte sich zu Höherem geboren.

Zwischen den Kulissen gab es jede Menge dunkler Ecken und Winkel. Loretta war ganz in Gedanken versunken, nahm ihre Umgebung gar nicht mehr richtig wahr. Das änderte sich schlagartig, als sie in eine solche Nische hereingezogen wurde. Bevor sie schreien konnte, legte sich eine Hand in schwarzem Leder auf ihren Mund.

»Mach sie kalt!« hörte sie eine gefühllose Stimme sagen. »Der Herr will es so!«

Selbst der unbedeutendste Kleindarsteller braucht einen Künstleragenten. Die Gewerkschaft will es so, die Produktionsfirmen sind es gewöhnt, und die Agenten selbst haben natürlich auch nichts dagegen.

Loretta La Salles Agent war ein kleiner Mann mit einer großen Zigarre zwischen den wulstigen Lippen. Er hockte hinter einem überladenen Schreibtisch in einem winzigen Büro an der Bowery. Soeben waren die FBI-Agentinnen June Clark und Annie Geraldo in seine heiligen Hallen getreten.

»Mit euch wird es Probleme geben!« fuhr er sie an, bevor sie sich vorstellen konnten. »Von deinem Typ«, er zeigte mit seiner speicheltriefenden Zigarre auf June, »habe ich mindestens zwei Dutzend in der Kartei. Mit dir«, der Stinkbalken wies jetzt auf Annie, »wird es schon leichter, obwohl du'n bißchen klein bist. Aber Latinas sind gefragt. Vielleicht kriege ich dich sogar mal als Komparsin in 'nem Serienkrimi unter. Macht dir doch nichts aus, 'ne Nutte zu spielen, oder?«

»Wenn mein Dienst es erfordert«, erwiderte Annie Geraldo eiskalt und hielt ihm die FBI-Marke unter die Nase, und June tat es ihr gleich.

Der schmierige Zigarrenmeister hob die Hände, als sollte er verhaftet werden. »Ein Mißverständnis, Ladies! Alle anderen jungen hübschen Damen, die in mein kleines Reich kommen, wollen von mir vermittelt werden. Ich konnte ja nicht ahnen ... Wen soll ich denn umgelegt haben?«

»Hoffentlich niemanden«, antwortete June Clark trocken. »Wir suchen eine Ihrer ›Schützlinge‹, Miss Loretta La Salle. Wissen Sie, wo wir sie finden können?«

»Kein Problem!« Diensteifrig griff er zu einem Karton voller speckiger Karteikarten und begann zu blättern. »Sie hat seit gestern einen neuen Job, für 'ne Woche. Fünfhundert Bucks pro Tag. Ein Werbespot für ...«

»Die Adresse, Mann!« drängte Annie Geraldo. Man mußte damit rechnen, daß Osmok Loretta beseitigen lassen wollte, da kam es auf jede Minute an.

»West 50th Street.«

Die beiden FBI-Agentinnen wirbelten auf dem Absatz herum und eilten zu ihrem Ford aus dem FBI-Fuhrpark. Trotz des dichten Verkehrs kamen sie in Rekordzeit in Midtown Manhattan an. June fuhr wie der Henker.

Sie hakten sich ihre FBI-Schilder an die Jacketts, um überflüssige Diskussionen zu vermeiden. Dann fragten sie sich in dem unübersichtlichen Gebäude voller hektischer Menschen zum Studio durch, wo der Werbespot gedreht wurde.

»Wir suchen Loretta La Salle«, sagte June Clark zu einigen Frauen in albernen Kostümen.

Die Angesprochenen zuckten mit den Achseln.

»Loretta wie?«

»Nie gehört!«

»Soll das 'ne Schauspielerin sein?«

Annie stampfte vor Ungeduld mit dem Fuß auf. »Das hier ist kein Kaffeekränzchen, Ladies! Es geht um Leben und Tod! Also reißt euch mal ein bißchen zusammen!«

Nach dieser kurzen Standpauke rückte eines der Girls – es trug eine Kaffeekanne aus Schaumstoff auf dem Kopf – mit der Sprache heraus: »Ich glaube, das ist die Tante, die Eggy Weggy spielen soll. Sie ist vor ein paar Minuten in die Kantine. Da lang!« Und ihr Arm wies die Richtung.

June und Annie begannen zu laufen. Sie spürten, daß sie keine Zeit zu verlieren hatten. Ein ersticktes Röcheln klang ihnen entgegen.

Loretta La Salle lebte noch, als die beiden Agentinnen ihr zu Hilfe kamen. Verzweifelt hatte sie sich gewehrt. Gewehrt gegen die Hände, die ihre Kehle zugedrückt hatten. Aber auch gewehrt gegen den Gedanken, daß sich Osmok – ihr Herr! – von ihr abgewandt hatte. Daß ihr Leben ihm nichts mehr wert war. Daß er es zerstören ließ. Dies tat beinah noch mehr weh als die Finger an ihrem Hals.

»FBI!«

Annie Geraldo stieß die drei Buchstaben aus wie einen Schlachtruf, während sie ihren rechten Fuß gegen die Brust des Mannes donnerte, der Loretta würgte. Er ließ los, überrascht von dem plötzlichen Angriff. Der andere stürzte sich seinerseits auf June Clark. Sie duckte sich, griff seinen Arm und setzte einen Judowurf an, der ihn in die Kulissen fliegen ließ.

Annies Gegner hatte nun ein Messer gezogen, mit dem er nach der FBI-Agentin stach. Er war schnell. Aber die dunkelhaarige Puertoricanerin war schneller. Und vor allem wendiger. Die blitzende Klinge schoß vor, zielte auf Annies Brust, doch Annie verlagerte ihr Gewicht auf das hintere Bein, ließ den Stoß kommen und bog ihren Oberkörper im letzten Moment zur Seite. Der Osmok-Mann wurde von dem eigenen Schwung förmlich weggerissen. Das heißt, er wäre weggerissen worden. Er wurde gestoppt von Annies Knie, das mit voller Wucht in seinen Magen rammte. Er konnte nicht stoppen, nicht auf die kurze Entfernung. ›Miss Lee‹ drückte seinen Messerarm nach unten. Sein Gesicht lag so frei und ungeschützt vor ihr wie die weiße Leinwand vor dem Maler.

Annie Geraldo donnerte ihre Faust gegen sein Nasenbein, daß ihm Hören und Sehen verging. Schon nach dem zweiten Schlag gab es ein lautes Knacken. Der Kerl heulte auf. Er versuchte, das Messer von unten her in ihren Leib zu stoßen. Aber ihr Ellenbogen lag wie ein Keil dazwischen. Ein Hindernis, an dem sein Arm nicht vorbeikam. Das Blut schoß ihm aus der gebrochenen Nase.

Nun ging Annie zum Angriff über. Sie ließ sich auf keine Experimente ein und gab der Osmok-Kreatur mit gezielten Fußtritten Saures. Rechts, links. Ganz logisch. Er war größer als sie, hatte längere Arme. So konnte sie ihn und sein Messer mit ihren Armen nicht so gut auf Distanz halten. Aber mit den Beinen.

Der Mann wich zurück. Als schließlich ihre Schuhspitze seine Messerhand traf, ließ er die Waffe mit einem Schmerzensschrei los, und sie segelte im hohen Bogen davon.

Jetzt stürzte sich Annie auf ihn wie eine Tigerin, polierte ihm im Nahkampf mit beiden Fäusten die Visage.

Der Kerl fiel um wie ein Mehlsack. Schwer atmend kniete sich die FBI-Agentin auf seinen Rücken und legte ihm die Handschellen an.

Dann blickte sie auf. Neben ihr stand June Clark, die der geschockten Loretta La Salle auf die Füße geholfen hatte. Der zweite Mann lag mit Handschellen gefesselt zu ihren Füßen.

»Ich wollte ja deine Trainingsrunde nicht unterbrechen«, bemerkte June trocken. »Aber ich habe meinen Osmok-Ableger gleich gestoppt, indem ich ihm meine SIG an den Schädel gehalten habe!«

Die FBI-Fahndungsmaschine lief auf Hochtouren. Gleichzeitig mußten wir den Eindruck erwecken, nicht ordentlich zu arbeiten. Das war gar nicht so einfach. Aber ich habe in meinem Job schon manchmal Dinge vollbracht, denen ich mich im ersten Moment nicht gewachsen gefühlt hatte. So ging es mir auch an diesem Tag. Immer wieder kehrten meine Gedanken zu Marilyn Roundtree zurück, die in der Gewalt dieses skrupellosen Verbrechers war. Ihre Schmerzensschreie klangen mir in den Ohren. Es war fast schon Folter, unter diesen Umständen nichts tun zu können oder zumindest so zu tun.

Phil und ich brüteten über der Liste der verbliebenen Könige, die noch in New York lebten. Sie alle konnten wir nicht überwachen. Andererseits waren wir sicher, daß Osmok keinesfalls aufgegeben hatte. Im Gegenteil. Nun würde er uns beweisen wollen, daß er sich von unseren Gegenmaßnahmen nicht abschrecken ließ. Daß der FBI kein ernstzunehmender Gegner für ihn war. Und das machte ihn gefährlicher als je zuvor.

Um die Mittagszeit hielt ich es nicht mehr aus in unserem Büro.

»Ich gehe spazieren«, sagte ich zu meinem Freund. »Allein!« fügte ich hinzu, bevor er etwas erwidern konnte.

Phil nickte verständnisvoll. Er wußte, daß man sich ab und zu einmal die Dinge durch den Kopf gehen lassen mußte, um wieder klar denken zu können.

Wie in Trance schlenderte ich durch den Finanzdistrikt von Manhattan. Ich war allein zwischen Zehntausenden von Angestellten, die sich gerade von ihrem anstrengenden Job erholten. Männer in Anzügen und Frauen in Kostümen gingen hinter, vor und neben mir. Warfen sich Scherzworte zu, telefonierten mit ihren Handys oder flirteten. Ich bekam Marilyn Roundtree nicht aus dem Kopf. Es mußte eine Möglichkeit geben, um ihr zu helfen!

Plötzlich stellte ich fest, daß ich in Battery Park City angelangt war. Eine großzügige Siedlung aus Geschäfts- und Wohngebäuden, die erst in den letzten Jahren fertiggeworden ist. Die Wohnungen sind zum großen Teil allererste Sahne. Das luxuriöseste Haus von allen heißt ›The Regatta‹. Insgesamt leben 40.000 Menschen hier. Dazu kommen einige Tausend, die in den Büros, Kinos und Geschäften arbeiten.

Ich ließ mich auf eine Bank fallen. Hinter mir standen einige Bäume. Sie waren noch klein, denn sie waren erst vor wenigen Jahren gepflanzt worden. Vor mir das glitzernde Band des Hudson River. Am Horizont waren die Häuser von Jersey City auf der anderen Seite des Flusses zu sehen.

Ich hätte vorsichtiger sein müssen. Aber ich war verzweifelt. Die Sorge um Marilyn hatte meinen Instinkt für Gefahr abstumpfen lassen. Erst als die beiden freundlich lächelnden Asiaten links und rechts von mir Platz nahmen, wurde mir klar, daß etwas nicht stimmte.

»Eine Waffe ist auf Sie gerichtet, Mr. Cotton«, sagte der kleinere von ihnen. »Unser Herr möchte Sie sprechen.«

Ich erwiderte nichts, weil es nichts zu sagen gab. Osmok wollte mich also sehen. Ich war in die Falle getappt wie ein Anfänger. Nun gut. Dann mußte ich auch die Folgen tragen. Ich nickte den beiden Männern aus dem Fernen Osten nur kurz zu. Einer von ihnen machte eine einladende Handbewegung.

Wir gingen weg vom Fluß, die Chambers Street entlang. Am Straßenrand parkte ein blauer Honda Civic. Nicht gerade ein Gangsterauto. Von weitem mußten wir einen friedlichen Anblick bieten. Drei Arbeitskollegen, die gerade die Mittagspause beendet hatten.

»Nach Ihnen, Mr. Cotton.«

Ich klappte den Beifahrersitz vor und quetschte mich auf die hintere Bank des kleinen Wagens. Die beiden Männer stiegen vorne ein. Es schien sie nicht zu beunruhigen, daß ich meine SIG Sauer bei mir trug. Keiner von ihnen hatte versucht, mir die Waffe abzunehmen. Das verwirrte mich. Ich war schon öfters von Gangstern entführt worden.

Der Fahrer startete den Honda Civic. Wir reihten uns in den dichten Verkehr von Manhattan ein. Die Entführer hatten mir die Augen nicht verbunden! Ich konnte also genau sehen, wohin ich gebracht wurde. Das konnte nur eins bedeuten: Mein Tod war beschlossene Sache. Sie rechneten nicht damit, daß ich noch ausplaudern könnte, wo sich Osmoks Rattennest befand ...

Der Gedanke an mein eigenes Ende ließ mich nicht erschauern. Wer mit der Gefahr nicht leben kann, sollte besser nicht Special Agent des FBI werden. Ich sorgte mich nur um Marilyn Roundtree. Sie war in diese ganze unglückliche Affäre hineingezogen worden. Ob ich wohl Osmok davon überzeugen konnte, sie zu verschonen? Ich glaubte es nicht.

Der kleine japanische Wagen kämpfte sich durch Greenwich Village. Ich sah vor dem Fenster den Washington Square Park. Dann bogen wir in die Avenue of the Americans ein. Nachdem wir ein Stück die West 11th Street entlanggefahren waren, parkten meine Entführer auf einem überdachten Parkplatz neben einem unauffälligen Haus aus roten Backsteinen. Nichts Ungewöhnliches in dieser Gegend.

»Wenn Sie mir bitte folgen wollen, Mr. Cotton«, sagte der kleinere Asiat höflich. Ich wunderte mich. So etwas war ich nicht gewöhnt von Leuten, die mir ans Leben wollten. Aber ich hatte während dieses verfluchten Falls gelernt, daß man Osmok nicht mit normalen Maßstäben messen konnte.

Mein Begleiter stieg vor mir die Treppe zum Haus hinauf. Der zweite Mann blieb mir dicht auf den Fersen. Als ich die Halle betrat, fiel mir sofort der fremdartige Geruch auf. Es duftete nach Sandelholz, nach Nelken und schweren Harzen. Irgendwo wurde anscheinend Räucherwerk abgebrannt. An den Wänden hingen grell-bunte Gemälde, die wohl Dämonen oder Geister darstellen sollten. Manche von ihnen sahen wirklich gruselig aus, hatten Ketten aus Menschenschädeln um den Hals und lange Fangzähne. Gehörten diese Kunstwerke zu Osmoks Taktik, Menschen einzuschüchtern?

Zu diesem Eindruck paßten die Leute nicht, die uns auf dem Weg durch das Haus begegneten. Sie grüßten freundlich, lächelten und klopften meinen Begleitern und mir auf die Schultern. Die meisten von ihnen waren ebenfalls Asiaten. Ich war verwirrt. Was für ein Spiel wurde hier gespielt?

Schließlich erreichten wir einen großen Wintergarten, der vom hellen Nachmittagslicht durchströmt wurde. Auch hier wieder Gemälde mit den unheimlichen Wesen an den Wänden. Im Zentrum des Raumes stand ein holzgeschnitzter Thron, der aussah wie eine geöffnete Lotusblüte. Auf dem Thron saß ein Mensch. Die beiden Asiaten fielen auf die Knie und ließen ihre Oberkörper mit gestreckten Armen auf dem glatten Holzfußboden rutschen. Nach dieser Ehrerbietung erhoben sie sich wieder.

»Das ist unser Herr!« sagte einer von ihnen stolz zu mir.

»Aber das ist nicht Osmok!« platzte ich hervor. »Das ist – ein Kind!«

Der kleinere Asiat neben mir lächelte unergründlich. »Sie werden gewiß verzeihen, daß wir Sie unter so ungewöhnlichen Umständen hierhergebeten haben, aber besondere Situationen fordern besondere Maßnahmen. Doch der Reihe nach. Wir hatten nie eine Waffe auf Sie gerichtet. Wir wollten einfach erreichen, daß Sie hierherkommen, ohne viele Fragen zu stellen.«

»Ins Hauptquartier Osmoks?« stieß ich zornig hervor.

»O nein!« Der Kleine lachte. »Mit diesem Verbrecher haben wir nichts, aber auch gar nichts zu tun. Im Gegenteil, wir wollen dem FBI helfen, ihn zu fangen.«

»Wer sind Sie?«

»Wenn Sie mich persönlich meinen – ich heiße Thögul. Und auf dem Thron dort sitzt mein Regent. König Bamijak von Bodhipan.«

Nun wurde mir einiges klar. »König Bamijak steht auf unserer FBI-Liste von gefährdeten Regenten, die vor Osmok geschützt werden müssen.«

»Ich sehe, wir verstehen uns, Mr. Cotton. Das ist sehr schön. Aber machen wir es und doch gemütlich. Seien Sie unser Gast.«

Er deutete auf einige Sitzkissen in der Nähe. Wir ließen uns mit verschränkten Beinen darauf nieder. Der andere Mann aus dem Honda Civic brachte ein Tablett mit Tee und Gebäck.

»Warum diese Komödie mit der Entführung, Mr. Thögul?« wollte ich wissen. »Sie hätten doch einfach beim FBI anrufen können.«

»Nicht immer ist der gerade Weg der richtige. Aber lassen wir das. Wir befürchten, daß König Bamijak das nächste Opfer von Osmok sein wird.«

Das war möglich. Ich konnte mir nicht vorstellen, daß ein eiskalter Killer wie Osmok das Leben eines Kindes schonen würde. »Woher wissen Sie überhaupt von Osmok, Mr. Thögul?«

»Wir sind gut informiert.« Er lächelte bitter. »Eine unserer Agentinnen sammelt seit längerem Informationen über diesen Menschen. Leider ist sie ihm nun selbst zum Opfer gefallen.«

Mein Herz machte einen Sprung. »Sie sprechen von ... von ...«

»Von Marilyn Roundtree, Mr. Cotton. Sie ist Agentin des Geheimdienstes von Bodhipan.«

Die Festgenommenen aus Osmoks Organisation zeigten sich verstockt. Keiner von ihnen wollte den Mund aufmachen, sie blieben stumm wie Fische.

Mr. High setzte seine Hoffnung nun auf Loretta La Salle. Der Mordbefehl Osmoks gegen sie hatte die Schauspielerin sichtlich aus der Fassung gebracht. Im FBI-Gebäude an der Federal Plaza war sie in einen Verhörraum gebracht worden. Sie trug immer noch ihr albernes Eggy-Weggy-Kostüm. Nur die Kunststoff-Kopfbedeckung hatte sie achtlos in eine Ecke gepfeffert. Sie würde den Job für den Werbespot ohnehin nicht zu Ende bringen können. Jemand anders würde auf die Kamera zuhüpfen und »Eggy Weggy!« rufen müssen.

Die Tür öffnete sich. Phil Decker und Annie Geraldo betraten den Raum. Loretta La Salle blickte kaum auf. In ihrem Inneren herrschte ein abgrundtiefes Gefühlschaos. Scham, Wut, Angst, Unsicherheit – sie wußte überhaupt nicht mehr, wo es langging.

»Hallo, Loretta«, sagte Phil ruhig.
»Hallo.« Sie schlug die Augen nieder.
»Ich möchte mit dir reden.«
»Aber ich nicht mit dir, Phil.«
»Du hast nichts zu verlieren, ist dir das klar?«
»Sonnenklar.« Sie schnaubte höhnisch. »Ich habe alles verloren. Den Auftrag meines Herrn habe ich vermasselt. Meine große Karriere als Schauspielerin wird wohl auch ausfallen. Und nun habe ich sogar diesen saudummen Eggy-Weggy-Job verloren.« Sie lachte auf, doch unmittelbar darauf begann sie zu schluchzen.

Annie und Phil warteten, bis sie sich wieder halbwegs beruhigt hatte.

»Das ist alles vorbei, Loretta« sagte Phil. »Aber dein Leben nicht. Du kannst reinen Tisch machen, ein neues Leben anfangen.«

»Es ... ist alles so sinnlos!« jammerte die Komplizin Osmoks.

»Sicher ist es das!« Phils Stimme nahm nun einen gnadenlosen Klang an. »Und ich will dir auch sagen, warum. Weil du abhängig bist von diesem Osmok. Er preßt dich aus, aber du bekommst nicht zurück. Du bist abhängig von Osmok wie von einer Droge!«

Sie sah ihn fassungslos an. Da saß ihr dieser Mann gegenüber, den sie im Auftrag ihres Herrn schamlos betrogen und verraten hatte. Dieser G-man, der nun trotzdem davon redete, daß sie ein neues Leben anfangen könnte. Und diese FBI-Agentin, diese Latina da neben ihm. Sie hatte sich auf den bewaffneten Osmok-Killer geworfen, um sie, Loretta La Salle, zu retten!

Nein, die kleine TV-Statistin war keine hartgesottene Gangsterbraut. Langsam löste sich die Schraubzwinge, mit der Osmok ihre Seele in seinem erbarmungslosen Griff gehalten hatte.

Phil und Annie wechselten einen schnellen Blick. Sie wußten, daß sie nun keinen Fehler begehen durften. Dann würde Loretta La Salle singen wie eine Nachtigall.

»Erzähl uns doch einfach, wie alles angefangen hat«, fuhr Phil nun wesentlich sanfter fort. »Kein Zeitdruck, kein Streß. Wir wollen nur eine Geschichte hören.«

»Eine Geschichte.« Das Gesicht der schönen Frau verzog sich zu einer unangenehmen Grimasse. »Die Geschichte beginnt vielleicht mit einem Fehler. Mit meinem Wahn, reich und berühmt werden zu wollen. Und zwar möglichst sofort. Und ohne eine Finger dafür krumm zu machen.«

Die beiden FBI-Leute sagten nichts, hörten nur zu.

»Ich kam mit großen Flausen im Kopf nach New York City, Phil. Hatte nichts außer meinem guten Aussehen. Und das wollte ich zu Kapital machen. Schauspielerin oder Model werden, das war mein großer Traum. Ist es vielleicht noch immer. Bisher hat es ja nur für die Eggy-Weggy-Rolle gereicht.« Sie grinste zynisch. »Einige der Girls haben ja einen Sugar-Daddy, von dem sie sich aushalten lassen. Oder gehen als Edelnutten in der High Society auf den Strich. Aber das habe ich nie getan. Du kannst mich für so verkommen halten, wie du willst, Phil. Aber das nicht.«

»Ich glaube dir«, brummte der blonde G-man.

»Danke. Eines Abends wurde ich angesprochen. Du rätst nie, von wem. Von Merat, dem riesigen Haushofmeister meines He... von Osmok. Er behauptete, sein Herr hätte mich im Fernsehen gesehen. Und hätte ein interessantes Angebot für mich.«

Sie nahm einen großen Schluck Kaffee.

»Naiv, wie ich bin, ging ich mit. Zu der Zeit lief wirklich ein Spot mit mir auf den New Yorker Kabelkanälen. Und dann habe ich zum ersten Mal Osmok gesehen.«

Wieder machte sie eine Pause. »Phil, er hat wirklich etwas Hypnotisches an sich. Und dann diese Rituale, mit denen er seine Leute unterwirft. Er hat schnell erkannt, daß er mich für seine Zwecke benutzen konnte. Ich nehme an, daß ihm noch jemand mit ... mit meinem Aussehen in seiner Organisation gefehlt hat.«

Annie Geraldo und Phil Decker sagten immer noch nichts. Das machte es der dunkelhaarigen Frau leichter, weiterzureden.

»Mein erster Auftrag war ganz harmlos. Und als ich dann gemerkt habe, daß ich mich mit Verbrechern eingelassen habe, war ich geschmeichelt. Ich fand das sogar romantisch. Du kannst mich ruhig auslachen, aber so war es nun mal.«

»Ich lache nicht, Loretta«, erwiderte Phil. »Wir machen alle Fehler. Wir haben alle unsere Schwächen. Wir müssen nur bereit sein, sie wieder auszubügeln.«

Die dunkelhaarige Frau schien zu überlegen. Nach einer Weile sagte sie: »Was ist eigentlich mit dieser Kronzeugenregelung? Kannst du mir das genau erklären?«

»Sicher. Wenn du kein Kapitalverbrechen begangen hast und durch deine Aussage Osmoks Organisation auffliegen würde, hast du gute Chancen, mit einem blauen Auge davonzukommen. Wenn du so eine Aussage machen willst, rufe ich sofort beim District Attorney an. Und dann kannst du wirklich ein neues Leben anfangen.«

Loretta La Salle schien mit sich zu kämpfen. »Ich werde jetzt auspacken. Ihr könnt mich alles fragen. Ich werde euch alles erzählen, was ich über Osmoks

Organisation weiß. Auch vor der Staatsanwaltschaft. Auch vor Gericht. Als erstes verrate ich euch, wo ihr Osmoks Hauptquartier findet ...«

»Marilyn Roundtree ist eine Agentin?« wiederholte ich ungläubig.

»Gewiß, Mr. Cotton.« Thögul blickte in sein Teeglas. »Wir sind hier zwar im Exil, aber unser Geheimdienst arbeitet immer noch. Das ist auch nötig, denn wir haben mächtige Feinde.«

Ich wußte fast nichts über Bodhipan. Laut Lexikon ist es ein kleines Land in den majestätischen Höhen des Himalaya. Dort, wo ewiger Schnee liegt. Seit vielen Jahren ist Bodhipan von einem großen kommunistischen Nachbarstaat besetzt. Der Regent lebt mit vielen seiner Landsleute im Exil – Bamijak, dieser kleiner Junge dort auf dem Thron.

»Wo sind eigentlich die Eltern des Königs?« wollte ich wissen. »Ich meine, er ist doch ziemlich jung. Ist er wirklich bereits schon König. Das würde bedeuten, daß seine Eltern nicht mehr leben, richtig?«

Thögul lächelte. »Ich muß Sie berichtigen, Mr. Cotton. Die Eltern unseres Herrschers leben noch und sind einfache Bauern in Bodhipan.«

Ich zog die Augenbrauen hoch. Nun verstand ich überhaupt nichts mehr.

Der Asiat mußte meine Verwirrung bemerkt haben, denn er klärte mich auf. »Das ist für westliche Menschen nicht ganz leicht zu verstehen, Mr. Cotton. Wir sind Buddhisten. Dazu gehört die Lehre von der Wiedergeburt. Unser König sucht sich den Körper eines Kindes, um wiedergeboren zu werden. Wenn er merkt, daß es mit ihm zu Ende geht, bestimmt er ein junges Leben, in dessen Gestalt er zurückkehrt.«

Das konnte ich mir nicht vorstellen, aber ich sagte nichts. Ein FBI-Agent sollte andere Religionen respektieren. Vor allem, wenn sie niemandem schaden. Mein Blick wanderte hinüber zu dem jungen König, der während des ganzen Gesprächs zwischen Thögul und mir noch kein Wort gesagt oder sich bewegt hatte

»Er meditiert«, erklärte mein Begleiter. »In diesem Zustand verläßt er den Körper und wird eins mit allem.«

Ich wollte lieber auf unseren Fall zurückkommen. »Wieso arbeitet Miss Roundtree als Amerikanerin für den Geheimdienst von Bodhipan?«

»Auch hierfür gibt es eine einfache Erklärung, Mr. Cotton. Marilyn Roundtree ist überzeugte Buddhistin. Sie möchte durch ihre Arbeit dabei mithelfen, daß unser Land wieder frei wird und wir unsere Religion wieder ausüben können, ohne verfolgt zu werden.«

»Wer leitet eigentlich den Geheimdienst von Bodhipan?«

»Ich.«

Diese Antwort überraschte mich nicht mehr. Dafür hatte ich in der letzten Stunde soviel Ungewöhnliches mitgekriegt. »Haben Sie Marilyn Roundtree auf mich angesetzt?«

Thögul hob lachend und abwehrend die Hände. »O nein, das war Zufall. Die ... hm ... Beziehung zwischen Ihnen und Marilyn war nicht von uns geplant, das kann ich Ihnen versichern. Aber durch ihren Job beim ›New York Gossip‹ ist Miss Roundtree natürlich bestens geeignet, um in der Welt des Adels und der feinen und hohen Gesellschaft zu verkehren und die Ohren aufzuhalten.«

»Leider hat ihr das nichts genutzt«, stieß ich grimmig hervor. »Jetzt ist sie in der Gewalt dieses Schurken Osmok!«

»Ich gebe zu, er hat uns ausgetrickst. Uns und den FBI. Aber seien Sie unbesorgt, Mr. Cotton. Marilyn Roundtree geht es den Umständen entsprechend gut.«

»Woher wollen Sie das wissen?« fragte ich zweifelnd. »Weil ihre Religion ihr Kraft gibt?«

»Das auch«, entgegnete Thögul, ohne beleidigt zu sein. »Aber hauptsächlich, weil sich in ihrem Ohrclip ein winziges Mikrophon befindet.«

»Mittagspause überzogen!« rief Phil mir zu, als ich Stunden nach meinem Verschwinden wieder an der Federal Plaza eintrudelte. Aber trotz seiner Flapsigkeit war er doch sichtlich froh, mich heil wiederzusehen. »Was hast du solange getrieben, Alter?«

»Ich habe einen kleinen König kennengelernt, der in Amerika noch nicht einmal zur Schule gehen darf. Außerdem habe ich mit dem Geheimdienstchef eines Landes gesprochen, das es offiziell nicht gibt.«

»Armer Jerry!« Mein Freund befühlte meine Stirn, wollte checken, ob ich Fieber hatte. »Die Aufregungen waren wohl etwas viel in letzter Zeit. Willst du dich nicht lieber krankschreiben lassen? Doc Schröder ...«

»Blödsinn!« Und dann erzählte ich ihm von Thögul, von Marilyns Agententätigkeit und von dem kleinen Land im Himalaya, dessen kleiner König nun auf Osmoks Todesliste stand.

»Ein unschuldiges Kind zu töten!« knirschte Phil. »Aber dazu wird es wohl nicht mehr kommen. Wir waren nämlich auch nicht untätig, während du mit diesem Mr. Thögul geplaudert hast.«

Er schob mir einen Zettel hin. »Das«, verkündete er stolz, »ist die Adresse von Osmoks Hauptquartier. In einer Stunde ist Einsatzbesprechung bei Mr. High.«

»Loretta La Salle?«

»Exakt, Jerry. Sie hat uns alles ins Ohr gezwitschert, was wir wissen wollten. Sogar der District Attorney war ganz hingerissen von diesen schönen Melodien.«

»Müde?«

Merats gnadenloser Blick ruhte auf Marilyn Roundtree, die sich im Halbschlaf auf einer Campingpritsche gewälzt hatte. Sie war vollständig bekleidet, hatte sogar eine Wolldecke bekommen. Abgesehen von einigen Schrammen in ihrem Gesicht ging es ihr ganz gut.

Während Osmok mit Jerry Cotton telefonierte, hatte ihr Merat im Hintergrund ein paar brutale Fausthiebe ins Gesicht und in den Magen verpaßt. Daher ihre Schreie, die sie beim besten Willen nicht hatte unterdrücken können. Später hätte sie sich am liebsten noch mal selbst dafür geohrfeigt. Aber geschehen war geschehen, und auch eine Geheimagentin kennt eben Schmerz.

»Ich bin bald wieder fit, Merat«, sagte sie nun. »Aber wie steht es mit dir? Wenn dich ein amerikanisches Gericht zu zehnmal lebenslänglich verurteilt hat, kannst du deinen Schönheitsschlaf in aller Ruhe genießen. Schaden würde es dir bestimmt nicht.«

Der riesige Mongole trat auf sie zu und schlug mit der flachen Hand in ihr Gesicht. Ihr Hinterkopf knallte gegen die Betonwand in dem Kellerraum. Marilyn sah Sterne.

»Immer noch ganz schön frech, die kleine Kröte. Aber das wird dir schon noch vergehen. Du wirst vor meinem Herrn winselnd im Staub liegen, wenn er mit dir fertig ist.«

»Na klar«, erwiderte die Klatschreporterin. »Der FBI hat ja in letzter Zeit verdammt viele seiner Kreaturen eingefangen, die ihm nun nicht mehr huldigen können.«

Merat knirschte mit den Zähnen. Ein wildes Feuer loderte in seinen Augen. Doch er schlug sie nicht noch mal. Er beherrschte sich. So wie ein Feinschmecker, der sich die größte Delikatesse bis zum Schluß aufhebt.

»Benutz nur deine Lästerzunge, süße Marilyn. Beleidige mich, soviel du willst. Solange du noch eine Zunge hast. Wenn wir mit dir fertig sind, wird dein geliebter Jerry Cotton dich nicht mehr so schön finden.«

Mit dieser düsteren Drohung ließ er die Stahltür ihres Gefängnisses hinter sich zufallen.

Die Klatschreporterin und Agentin war allein im Dunkeln. Doch anstatt in Panik zu verfallen, schloß sie die Augen und konzentrierte sich auf die Symbole ihrer Religion. Ein goldener Buddha erschien vor ihrem inneren Auge. Und sie begann die heilige Silbe zu summen: »Ommmmm...«

Mr. High und Thögul waren sich auf Anhieb sympathisch. Und ich hatte den kleinen Bodhipanesen überzeugen können, daß nur eine offizielle Zusammenarbeit zwischen dem FBI und seiner Organisation Osmok das Genick brechen könnte. Deshalb war er meiner Einladung in das FBI-Gebäude umgehend gefolgt. Er hatte Neuigkeiten für uns mitgebracht.

»... du noch eine Zunge hast. Wenn wir mit dir fertig sind, wird dein geliebter Jerry Cotton dich nicht mehr so schön finden.« Die Stimme auf dem Tonband gehörte unverkennbar zu Merat, Osmoks rechter Hand. Ich ballte in ohnmächtigem Zorn die Fäuste. Thögul stellte das Abspielgerät ab.

»Diese Aufzeichnung haben wir vor weniger als einer Stunde gemacht«, sagte er mit ruhiger Stimme. Er mußte sich sehr gut in der Gewalt haben. Schließlich befand sich eine seiner Mitarbeiterinnen in den Klauen einer rücksichtslosen Verbrecherorganisation. »Wir wissen nicht, ob es eine leere Drohung ist. Und wir wissen auch nicht, wann die wahr gemacht werden könnte.«

Die ruhige und überlegte Art des Mannes aus dem Himalaya erinnerte mich sehr stark an meinen eigenen Chef. Dieser lehnte sich in seinem Bürosessel zurück. »Auch bei uns gibt es einen weiteren Fahndungserfolg, Mr. Thögul. Es ist uns gelungen, die Adresse von Osmoks Hauptquartier zu ermitteln.«

Der Bodhipanese zuckte nicht mal mit der Wimper. Er deutete nur ein zufriedenes Nicken an.

Mr. Highs Blick wanderte hinüber zu Phil und mir. Wir sahen ihn erwartungsvoll an. »Es gibt nur eine Möglichkeit für uns. Wir schlagen zu. Und zwar noch heute abend!«

Osmoks Finger flogen über die Tastatur seines Computers. Er stand im mittelbaren Online-Kontakt mit seinen Auftraggebern, denn die wirklichen Hintermänner verkehrten nur über Strohmänner mit ihm. Sie wollten unbedingt im Dunklen bleiben. Sein Gesicht verzog sich zu einer bösen Grimasse.

Er wußte auch so ganz genau, daß es sich um die Regierung des mächtigen kommunistischen Nachbarlandes von Bodhipan handelte. Der Tod des kleinen Königs war beschlossene Sache. Damit sollte endgültig die Tradition des Bergstaates gebrochen und das kleine Land als eine unbedeutende Provinz dem mächtigen Besatzer einverleibt werden.

Aber nun gab es Probleme. Die Auftraggeber hatten von Osmoks Schwierigkeiten gehört und verlangten Garantien. Eine halbe Million Dollar war zwar schon auf sein Nummernkonto in der Schweiz geflossen. Ein Vorschuß für die Planung des Attentats auf den kleinen Bamijak. Aber was, wenn die leitenden »Genossen« nun die übrigen neuneinhalb Millionen nicht mehr bezahlen würden?

Osmok verstand sich auf die Diplomatie. Schließlich hatte er selber ja schon mal einen Staat regiert. Wenn auch für eine beschämend kurze Zeit. Aber seine Stunde würde wieder kommen. Da war er sich ganz sicher. Wenn er erst einmal genügend Geld hatte, um sich ein Söldnerheer zu kaufen ... Der davongejagte Herrscher träumte davon, im Triumphzug in seine Heimat zurückzukehren. Und dann würde seine Rache an denen furchtbar sein, die ihn damals wie einen Hund vertrieben hatten.

Mit viel List und Tücke gelang es ihm, die Fehler bei seinen letzten »Aktionen« schönzureden und kleinzumachen. Er tippte leere Versprechungen in seinen Computer, die wenige Sekunden später auf einem Bildschirm irgendwo in Asien erschienen. Und tatsächlich schien er damit auch noch Erfolg zu haben.

Wenn der Mord an dem kleinen Bamijak innerhalb einer Woche geschehen war, würde das Geld Osmok gehören.

Langsam stieß er die Luft aus. Das ging schneller, als er zu hoffen gewagt hatte. Schon lange lagen die Pläne bereit, diese Kröte samt seinem gesamten Hofstaat in die Hölle zu blasen.

Der Verbrecher tippe eine Bestätigung in sein Programm.

Im nächsten Moment wurde der Bildschirm schwarz. Das Licht ging aus.

Nach einigen unglaublich langen Sekunden sprang die Notbeleuchtung an.

Osmok horchte. Der Boden unter ihm zitterte. Ein dumpfes Dröhnen erfüllte die Kommandozentrale seiner Macht.

Auch Marilyn Roundtree hatte das Geräusch gehört. Nach ihrer Meditation war sie innerlich frisch, ausgeruht und zum Kampf bereit. Sie wußte, daß ihre Kameraden über ihr Mikrophon im Ohrclip die Drohungen von Merat mitbekommen hatten. Und ihr war klar, daß weder die Bodhipanesen noch der FBI tatenlos zusehen würden, wie man sie ins Jenseits beförderte.

Nun, dieser infernalische Lärm konnte nur einen Grund haben.

Osmoks Hauptquartier wurde angegriffen!

Die junge Frau bereitete sich vor. Offensichtlich ahnten die Männer von Osmok nicht, daß sie eine Geheimagentin war. Sie hielten sie nur für eine harmlose Klatschtante, die zufällig dem »großen Unbekannten« Osmok in die Quere gekommen war. Dies war ihr Triumph, den sie rücksichtslos ausspielen mußte.

Marilyn rollte sich in die Decke. Verkroch sich scheinbar vor der bösen Welt um sie herum. Doch innerlich war sie gespannt wie die Feder einer Uhr. Sie konzentrierte sich auf ihren Atem und wurde immer ruhiger.

Als die Tür aufgestoßen wurde, war sie bereit. Ein vernarbter Muskelmann im schwarzen Trainingsanzug stürzte auf sie zu und wollte sie packen.

»Komm mit! Du sollst zum Herrn! Sofort!«

Aus scheinbar verschlafenen Augen blinzelte sie ihn an, doch dann warf sie mit einem Schwung die

Decke über seinen Schädel. Der Mann keuchte vor Überraschung, sah nichts mehr. Seine Hände griffen ins Leere.

Marilyn war nicht unbewaffnet. Sie war am Tag ihrer Entführung auf hohen Bleistiftabsätzen durch New York gestakst. Sehr sexy. Und sehr effektiv im Nahkampf. Sie hielt ihren linken Schuh als Schlagwaffe in der Hand. Der Absatz war spitz und aus massivem Stahl. Zweimal hieb sie damit auf den Kopf der Wache. Der Osmok-Jünger brüllte vor Schmerzen. Nach dem dritten Schlag brüllte er nicht mehr. Auf der Decke breitete sich schnell ein großer Blutfleck aus.

Die Agentin ging in die Hocke und griff nach seiner Pistole. Es war eine Beretta. Ein gängiges Modell, das von vielen Polizeibehörden auf der ganzen Welt benutzt wird. Marilyn selbst hatte damit einen großen Teil ihres eigenen Überlebenstrainings in der Ausbildungsphase absolviert. Die Bezahlung durch den Geheimdienst von Bodhipan war zwar miserabel, aber wenigstens schickte er seine Leute nicht ohne Vorbereitung in den Kampf gegen den übermächtigen kommunistischen Gegner.

Marilyn ließ den anderen Schuh auch noch vom Fuß gleiten. Den Rest würde sie lieber auf Strümpfen erledigen. Das machte sie lautlos. Lautlos und tödlich. Sie hatte ein bestimmtes Ziel. Osmoks Kommandozentrale ...

Der Geschäftsführer des Abrißunternehmens Smith Co. war nicht wenig erstaunt, als der FBI eines seiner Spezialfahrzeuge mieten wollte. Aber nachdem wir die Prämie erhöht und an seine Bürgerpflichten appelliert hatten, gehörte der mächtige Kran für einige Stunden uns.

Obwohl wir nach der Besprechung mit Mr. High und Thögul schnell handeln mußten, lief der Plan so präzise ab wie ein Schweizer Uhrwerk. Als die riesige eiserne Abrißbirne erstmals gegen die Außenwand des Gebäudes knallte, lagen Dutzende von G-men, bodhipanischen Agenten und Cops der Emergency Service Unit zum Angriff bereit. Die Scharfschützen hatten bereits Position bezogen. Sie meldeten uns Bewegungen von schwarzgekleideten Gestalten im Inneren des Hauses. Noch schien niemand zu kapieren, was wirklich geschah, wer das so heftig an die Pforte klopfte.

Loretta La Salle hatte nicht gelogen. Hier, zwischen Jefferson Park und der 109th Street, befand sich das Hauptquartier von Osmoks Organisation.

»Es paßt«, sagte ich zu Phil. »Dieser unglückselige Leopold Sergevic und seine Leute sind in nächster Nähe niedergemetzelt worden. Sie müssen gewußt haben, wo sich Osmok verkrochen hat. Warum haben sie uns nichts davon gesagt?«

Mein Freund zuckte mit den Schultern. »Das werden wir wohl nie erfahren, Jerry. Wahrscheinlich wollten sie die Angelegenheit auf eigene Faust regeln. Und haben dabei Osmok leider unterschätzt.«

»Das wird uns nicht passieren«, knurrte ich.

Unsere Kollegen hatten mit der Abrißbirne ihr Zerstörungswerk begonnen, und ich gab jetzt das Signal zum Sturmangriff!

Phil, Zeery, Steve Dillaggio und ich nahmen uns den Haupteingang vor. Wir trugen schußsichere Kevlar-Westen, darüber die bekannten Wetterjacken mit dem großen »FBI«-Aufdruck auf dem Rücken. Meine Kollegen waren zusätzlich zu ihren SIG Sauer-P226-Pistolen mit MPis der deutschen Marke Heckler & Koch bewaffnet, einer Standard-Waffe des FBI. Ich hatte mir in der Waffenkammer eine halbautomatische Pumpgun HK 502 aushändigen lassen. Denn mein Job war es, die Tür aufzukriegen.

Die anderen G-men gaben mir nach links, rechts und oben Feuerschutz, falls jemand auf die Idee kommen sollte, mir aus einem Fenster eine Kugel verpassen zu wollen. Die Haupttür des Gebäudes sah massiv und undurchdringlich aus. Zusätzlich zum Eichenholz war sie noch mit Metallbeschlägen versehen.

Doch meine Flinte war speziell für solche Hindernisse gedacht. Ich postierte mich in dem richtigen Abstand, nahm das Schloß ins Visier – und drückte ab.

Der Knall war infernalisch, es klang fast wie das Abfeuern eines Mörsers. Nur in schlechten Filmen sieht man, wie bei solchen Angriffen mit Schrot auf die Türen geballert wird. In der Realität würde das niemand tun. Denn ein großer Teil der Schrotmunition würde einem als Querschläger selbst um die Ohren fliegen.

Ich hatte meine Pumpgun mit Spezialmunition geladen. Sie wird »Hatton« genannt und reißt das Scharnier einfach aus dem Holz.

Doch Osmoks Tür erwies sich als ungewöhnlich widerstandsfähig. Ich feuerte noch ein zweites und ein drittes Mal, dann gab es kein Schloß mehr.

Ich ließ mich gegen die Tür fallen, ging zu Boden und rollte sofort ab. Meine Kollegen sicherten das Eindringen.

Im Inneren des Hauses war es ruhig. Zu ruhig. Ich konzentrierte mich ganz auf mein Gehör. Vor uns war nichts zu sehen. Eine normale Eingangshalle, Treppen, ein Lift. Nichts deutete auf ein Gangster-Hauptquartier hin. Sollten wir uns geirrt haben?

Aber ich wischte den Gedanken sofort beiseite. Die Scharfschützen hatten die schwarzgekleideten Männer schließlich gesehen. Wo waren ... da drangen leise Geräusche an meine Ohren. Sie klangen wie Pfoten, die sich rasend schnell auf dem polierten Marmorboden bewegten.

Ich riß meine Pumpgun hoch. Ein riesiges Tier sprang mich an.

Ich hatte keine Wahl. Während ich mich fallenließ, zog ich den Stecher der KH 502 durch.

Die Spezialpatrone zerfetzte den Kopf der monströsen Dogge. Schwer fiel der Hundekörper auf mich.

Es tat mir leid um das Tier. Aber es war offensichtlich zum Töten abgerichtet worden. Es hätte sich wohl kaum Handschellen anlegen lassen.

Ich drehte den Kopf und sah, daß Phil und Zeery ebenfalls von blutrünstigen Bestien angegriffen wurde. Sie liefen ein paar Schritte rückwärts und eröffneten aus ihren Maschinenpistolen das Feuer.

Der Kugelhagel konnte den Lauf der Doggen kaum aufhalten. Sie mußten unter Drogen stehen oder sonstwie gegen Schmerzen unempfindlich gemacht worden sein. Sie waren immer noch verdammt schnell, obwohl sie aus unzähligen Wunden bluteten.

Zeery wurde von einem Tier fast erreicht. Er drehte seine Heckler & Koch um und rammte dem Hund den Kolben über den Schädel.

Endlich war es vorbei.

Wir lauschten, die Waffen im Anschlag. Doch nun hatte sich eine tödliche Stille in der Eingangshalle ausgebreitet.

»Weiter!« raunte ich. Es war nicht nötig, viele Worte zu verlieren. Wir sind ein eingespieltes Team. Jeder konzentrierte sich auf seine spezielle Aufgabe.

Ich ging voran und checkte deshalb alles, was vor uns war. Phil sicherte die linke Flanke, Zeery die rechte. Und Steve Dillaggio paßte auf, daß uns von hinten keine bösen Überraschungen erwarteten.

Leider macht sich von uns niemand die Mühe, nach oben zu schauen.

Und schon war das schwere Netz über uns!

Thögul hatte drei seiner Leute bei sich, als er aus einem Hubschrauber der City Police auf das Dach des Osmok-Gebäudes sprang. Ihr Mitmischen bei einer offiziellen amerikanischen Polizeiaktion war etwas heikel. Sie arbeiteten für den Geheimdienst eines Staates, den es eigentlich nicht gab. Schon seit der Besetzung hatte der große kommunistische Nachbar Bodhipan einfach als Provinz seinem Reich einverleibt.

Thögul hatte diese Schwierigkeiten wohl geahnt und von sich aus angeboten, ohne Schußwaffen an dem Einsatz teilzunehmen. Er wollte Mr. High keine Schwierigkeiten bereiten. Unser Chef hatte schließlich zugestimmt. Ihm war wohl klar, wie wichtig es dem Bodhipanesen war, selbst bei der Befreiung seiner Agentin mitzuwirken.

Wie Thögul selbst waren auch die anderen Asiaten Meister im waffenlosen Kampf. Sie waren mit bloßen Händen gefährlicher als so mancher Amerikaner mit einer Schußwaffe in der Faust.

Die Dachluke war nicht so gut gesichert, wie die Haupttür. Die Agenten ließen den schwerbewaffneten Männern der Emergency Service Unit den Vortritt. Sie waren mit ihnen zusammen aus dem Transporthubschrauber gestiegen.

Die beiden Einheiten schlichen durchs Dachgeschoß und dann tiefer. Doch bald wählten die Bodhipanesen einen anderen Weg. Sie wollten nicht am Rockzipfel der Cops hängen, sondern selber den Kampf suchen.

Und der Kampf kam. Als die Agenten des kleinen Königs Bamijak einen Seitengang entlangschlichen, wurden sie plötzlich von vorne und hinten angegriffen. Die schwarzgekleideten Männer Osmoks waren mit Baseballschlägern und Eisenrohren bewaffnet. Sie glaubten leichtes Spiel zu haben. Zumal sich gleich neun oder zehn von ihnen auf die drei Asiaten stürzten.

Mit einem nervenzerfetzenden Angriffsschrei ging Thögul vor. Der kleine Mann stürzte sich wie ein Berserker auf zwei der Verbrecher vor ihm. Mehrere Gegner gleichzeitig auszuschalten, das war eine seiner Spezialitäten.

Seine Tritte erfolgten blitzartig und mit unglaublicher Präzision. Er traf die Leber des ersten Osmok-Anhängers, drehte sich und rammte dem zweiten seine Fußkante in die Magengegend. Die hoch über den Köpfen erhobenen Baseballschläger kamen nicht mehr zum Einsatz.

Weitere Schwarzgekleidete drängten nach, wütend über die Niederlage ihrer Kameraden.

Die ersten beiden waren noch nicht ganz besiegt, doch Thögul hatte sich schon an ihnen vorbeigedrängelt. Er überließ den Rest seinen Leuten. Schon warteten die nächsten Verbrecher auf ihn. Der kleine Mann empfing sie mit einem Gewitter aus rechten und linken Fußtritten. Zwischendurch wehrte er die niedersausenden Baseballschläger und Rohre ab oder wich ihnen aus.

Eine der Osmok-Kreaturen wurde gegen die Wand geschleudert und rutschte daran hinunter. Thögul packte ihn und warf ihn wie einen Sandsack zwischen die anderen Gegner.

Hinter ihm rückten seine Leute nach. Sie hatten die anderen Schwarzgekleideten niedergekämpft und kamen ihrem Chef nun zu Hilfe.

Zu spät wurde den Kriminellen klar, daß sie den kürzeren gezogen hatten. Zwei konnten noch fliehen. Den dritten griff sich Thögul und nahm ihn in einen schmerzhaften Schwitzkasten.

»Bring mich zu Osmok!« befahl er.

Unsere Schrecksekunde dauerte nicht lange. Das Netz war schwer, aus ziemlich starken Fäden geknüpft. Doch unseren Bowie-Messern konnte es nicht widerstehen. Es war mühsam, sich freizuschneiden, aber schließlich hatten wir es geschafft und fluchend wickelten wir uns aus der Gefangenschaft.

Doch ich hatte mich noch nicht ganz befreit, als ich auf dem Treppenabsatz einen Osmok-Mann auf uns anlegen sah. Er hatte eine AKS-74 auf uns gerichtet, ein neues Modell der legendären russischen MPi Kalaschnikow. Zum Glück hatte ich schon meine Pumpgun aus der ›Umgarnung‹ gelöst. Ich legte an und fegte ihn mit einem einzigen Schuß von den Beinen, die Durchschlagskraft des abgefeuerten Geschosses reichte aus, um ihn mehrere Yards durch die Luft zu schleudern.

Ich sah, daß meine Kollegen alle wieder einsatzbereit waren. In diesem Moment tauchten weitere Schwarzgekleidete am oberen Ende der Treppe auf.

»Granate!« rief ich nach hinten und pfefferte im selben Moment eine GIGN-Granate zwischen Osmoks Männer. Wir bedeckten unsere Augen mit den Unterarmen, und auch dann war die Wirkung noch schlimm genug, aber die Verbrecher wurden von dem Knallblitzkörper völlig überrascht. Der ungeheuer laute Knall tönte uns in den Ohren, doch das war nichts im Vergleich zu der sonnengleichen Leuchtkraft von fünf Millionen Candela.

Dadurch wurden unsere Gegner geblendet, und ich stürmte vor, selbst ein wenig benommen von der Wirkung dieser Spezialgranate. Die Schwarzgekleideten brüllten und preßten die Hände auf ihre Augen, doch keiner von ihnen würde bleibende Schäden davontragen. Es reichte aber völlig, um die Kerle zu überwältigen und ihnen Handschellen anzulegen.

Ich sah auf meine Uhr. Es waren keine fünf Minuten vergangen, seit der Einsatz begonnen hatte.

»Wo ist Osmok?« schrie ich einen unserer Gefangenen an. Gerade noch rechtzeitig konnte ich ausweichen, als er nach mir spuckte.

»Dann eben nicht«, brummte ich. »Der große Meister kann uns jedenfalls nicht mehr entkommen!«

Osmok plante seine Flucht.

Er wollte Marilyn Roundtree als Geisel benutzen. Mit ihr als lebendem Schutzschild würde es kein Problem sein, an diesen Narren vom FBI vorbeizukommen. Schließlich war es ihm ja auch damals gelungen, aus seinem Palast zu verschwinden, als die Volksmenge ...

Seine Gedanken brachen ab. Er wollte nicht an den Moment seiner größten Schande denken. Vor allem jetzt nicht. Die Kamera am Eingang hatte ihm schon gezeigt, wie die Tür aufgesprengt worden war. Daraufhin hatte er seine Hunde losmachen lassen. Das Netz würde sich automatisch herabsenken, wenn Unbefugte die Treppe betraten, ohne die Sicherungen zu kennen.

Aber da war immer noch dieses dumpfe Dröhnen der Abrißbirne ... Osmok mußte zugeben, daß er den FBI unterschätzt hatte.

Der einst so mächtige Mann drückte auf einen Knopf. Unmittelbar darauf erschien Merat, als habe er an der Tür gelauscht.

»Wir werden angegriffen, Herr!«

»Das wissen Wir. Beschaffe Uns diese Marilyn Roundtree, Merat. Wir haben einen Diener nach ihr geschickt. Aber er kehrt nicht zurück. Vielleicht gibt es Schwierigkeiten.«

»Jawohl, Herr!« Eilig entfernte sich der riesige Mongole.

In diesem Moment stürzte die Außenwand von Osmoks Allerheiligstem ein.

Marilyn Roundtree preßte sich gegen die Wand. Das unübersichtliche Haus bot genügend dunkle Winkel, in denen sie sich verstecken konnte, und immer, wenn sie vor sich einen der Diener Osmoks auftauchen sah, ging sie in Deckung. Bewußt wich sie dem Kampf aus. Nicht aus Feigheit, sondern um ihre Munition nicht zu verschwenden. Sie sagte sich, daß sie jede Patrone später noch dringend brauchen würde. Dann, wenn sie Osmok gegenüberstand.

Die Pistole der Wache – eine Beretta – war nicht ganz so leicht zu handhaben wie ihre eigene Glock, aber Marilyn Roundtree war sich sicher, daß sie sich auf die Waffe voll und ganz verlassen konnte. Wenn sie nur wüßte, wo dieser ...

Als wollte er ihre unausgesprochene Frage beantworten, tauchte in diesem Moment Merat in einer sich öffnenden Tür auf. Er schloß sie wieder, nachdem er sich ehrerbietig in Richtung des Innenraums verneigt hatte. Marilyn preßte sich tiefer in die Ecke. Dort drinnen befand sich also Osmok! Es gab keine Zweifel!

Sie hörte die sich entfernenden Schritte von Merat. Vorsichtig schob sie den Kopf vor. Die Luft war rein. Überall im Haus waren Laufgeräusche, Schüsse und Kampfgetümmel zu hören. Marilyn war sich nun absolut sicher, daß Osmoks Hauptquartier ausgeräuchert wurde. Und dabei wollte sie sich selbst gerne einen Teil des Ruhmes sichern.

Fast geräuschlos drehte sie den Türknauf, dann betrat die bodhipanesische Agentin das Allerheiligste der Organisation. Sie gönnte der üppigen orientalischen Ausstattung nur einen flüchtigen Blick. Der Mann dort in der Mitte, zwischen den Computern – das mußte Osmok sein!

Er hatte sie allerdings nicht bemerkt. Denn genau in dem Moment, als sie ihn erblickte, krachte die Abrißbirne eines Krans gegen die Außenwand!

Ziegelsteine flogen bis an die Computerzentrale. Marilyn baute sich breitbeinig vor der Tür auf, die Pistole schußbereit in ihrer rechten Hand.

»Nehmen Sie Ihre verdammten Hände hoch, Osmok!« Seinen Namen spie sie aus wie einen obszönen Fluch.

Der Mann fuhr herum. Er wirkte fast viereckig. Ein kurz gestutzter Bart umrahmte seinen Mund mit den schmalen Lippen. Der Ausdruck seiner Augen gab einen kleinen Vorgeschmack auf die Grausamkeiten, zu denen er fähig war. Der Kopf des Verbrechers ruckte zwischen der Agentin und dem riesigen Loch in der Wand hin und her. Die Kommandozentrale hatte keine Fenster. Vor der Tür stand Marilyn, mit durchgeladener Pistole.

Doch Osmok hatte noch eine Chance. Und er nutzte sie, ohne mit der Wimper zu zucken. Mit einem riesigen Satz war er an der Bresche, die die Kugel in sein »Reich« geschlagen hatte.

Die Agentin brachte es nicht fertig, einfach auf ihn zu schießen. Sie feuerte zunächst in die Luft. Darauf hatte Osmok spekuliert.

Hinter der zertrümmerten Mauer war nun das Gerippe einer nie benutzten Feuertreppe zu sehen. Und Osmok sprang auf das ächzende Metall, an dem er wie ein böser Affe hinunterkletterte.

Als Merat die offenstehende Tür der Zelle sah, wußte er, daß etwas fürchterlich schiefgegangen war. Die verletzte Wache, die stöhnend am Boden lag, war der endgültige Beweis.

»Was hast du gemacht, du Idiot?« Merat trat dem Mann mit voller Wucht in die Rippen.

Der Schwarzgekleidete schrie auf vor Schmerz. »Die Gefangene ... sie ist entkommen ... es tut mir leid!«

»Wenn der Herr davon erfährt, wird es dir noch viel mehr leidtun!«

Mit diesen Worten wandte sich der riesige Mongole von dem »Versager« ab und stürmte wieder nach oben. Ihm war mulmig zumute, seinem Herrn schon wieder so eine üble Botschaft bringen zu müssen. Doch das Wichtigste war im Moment der Angriff. Nicht auszudenken, wenn die G-men seinen Herrn gefangennahmen! Der Mongole huschte schnell in sein eigenes Zimmer und nahm ein riesiges Krummschwert von der Wand. Eine Erinnerung an seine alte Heimat. Er war ein wahrer Meister mit dieser Waffe.

Merat hatte das Stockwerk mit Osmoks Kommandozentrale bereits erreicht, als er Jerry Cotton und drei weitere FBI-Männer am oberen Ende der Treppe auftauchen sah. Auf keinen Fall durften sie den ›Salon‹ des Herrn betreten!

Wie ein treues Schlachtroß warf sich Merat für Osmok in den Kampf!

Wutschnaubend stürzte sich dieser Koloß von Merat auf uns, als wir unsere Gefangen auf dem Treppenabsatz zurückgelassen und uns weiter vorgearbeitet hatten. Ich riß die Pumpgun hoch und konnte damit einen Hieb seines gefährlichen Schwerts gerade noch abwehren. Wenn er mich damit getroffen hätte, es hätte zwei Jerry Cotton gegeben!

»Gib auf!« brüllte ich ihn an. »Das Haus wird gestürmt! Hier kommt keiner raus!«

Doch ich wußte, daß es sinnlos war. Dieser Mann war ein Fanatiker, er war seinem sogenannten »Herrn« bedingungslos ergeben. Er würde bis zum letzten Blutstropfen für den eintreten, dem er die Treue geschworen hatte. Egal, wie gemein und hinterhältig dessen Verbrechen auch waren.

Phil stieß ihm den Kolben seiner Heckler & Koch in die Rippen. Einen normalen Mann hätte dieser Schlag gegen die Wand gefegt, doch Merat schien keine Schmerzen zu kennen. Er holte weit aus und ging nun seinerseits auf Phil los. Mein Freund konnte sich zum Glück noch rechtzeitig ducken. Die Schwertklinge sirrte durch die Luft und krachte ins Mauerwerk. Sofort zog der Mongole den blitzenden Stahl wieder heraus.

Zeery und Steve Dillaggio wollten ebenfalls nicht untätig bleiben. Aber auf dem engen Flur behinderten wir uns gegenseitig. Wir hätten natürlich Merat einfach über den Haufen knallen können. Aber wir sind keine Mörder. Wenn ein FBI-Agent die Chance hat, einen Verdächtigen lebend zu verhaften, sollte er sie auch nutzen.

Ich war meinen Kollegen gegenüber im Vorteil. Sie konnten nur ihre kurzläufigen MPis benutzen. Ich hatte als einziger eine Langwaffe. Mit der Pumpgun mußte ich ja nicht unbedingt schießen. Ich drehte sie um und parierte Merats Attacken mit dem Kolben.

Er war schon ein erstklassiger Säbelkämpfer, das mußte man ihm lassen. Er schnitzte ein großes Stück aus dem Holz meines Gewehrs. Doch ich stieß die Pumpgun vor. Und traf sein Gesicht!

Merat schüttelte sich und torkelte dabei einen Schritt zurück. Ich grinste. Es war möglich, seine Deckung zu durchbrechen. Er war nicht unbesiegbar. Das ist nämlich niemand.

Schnell kam der nächste Schwerthieb, doch meine Abwehr war schneller. Es blitzte metallisch, als die Klinge auf den Lauf meiner Pumpgun donnerte. Merat schäumte vor Wut. Und das machte ihn schwach. Er sah rot, wollte mein Blut auf den Boden spritzen lassen. Ich blieb ruhig und konzentriert. Und war ihm deshalb überlegen. Trotz seiner Körperkraft.

Wieder und wieder prasselten die Schwerthiebe auf mich ein. Meine Kollegen hielten sich zurück. Sie hatten verstanden, daß ich den Kampf wegen meiner geeigneteren Waffe besser allein ausfocht.

Und dann setzte ich zum Finale an. Mit einem Karatetritt in die Knie brachte ich Merats Standfestigkeit zum Wanken. Er holte einen Moment zu lange aus, um mir endlich meinen Kopf abzuschlagen. Ich blockierte seinen Schwertarm mit meinem linken Ellenbogen. Die schwere Pumpgun hielt ich allein mit der Rechten. Von unten nach oben ließ ich den Kolben mit all meiner Kraft gegen sein Kinn krachen.

Der Riese fiel um, als wäre er eine Eiche, die vom Blitz gefällt worden war.

Ich mußte mich für einen Moment gegen die Wand lehnen, so außer Atem war ich.

»Keine Kondition!« lästerte Phil, während er dem Verbrecher Handschellen anlegte. »Du solltest mal öfter in den Trainingsraum gehen, mein Freund!«

Ich versetzte ihm eine scherzhafte Kopfnuß. Aber dann verschoben wir unsere Frotzelei auf später. Denn noch hatten wir Osmok nicht in unserer Gewalt. Wir stießen die Tür in der Mitte des Ganges auf.

Dort wurde ich sofort wieder angegriffen. Doch die Person, die sich dort auf mich stürzte, konnte nicht Osmok sein. Ich kannte diesen Duft, diese Lippen, diese seidige Haut.

»Marilyn!« rief ich.

Phil, Zeery und Steve grinsten verlegen, als die Klatschreporterin an meinem Hals hing wie ein Koalajunges im Brustfell seiner Mutter.

»Jerry!« jauchzte sie. Doch ihr Tonfall drückte nicht nur reine Freude aus. »Osmok! Er ... er ist entkommen!«

Sie turnte wieder auf den Boden und deutete mit ausgestrecktem Arm auf die riesige Mauerbresche.

»War wohl doch nicht so 'ne gute Idee mit der Abrißbirne«, maulte Phil. Aber woher hätten wir wissen sollen, daß die als Ablenkung gedachte Zerstörungsaktion ausgerechnet ein Loch in Osmoks fensterloses Allerheiligstes schlug.

»Über die Feuertreppe entkommen«, murmelte ich. »Aber der Block ist abgeriegelt. Sollte mich wundern, wenn der Kerl uns entwischt.

Natürlich machten wir uns trotzdem sofort an die Verfolgung.

Osmok hatte Glück gehabt. Da alle Fenster entlang der Feuerleiter zugemauert waren, hatte es niemand für nötig gehalten, ihr unteres Ende zu bewachen. Der Verbrecherkönig hatte also ungehindert das Straßenpflaster erreichen können.

Rings um sein Hauptquartier waren Mannschaftswagen und Patrolcars der City Police postiert. Osmok duckte sich hinter ein paar Abfalleimern. Aus sicherer Entfernung beobachtete er, wie seine schwarzgekleideten Männer von Beamten der Emergency Service Unit abgeführt wurden. Gefangenentransporter waren ebenfalls vorgefahren.

Vor seinem geistigen Auge erschienen FBI-Computerexperten, die problemlos mit Hilfe der Daten in seiner Zentrale seine ganze weltweite Organisation würden aushebeln können. Und dieser Gedanke ließ ein dumpfes, immer stärker werdendes Gefühl in ihm aufsteigen: Rache!

Wie eine Feuerwalze brandete der Haß in ihm hoch. So wie damals, als er dieses undankbare Pack mit seinem Palast in die Luft gejagt ... nein! Er wollte nicht daran denken! Nicht an seine größte Niederlage! Oder war der heutige Tag sein größter Mißerfolg?

Wie auf Stichwort ertönte Geklapper schräg über ihm. Osmok sah, wie dieser verdammte Cotton, die Roundtree-Schlampe und einige weitere G-men die Feuertreppe hinuntereilten. Er hatte sie hervorragend in seinem Schußfeld.

Osmok zog die .44er Magnum aus seinem Gürtelhalfter. Wie gut, daß er ausgerechnet heute Schießübungen gemacht hatte! Wie gut, daß er die Waffe danach nicht abgelegt hatte! Er dankte seinen finsteren Göttern, daß sie ihm diese Gelegenheit für eine gründliche Abrechnung gewährten.

Nein, er konnte aus dieser Rattenfalle nicht entkommen.

Aber weder Cotton noch Marilyn Roundtree sollten diese Aktion überleben.

Osmok ließ seine Schußhand auf dem Rand der Mülltonne ruhen und legte an. Er saß im toten Winkel, war fast unsichtbar für die Menschen, die die Feuertreppe herabeilten. Sie würden keine Chance haben.

Officer Noel Adams' Kindergesicht unter der blauen Uniformmütze der City Police zuckte nervös. Er war gerade einundzwanzig Jahre alt geworden. In der vorigen Woche war die fünfmonatige Ausbildung auf der New Yorker Police Academy für ihn zu Ende gegangen.

Kein Wunder, daß er sich auf dem Revier noch nicht richtig eingelebt hatte. Das Greenhorn kam sich vor wie das berühmte fünfte Rad am Wagen, wenn er von seinen erfahrenen Kollegen hauptsächlich mit Aufgaben betraut wurde, bei denen er möglichst wenig Schaden anrichten konnte.

Aber wie soll ich Diensterfahrung bekommen, wenn ich immer nur in die Sandkiste spielen geschickt werde? dachte Adams erbittert. Sein vor Aufregung schweißnasser Zeigefinger fuhr in den schmalen Spalt zwischen dem Kragen des Uniformhemdes und seinem Hals. Er ging auf und ab, versuchte mit dem Gummiknüppel zu spielen, wie er es bei den älteren Cops oft gesehen hatte, aber er hatte das ungute Gefühl, daß es bei ihm nur lächerlich aussah.

Noel Adams stand zwischen einem Deli und einem Geschäft mit jamaikanischer Reggae-Musik auf der

112th Street. Sein Sergeant hatte ihm befohlen, diesen Abschnitt zu sichern. Warum und weswegen, hatte man dem Anfänger nicht so richtig erklärt.

Doch aus seiner Froschperspektive hatte Adams einiges mitgekriegt. Das Anrücken der schwerbewaffneten Kollegen von der Emergency Service Unit, die in Bereitschaft stehenden Ambulanzen und Gefangenentransportwagen, das Einsatzteam des FBI in den typischen Wetterjacken, sogar diese geheimnisvollen Asiaten. Angeblich sollte eine Art Gangster-Hauptquartier ausgehoben werden. Soviel hatte der junge Cop verstanden.

Dann waren Schüsse gefallen, Salven von automatischen Waffen. Das hatte seine Nervosität noch verstärkt. Aus dem Reggae-Laden drangen verdächtige Duftwolken an seine Nase. Adams hätte darauf wetten können, daß dort Marihuana geraucht wurde. Er überlegte einen Moment, ob er einschreiten sollte. Aber nein – sein Einsatzbefehl lautete, diesen Abschnitt hier zu sichern. Sein Sergeant würde ihn einen Kopf kürzer machen, wenn er statt dessen ...

Plötzlich fiel dem Greenhorn siedendheiß ein, daß ja vielleicht auch die dunkle Gasse zwischen dem Plattengeschäft und dem Deli zu seinem Gebiet gehörte. Wenigstens sollte ich dort mal nach dem Rechten sehen, dachte sich der junge Cop. Er umklammerte seinen Gummiknüppel fester und schritt in die Lücke zwischen den beiden Häusern.

Beinahe wäre ihm das Herz stehengeblieben, als plötzlich einer der typischen schwarzen New Yorker Müllbeutel an ihm vorbeiflog. Er drehte den Kopf, wollte etwas sagen.

In der Hintertür des Reggae-Geschäfts stand eine junge atemberaubend schöne Schwarze mit Rastalocken. Sie schien Adams wirklich nicht gesehen zu haben. Jedenfalls lächelte sie ihn entschuldigend an und zog danach die Tür wieder hinter sich zu.

Der Police Officer nahm seine noch ungewohnte Mütze ab und strich sich mit der flachen Hand über den Schädel. Er war selber schwarz, hatte aber die Wolle auf seinem Kopf bis auf einen dunklen Haarschatten abrasieren lassen. Das sah nicht nur cooler aus, sondern ließ auch die Haarpflege zu einer Kleinigkeit werden.

Während er weiter in die Gasse vordrang, dachte Adams über Frisuren nach.

Das änderte sich schlagartig, als er am anderen Ende des Durchgangs einen Mann kauern sah. Einen Mann mit einer Schußwaffe in der Hand.

Adams' Herz vollführte einen Sprung. Was sollte er nun tun? War das vielleicht ein Kollege? Oder einer der gesuchten Verbrecher?

Mangels Erfahrung suchte sein Gehirn fieberhaft in den vergangenen Unterrichtsstunden an der Police Academy nach einem Verhaltensmuster für diese Situation. Natürlich – er mußte zunächst einmal die Identität des Mannes feststellen!

Auf leisen Sohlen schlich sich der junge Cop an den Mann mit der Pistole heran.

Nun war er nur noch auf Armeslänge von ihm entfernt.

Noel Adams räusperte sich. »Sir ...?«

Der Pistolenträger fuhr herum. Das haßverzerrte Gesicht kam dem Police Officer bekannt vor. Es war dieser Osmok oder Komso oder wie der hieß. Sein Steckbrief hing groß und breit am schwarzen Brett auf dem Revier.

Die 44er schwenkte auf den Körper des jungen Polizisten zu.

Da fielen alle Angst und Unsicherheit von Adams ab. Er wußte jetzt, was er zu tun hatte.

Zum Glück war sein Gummiknüppel schon schlagbereit. Der erste Hieb traf den Unterarm des Verbrechers. Mit einem leisen Aufschrei ließ Osmok die Waffe fallen.

Der zweite Schlag mit dem Gummiknüppel schickte ihn direkt ins Land der Träume.

»Ich habe gerade mit dem Präsidenten der Vereinigten Staaten telefoniert«, sagte der Bürgermeister. »Ich soll Ihnen allen seine ganz persönlichen Glückwünsche zu Ihrer guten Arbeit ausrichten.«

Wir standen in einem großen Empfangsraum der City Hall. Marilyn Roundtree, Phil, Noel Adams und ich. Der Bürgermeister hatte uns gerade die Hände geschüttelt. Der junge schwarze Streifenpolizist schien einer Ohnmacht nahe zu sein. Was für ein Einstieg in die Polizeilaufbahn! Die Zeitungen hatten über den »Helden des Tages« ausführlich berichtet, der den gemeingefährlichen Osmok niedergeschlagen hatte wie einen flüchtigen Ladendieb. Aber ich gönnte dem Jungen den Triumph von Herzen. Schließlich hatte er wahrscheinlich unser Leben gerettet.

»New York City ist nun auch für Könige und Kaiser im Exil wieder eine sichere Stadt. Auch ich danke Ihnen im Namen aller Bürger.«

Die Worte des Bürgermeisters klangen uns noch in den Ohren, als wir nach dem offiziellen Empfang wie benommen dem Ausgang zustrebten. Noel Adams salutierte wie auf der Akademie.

»Ich muß jetzt zum Dienst, Gentlemen! Alles Gute, auch für die Lady!«

Ich drückte ihm herzlich die Hand. »Alles Gute, Noel. Und – vielen Dank!«

Er blinzelte. »Kein Problem. Vielleicht könnt ihr euch ja mal revanchieren.«

Und er verschwand in einem Patrolcar, der auf ihn gewartet hatte.

»Ich muß mir noch die Fingernägel maniküren lassen«, murmelte Phil und blinzelte mir zu. Ehe ich es mich versah, war ich mit Marilyn allein.

»Was machen wir jetzt?« fragte ich in gespielter Naivität.

»Mal sehen«, gab sie zurück. »Dein Mr. High hat dir eine Zwangs-Erholungspause verordnet. Und mein Chef ...«

»Welcher?«

Sie grinste. »Bist du mir böse, weil ich mich nicht als Agentin von Bamijak zu erkennen gegeben habe?«

»Du hättest mich ruhig einweihen können.«

»Ich habe jedenfalls niemandem geschadet, okay? Auch dir nicht. Außerdem ... wir Frauen haben nun mal gern unsere kleinen Geheimnisse.«

»Tatsächlich?« fragte ich und legte den Arm um ihre Taille. »Und was für Geheimnisse hast du noch?«

Sie stellte sich auf die Zehenspitzen und flüsterte mir etwas ins Ohr.

»Da werde ich ja direkt rot«, erwiderte ich. »Kannst du das noch einmal wiederholen?«

Diesmal fuhr sie mir mit der Zunge ins Ohr.

»Das müssen wir dringend unter vier Augen ausdiskutieren«, meinte ich, nahm sie auf meine Arme, und sie legte ihre Arme um meinen Hals. Vorsichtig plazierte ich sie auf dem Beifahrersitz meines roten Jaguar.

Wir schafften es kaum bis zu meinem Apartment ...

ENDE

Band 31 455
Jerry Cotton
Ein ehrenwerter toter Mann
Originalausgabe

Senator Callaghan war ein ehrenwerter und geachteter Mann, dem die Bürger voll und ganz vertrauten. Kaum vorstellbar, daß er in einem Bordell, in den Armen einer jungen Prostituierten, verstorben ist. Eine Tatsache, die man zu verbergen sucht. Plötzlich wird der FBI Special Agent Jerry Cotton zum Gejagten. Eiskalte Killer hetzen ihn durch New York. Was hat der Mordaufruf gegen Cotton mit dem Tod von Senator Callaghan zu tun? Ein Intrigenspiel um Geld, Macht und Sex gipfelt in einem Kampf auf Leben und Tod...